아버지에게 갔었어

向着父亲走去

신경숙

[韩] 申京淑 —— 著

薛舟 —— 译

NEWSTAR PRESS
新星出版社

新经典文化股份有限公司
www.readinglife.com
出 品

我曾对父亲说，我要写一篇关于您的文章。

父亲当即反问，我有什么好写的？

父亲经历的事太多了，我回答。

父亲叹息着说，我什么都没有做，只是活着而已。

目录

第一章	好久没见你了	1
第二章	继续走过长夜时	51
第三章	在木箱里	109
第四章	谈论他	181
第五章	即使一切已结束	261

作家的话 319

第一章　好久没见你了

妈妈由妹妹带去住院了，J市的老房子里便只剩下父亲。

如果不是听妹妹说，她和妈妈一起走出大门时父亲哭了，我恐怕不会想到该在妈妈离家住院的日子里回到J市。我已经五年多没回去了。这期间，妈妈和父亲已经渐渐衰老。每到周末，我的几个兄弟姐妹会轮流回J市探望父母，带父亲理发，或者赶集采购后做好一周的食物填满冰箱。这样的习惯已经维持了好些年，而我一直缺席。小弟建了个家庭聊天群，制订了日程表，在群里安排这个周末谁去J市，下个周末谁去。我只是默默地看着。失去女儿之后，我曾信任和依赖的关系要么变得没有意义，要么出现裂痕，彻底破碎。我先是减少了和年迈父母的联系。一听到我低沉的嗓音，或者看到我暗淡的表情，父母就什么都明白了。我不想让他们担心。我谎称自己有事，要去很远的地方待一段时间，短期内回不了J市。又说要去的地方在国外，有时差，也不方便打电话。时间就这样悄然流逝。可听到父亲哭了的消息，我那颗封锁已久的心却动摇了。自从我离开出生地后，父亲每次都是用这种方式将我唤回他身边——我想这样写，但这么表达并不准确，因为父亲从来没有对我说过什么。每次都是听到妈妈或兄妹们说起父亲不好的消息，我才会打电话，或者乘火车回到父亲身边。否则父亲的身影总在眼前萦绕，我无法专心做别的事情。听说父亲哭了，我突然觉得四周满是寂寞。为什么哭？我问。妹妹说，不知道。追问缘由的我和回答不知道的妹妹同时长长叹了口气。我们无法回避盛载在叹息里的沉重心情，相对无言良久。只是我的沉默里掺杂着疑问：你带妈妈来了，为什么不把父亲也一起带来呢？转念一想，父亲正独自留守在家，我却才意识到应该带父亲过来这件事……

——就像把孩子留在了水边，心里很不是滋味，姐姐。

说到后来，妹妹的声音变得有些含糊。

——当时快走出大门了，我才问父亲要不要一起去。父亲嘴上说着不要，可他还是哭了。

生病的妈妈由妹妹带到首尔，父亲是怀着怎样的心情哭了的呢？我以为妈妈会看不下去，然后安慰父亲说，哭什么？我是要死了吗？病好了就马上回来，你好好治疗你的牙吧。不料妈妈也哭了。这情景清晰地浮现在眼前，我不由自主地闭上了眼睛。

——别人看了，只怕还以为我在强迫他们生离死别呢。

妹妹愤愤地说。妈妈明天就要住院了。即使不回 J 市，不给父母打电话，我也能通过家庭群了解到 J 市发生的一切。不知从什么时候开始,兄妹几个都会在群里商量父母的事。现在,妹妹把妈妈送到大哥家,自己正在回家的路上给我打电话。

——不过姐姐,听说都是这样的。

——……?

——刚才在大哥家,嫂子说都是这样的。

——什么?

——我说父亲哭了,嫂子说父亲们都这样,让我不要太在意。之前嫂子的母亲生病来首尔住院,嫂子的父亲就哭了。

嫂子的父亲已于两年前去世。

——也许父亲们都是这样吧。我不该给姐姐打电话的。

妹妹就是这样的性格,心里有什么事,无论如何都要想办法解决。看来她打算往"父亲们都这样"的方向理解这件事,只是她无法完全说服自己,嘴上说着不在意,声音却带着哭腔。

——父亲在看牙吗?

妹妹没有回答我的问题。这应该是对我无声的责备,觉得我这段时间太冷漠。小弟在家庭群里说过父亲去看牙的事。当时父亲独自去了市里的牙科医院,医生要求配偶或子女等直系亲属陪同前往,他便带上了住在同一个村里的堂叔的儿子穗子。穗子已经年过四十,是村里最年轻的一辈。他和小弟同岁,小弟离开 J 市上大学之前,他们是一起上学的好朋友。父亲起初没有告诉我们去看牙医的事,连妈妈都瞒着,后来穗子给小弟打了电话,大家才终于知晓。我不知道别的兄弟姐妹对父亲看牙一事有什么想法,我很担心他能不能受得了,但没好意思说出来。他们在家庭群里针对此事聊了很多,我始终一言未发。

而这些事仅仅发生在一个月前,我却忘记了。就算被妹妹说冷漠,我也无话可说。妹妹似乎猜到了我的心思,连忙说姐姐现在哪有心情关注这些,然后挂断了电话。妹妹的话在我耳边挥之不去,将我深深地压倒在椅子上。我无力地干坐了两三个小时,然后预订了去J市的火车票,接着拔掉笔记本电脑的电源,塞进包里,在家庭群里宣布了我的决定,说妈妈住院期间,我会去陪父亲。好多年了,我终于有了动静,所有人都很吃惊,一时间群里谁都没有说话,只有"已读"标识悬浮着。我到门口等候前往首尔火车站的出租车时,看到了新刻在门牌上的女儿的名字。我伸手拂过那个名字,还有贴在门牌上的蓝色蜥蜴图案,那是我在女儿小时候用过的素描本里发现后贴上的。

  这不是我第一次听说父亲哭了。

  我初中毕业离开J市的时候,父亲哭了三天。妈妈把我送到首尔后回家,发现父亲的眼睛肿了,三天都没有消下去。那时,父亲在村子尽头的铁道旁开了家食品店。他在店里用木瓢舀马格利酒[1],舀着舀着就哭了;他去镇上的批发商店买烟,骑上自行车的时候也哭了。父亲?父亲在我走之后哭了?这件事让我感到茫然。我从没想象过父亲流泪的样子。妈妈说,她也是第一次看到父亲哭。父亲说我还没长大,只是个孩子……我开玩笑地说,我读初中时就长得很高了,一米六三不算矮。

  那是父亲第二次经营食品店。

---

[1] 韩国常见酒类,米酒的一种,原料为大米、小麦和酒曲等,因酒色浑浊,也称"浊酒"。

铁道旁的那家食品店原本属于谁呢？我读小学二三年级的时候，父亲经营那家店已有一两年，然后他放弃了一段时间，等我上初中后又接手过来。说到食品店，很容易让人联想到现在的超市或便利店，其实没有那么大规模，只不过是个狭窄简陋的乡下小店，俗称"小卖部"。店里的货架上放着为数不多、不到五分钟就能数完的零食，比如饼干、泡泡糖、面包和焦糖等，主要还是卖香烟。店里埋着一口大缸，装有酿酒厂直送的马格利酒，旁边放着常常沾上酒味的木瓢。父亲会用木瓢从缸里舀出马格利酒，装到壶里出售。客人主要是村里人，或者出了镇，路过我们村，准备去往更靠里的榛山村、三山村或天安方向的人。太阳落山，人们忙完田里的农活便到父亲的店里喝酒，那时候主客混杂，分不清谁是谁，大家偶尔会玩尤茨①赌酒，直到天黑。现在，我还是会没来由地想起店里的某个景象，一捆捆黑色橡胶绳长长地垂挂在店门口，像垂柳一样。帮妈妈跑腿或者找父亲要钱的时候，我会把橡胶绳拧成一股，抓在手里，冲着店里喊父亲；有时我不好意思开口向他要钱，就不停地拉拽无辜的橡胶绳。偶尔会有人来买走那些橡胶绳。阳光正好的日子，村里人会打开酱缸盖晾晒，为了不让风吹走封在缸口的麻布，需要橡胶绳束住边缘。父亲的店铺就是这样的地方，提供大家急需却又不至于为其专程跑一趟镇上的东西，架子或玻璃柜里摆

---

① 也称"掷柶"或"柶戏"，起源于中国古代的四维戏，是朝鲜族的传统游戏。游戏双方掷出四块特制的木板，通过点数判定各自在棋盘上所走的步数，最先到达目的地者获胜。

得密密麻麻。离开J市的那天，我去店里和父亲告别，像往常一样在店门口抓住低垂的橡胶绳，口中喊着父亲。父亲还没从店里出来，开往火车站的公交车就停在了店铺前的公路上。如果赶不上这趟车，我就只能步行去火车站，等走到那儿，火车早就出发了。情急之下，我冲着黑暗的店铺呼唤，父亲，父亲……

偶尔，当我不得不和生命中的某个人告别，便会听见那个时候自己的声音。

一边望着已经停下的公交车，一边呼喊"父亲"——后来每当遇到除了分别再无他法的境况，我的脑海里便常常回响起那时在公路上的急切呼唤，"父亲、父亲"犹如咚咚作响的鼓声。当我想象离开之后会留下什么，就会想起自己大声喊着"父亲，我走了"登上公交车的时刻，以及父亲被独自留在车窗外的身影。公交车已经到站，可我要告别的父亲还在店里，我生怕错过车子，便冲着店里喊"父亲，我走了……"，飞跑着跳上公交车。上车之后，我探头朝父亲的店铺看，想打开车窗却又打不开。我把手掌撑在车窗上，注视着站在黑暗中的父亲。他刚从店里跑出来，一脚穿着拖鞋，一脚穿着胶鞋，没有挥手，什么都没做，只是呆呆地站在原地，注视着即将载我远去的公交车。我刚刚抓过又使劲甩开的橡胶绳仍在摇摆，旁边的黑暗中立着父亲的侧影。店铺里流泻出的灯光映照在父亲不知所措的脸上，留下了阴影和斑驳的光点。我来不及和他再次道别，公交车就出发了。偶尔我会想，车子出发之后，父亲在那里站了多久呢？

看着车子驶离之后陷入黑暗的公路，父亲会是什么样的心情？过了多久，父亲才转身走回店铺？后来，我独自生活在城市里，一想到父亲和我分别后会在简陋的店铺里哭泣，手就忍不住探向额头，心情突然变得宁静，很多事也都变得可以等待和忍耐了。供很多人围坐一处喝马格利酒的店铺旧长椅，带把手、从缸里舀酒的木瓢，夏天放入盛着凉水的塑料桶的啤酒瓶……店铺黑暗的房间里，父亲那常年随意摆放在炕梢的鼓和鼓槌，以及——

上了锁、几乎变成黑色的小木箱。

木箱里装着父亲开店赚来的钱，数量不多。现在印在一万韩元纸币上的世宗大王像，那时是印在百元纸币上的。木箱里的百元纸币整齐展开，数张叠放，世宗大王的脸也舒展开来，其中偶尔夹杂着一两张五百元和千元的纸币，旁边则放着硬币。李舜臣将军和龟船，我都是在木箱里的纸币上第一次看到。孩子也会需要钱。上学前，我找父亲要钱的时候，他正刷洗店铺的地板，问我需要多少。我刚说出数额，脸便红了，心跳加速。父亲并不在意我的紧张，把硬币放在我手里。他从没说过大多数父亲会说的话，比如让我好好学习，或者少花钱之类。如果正在擦地板，他会用毛巾擦干手，再打开木箱，按照我说的金额拿出相应的钱，有些茫然地注视着我的眼睛，摸摸我的头。木箱是父亲刚接手店铺时自己做的，体积只能容纳大约五本书。想到父亲做这个木箱时不过二十多岁，我心里就有些伤感。年轻的父亲为了方便开关木箱，装上了铰链和可以挂钥匙的门钩，那时候他在想什么呢？随着时间的推移，这个高度可供跨坐的木箱显得越来越古色古香。看着结结实实挂在上面的锁，很难相信这出自父亲之手。店铺第一次转交他人之后，木箱一度被丢弃在家里的走廊上。我记得有个哥哥常把死鸟装在里面吓唬我。父亲不开店的时候，丢弃在走廊的木箱就这样随时被我们兄妹几个拿来装东西。然而这也是暂时的，木箱很快又会变成无用的物品，被这个人放在这里，那个人放到那里，很快又被另一个人放去别的地方，直到没有人注意，才变成我的东西。我往木箱里放入新的彩笔盒，不让别人碰到；或者把过早掉落的柿子保存在里面，直到柿子变红。从学校里借来的书没读完，我也会折上那一页再收到箱子中；有时也会放入日记本，然后牢牢地锁上。短暂地属于我的木箱，在父亲重新接手店铺之后又回到店里，成了父亲的钱柜。如今我才知道，父亲第二次接手这家村头店铺时，正是我们家最需要钱的时候。我们兄妹六个要一顿不落地吃饭，一个接一个地读初中、高中。父亲后来再把店铺转给别人，那个木箱也重新回家了吧？那时我已经离开家了。父亲彻底放弃经营店铺之后，我再也没见过那个木箱。也许从父亲手里接下店铺的人也需要算账存钱，木箱就留在那里了。

有的东西就那样消失了。没有抛弃，没有销毁，没有送人，也没有粉碎，只是在某个时刻错过，就退到记忆的彼岸，渐渐模糊。是的，的确是这样，只留下余韵。

一九三三年初夏，父亲出生在 J 市家中。起先他不是长子，上面还有三个哥哥和两个姐姐，他排行第六。不料有一年，瘟疫暴发，他失去了三个哥哥，成了长子，而且是宗家①长子。我的祖父是村里的韩医，不过算不上名医。一下子失去了三个儿子，祖父心里充满恐惧，没让父亲去学校念书，而是把年幼的他养在膝下，教他《小学》，带他背诵《明心宝鉴》②。父亲现在还能清楚地背出当初跟着祖父学到的东西：寝不侧、坐不边、立不跸……耳不闻人之非，目不视人之短。朽木不可雕也，粪土之墙不可圬也……勿以己贵而贱人……席不正不坐。目不视邪色……教之以洒扫应对进退之节，爱亲敬长、隆师亲友之道……背诵一旦开始，就像散开的线团一样不可收拾。我问父亲，您怎么到现在还会背？父亲说，都是自己的父亲教的，他应该把我送到学校才对。父亲埋怨起了祖父。如果祖父没有屈服于对瘟疫的恐惧，而是把父亲送到学校念书，父亲的人生会变得不一样吗？他会离开家吗？我安慰沮丧的父亲说，如果当时去了学校，说不定要改名字，还是个日本名字。父亲最终没有去上学，而是下了田地，用铁犁耕地，在自家的水田里插秧。父亲十四岁那年，村里又暴发了瘟疫。因为害怕传染而不让父亲上学的祖父自己却染上了病。要是不回老家就好了。每次想起祖父，父亲都会这样说。当时，祖父的大伯得了病，回老家熬药之后传染给了祖父和照顾祖父的祖母。那个夏天，父亲失去了自己的父亲和母亲，前后相隔仅两天。

---

① 指由嫡长子延续传承的家庭。
② 中国儿童学习教材，约成书于元末明初，是明代广为流行的教养书、启蒙书。

失去自己的父亲那天，十四岁的父亲正在田里耕地。

我借了牛，正用铁犁在莲亭村新开垦的农田里耕地，也不知是为什么，父亲突然出现在我面前。他走进地里，说铁犁的刃不能这样用，边说边重新安装，然后按了按我的肩膀，说只有小时候学会使用牛和铁犁，才能在这里生存下去。说完，他轻轻地摆了摆手，走了。刚才还叮嘱我要爱惜牛的人，眨眼间便不见了。父亲明明正在家里隔离，连面都见不到，怎么会来农田呢？我觉得奇怪，心里发痛，于是放下铁犁跑回了家，一眼却看见父亲的鼻血喷到了天花板……听说染上这种病，只要挺过五天就能痊愈，也有过了四天便活下来的。可很多人没能等到第五天，就被装进麻袋送走了。我们盼着时间快点过去，没想到在第五天，父亲还是走了。父亲去世了。我什么也想不起来，眼前一片漆黑。以后我该怎么办啊？我哭喊道，为什么要这样对我。你大姑姑抱住我说，我哪儿都不去，就和你一起生活，你不用怕，也不要哭。直到现在，我还记得她的声音。

每当新学期开始，我都会在需要填写父亲职业的一栏里写下"农业"二字。可无论是在秧田育苗、插秧，还是干旱时节拿着铁锹下地浇水，父亲都显得有些笨拙，一点也不像个农民。在年幼的我眼里，他不像其他父亲那样专心致志地务农，不仅经营小店，还在家旁边的菜园里盖牛棚养牛。没有农活的时候，他还会带上猎枪去捕鸟。有时，为了出去赚钱，他整个冬天都离家在外，直到稻种发芽，才回来把稻种移到秧田里。我不知道父亲有没有赚到钱，可我知道只种自家的田不够养家糊口，他什么事都会去尝试。小时候我总觉得父亲不像农民，也许是因为他的脸格外白皙，丝毫不像太阳晒过的样子；也许是因为他不像其他父亲那样拥有结实的双腿——他们常在山地里挖红薯，又将其装在手推车里上下山。父亲则偶尔卧病在床，有时还会穿上村里人不怎么穿的皮夹克，抹着发胶，骑着摩托车在公路上飞驰。这些片段落在年幼的我眼中，成了某种烙印，觉得他不像邻家的父亲们那样努力耕种，心思在别处。

父亲一生都在J市度过，家里的那栋房子倒塌两次又重建，从没在别的地方修建过新房。一九三三年是父亲出生的年份，所以不管在哪里看到这个年份，我的视线都会短暂停留。我也是这样知道了"朝鲜语学会"是在一九三三年发布的《韩文语法统一案》。一九三三年，日本帝国主义侵略时期，竟然有人在那么残酷的时候发布了《韩文语法统一案》。想到这里，我不禁心头一热。可随后我又想到，在美国，海明威这样的作家已经开创出视角冷静客观、排除一切感伤的硬汉文学；而现在看来仍然时尚的达利和毕加索，在当时也形成了自己完整而坚固的作品世界。想到这里，我有种难以表达的无力感。有人从出生起就在父母的关心和支持下尽情地描摹着这个世界，以不朽之名流传世间。而我父亲这样的人出生在J市一个偏僻又平凡的农家，终生没有踏入学校大门，也不曾因为生存之外的理由离家半步，一辈子过着泥土般的生活。这也是人生。不知不觉间，连他最小的女儿都开始将他冷落。

想到父亲，我总会想起童年时代走过的那座桥。准确地说，是中学时代在桥上躲避父亲的我。

我家离镇上大约四公里。风吹来，尘土飞扬，走在路上石头硌脚，我每天要走十里路去上小学。现在新公路铺了沥青，弯道修直，前往市区的距离缩短到了三公里。记忆中和父亲在桥上相遇时，J市还只是J镇，接通小镇内外的桥叫作大兴里桥。我不知道为什么叫这个名字，出于好奇，还去看了关于这座桥的纪录片，然而所有故事都没有提及名字的由来。唯一可以确定的是，大兴里桥建成于日本帝国主义侵略时期。小时候听人说，日本鬼子修的桥最结实，无家可归的人们在桥下搭帐篷，行人从桥上路过时可以清楚地看到他们生活的样子。他们用桥下的河水洗红薯和土豆，架锅烧火，往河里排便，天热时脱掉衣服跳到河里洗澡。秋收将尽的田野上，我也能看到他们在收割结束的马铃薯地里翻找、捡拾马铃薯；在稻田里收拾漏割的穗子。天一黑，他们就从桥下出来，在河边燃起篝火，围坐着唱歌、玩耍。火的气味会蔓延到桥上。到了冬天，他们就不见踪影，穿上所有能穿的，披上所有能披的，在桥下紧挨着过冬。走在桥上看不见他们。春天一来，桥下则会出现卖鸭子和小鸡的集市，河边也开始有人晒太阳。有一年春天，我看见猫冬之后来到河边的某个女人，肚子隆起；没过多久的某一天，我便听到桥下传来孩子的哭声。我离开J市时，桥下因河流治理被夷为平地，他们不再生活在那里。后来，每当我在新闻中看到城里的人们因为搬迁而示威游行时，就会想到桥下的那些人，想知道他们是怎样离开那里的，离开之后又去了哪里。

起初，能够跨越J市长河连接小镇内外的桥只有大兴里桥。后来上游修建了两座通往J市高中的桥，下游也修了两座通往莲池洞和火车站的桥。尽管进行了河流治理，暴雨来临时河水还是迅速上涨，桥下顷刻变成汪洋，肆虐的洪水有时还会涌上桥面，淹没或冲垮后来修建的桥梁。每到这时，人们就会说，桥断了。上游的桥在春雨中遭殃，下游的桥在夏天的无数场骤雨里断裂。令人疑惑的是，唯有日本侵略时期修建的大兴里桥安然无恙，任凭风吹雨打。有人说，大兴里桥就是J市的地标桥，称赞它的坚固牢靠。有人则反驳道，这足以证明日本鬼子把这里当成了自己的领土，所以才把桥建得这么结实。这是无可争辩的证据。

我在这座桥上遇到了父亲。

桥的一头通往小镇外，另一头则通往小镇内，可以到达我的中学、消防署、五岔口市场、镇事务所、警察局和法院。我们村里的孩子都在小镇入口处的小学读书，大部分步行上学。上学的路四通八达。从家门前那条弯弯曲曲的乡间小路转上一段公路后，既可以继续沿路前行，也可以走水利合作社方向的堤坝路。如果上学时间紧张，就选前者；时间充裕就走后者。

堤坝下面是稻田。春天，田埂上杂草丛生，喇叭花盛开，其间夹杂着很多野草莓。孩子们会穿过沾满露水的喇叭花采摘野草莓。他们将书包放在田埂上，俯趴在地，朝着近在眼前的野草莓伸出手，就算被刺扎到、流了血也没关系。只有在上学路上，才能尝到红色草莓落入掌心的喜悦。有的草莓还没熟透，得等第二天早晨采摘才最合适，这时孩子们便会拉过叶子藏起草莓，不让田埂上的其他孩子看到，然后用喇叭花的藤蔓精心伪装，做个只有自己知道的标记。等走出水利合作社那条路时，裤脚会被露水蹭得湿漉漉的，还沾着路边的灰尘和泥土，走起路来步子都变得沉重。若是沿着公路上下坡，中途进入岔道后，就会走上稻田和稻田之间的小径；等再走入一条通往公路的小路，就能遇到低矮的山丘和几座坟墓。坟墓位于学校和村庄的中间，放学后，孩子们常到这里休息。说是休息，其实也闲不下来，你追我赶，推推搡搡，爬上坟墓再滑下来。坟包上的草皮被踩烂了，再长不出来。要等上了中学，村里的孩子们才能摆脱这些路。中学位于小镇深处，要乘公交车或骑自行车进入小镇，必须经过大兴里桥。

那时是什么季节呢？我记得父亲穿的不是短袖，但也不厚，应该是春末夏初或夏末秋初，或者是雨季？桥上人来人往，准备进镇的人和出镇的人在桥上拥挤穿行。忘了因为什么事，我在桥的这边，准备进入小镇，父亲在桥的那边，正朝我的方向走来。起先我不知道走来的人是父亲。啊，是父亲吗？我停下脚步。是他。突然在家之外的场合遇见家人，我很慌张。我停下脚步，注视着从对面走来的父亲。年轻时候的他胖瘦适中，个子也高，有着不像乡下人的白亮皮肤，端正的鼻梁维持着整张脸的平衡。父亲不像那个年代的其他父亲那样高声说话。他话不多，和别的父亲站在一起时显得格格不入；但身边的朋友不少。我们兄妹几个常称呼父亲的朋友们为大叔。岁月流逝，这些称呼还是记忆犹新：釜山大叔、大成大叔、内村大叔、熊沼大叔。如果在家以外的地方碰到我们，他们好像也变成了我们的父亲：要是正骑着自行车，他们会让我们坐到后座；在商店门口遇见，就买吃的塞到我们手中。如果身边有不认识我们的人，他们会说出父亲的名字，告诉那些人这是他的女儿或最小的孩子，嗓音里藏着和父亲一起生活在这个世界上的喜悦和信赖。但是那天，我在桥上遇到的父亲全然不同。

低垂的肩膀，披在肩上的破旧夹克，塞进宽松裤子里的皱巴巴的衬衫……父亲低头沉思着向我走来。他一抬头，我们的视线差点相遇。那个瞬间我急忙别开脸，桥下流水的波光和水面上的阳光照进我的眼睛。我为自己躲开父亲的下意识选择感到惊讶，于是又转头寻找他。父亲没有认出迎面走来的我，继续陷在沉思里，和其他人一起摩肩接踵地走向桥的另一头。人群中的父亲背影寒酸，显得无比渺小又憔悴，落在人后，仿佛一个因为失意无法重新站起来的人。他就这样蜷缩着身体从桥上走过，融入了人海。我抬脚追上父亲的背影。也许是哪只鞋的鞋跟磨歪了，父亲的脚步看起来一瘸一拐，朝旁边倾斜。阳光、人群、噪音、影子、不明来历的斑驳痕迹交织在眼前，桥上的父亲变成一个点，消失在我的视野里。

父亲渐渐远去。那一刻,从父亲狼狈身影上移开视线的罪恶感,深深埋进了我的心底。

广播提示前方即将到达 J 市时,女儿的声音也在耳边响起,妈妈,到站了。我静静地闭上眼睛,再睁开。女儿仿佛在抚摸我的肩膀。我合上书。本来想在车上读,结果它还保持着在首尔站翻开的位置。本次列车即将到达 J 市,请带好您的随身物品,准备下车,谢谢。听着再次回响在车厢里的广播,我打算取下放在行李架上的箱子,却差点仰面摔倒。妈妈,小心!我再次听见女儿的声音。好在路过的乘务员帮我取下行李箱,将其扶稳。每次乘车我都会情不自禁地想,车厢环境真的越来越好了。这次在首尔站上车,我脱掉上衣,打算搁在行李架上,却发现车窗边就装有挂外套的衣架,不大不小,端端正正,尺寸合适。广播也不再像以前一样聒噪,为了不惊扰睡觉的人,声音降到很低。有一次,父亲和妈妈来首尔看我们,乘火车回去的时候,还因为广播声太小而忘了在 J 市下车。我穿上挂在新衣架上的外套,望向窗外。多久没来过这个火车站了……我试图计算,记忆却始终模糊,只有很久以前的 J 市风景在脑海里忽隐忽现。等火车驶入 J 市火车站,那些朦胧的回忆也散去了。如今的 J 市火车站已经不再是那个出了检票口就能看到铁路的简陋车站,乘务员手拿打孔机给乘客递过来的车票打孔的场景也见不到了。当时,只要拿着打了孔的车票进站,就能直接乘车,而从火车进站到出发,送行的人们会站在检票口张望,或者同铁路前即将乘车离开的人们挥手告别。我记忆里的 J 市还停留在我离开前的样子。法院、第一银行、消防署、镇外的小学，以及上了镇中学后每天都要经过的桥下河岸。每到春天，岸边的青蒲和洋兰萌发绿芽，开出黄色的花朵。离家之后，直到三十岁之前，我都经常回到J市。那是我受伤之前离开的地方，因此寄托着我纯粹的思念。最小的弟弟也离开J市上大学后，我还是会随时回去。很长一段时间里，那里就是我真正的家。兄弟姐妹们也是这样。我回了趟家，我回家了……只要这么一说，我们就知道指的是J市的家。J市曾是小镇，后来升级为城市，可无论何时，我们家的位置都算得上偏僻。从我们家到小学要走四公里的公路，妈妈准备祭祀用品去赶集时要走四五公里，到我就读的中学要走五公里左右。村里的孩子们大都步行上小学，骑车上中学，我也不例外。离开家后每次回去，我都要在首尔站或龙山站乘坐三四个小时的火车到J镇，然后步行去站前广场，到附近的公交站乘坐开往笠岩、长城、旺林或高敞的公交车，绕过山弯，经过大桥，最后在村前下车。有时遇到等了太久公交车、到站时已至深夜，或者行李太多的情况，我也会在火车站边上的停车场搭乘出租车。

父亲还在骑摩托车的时候，如果我说要回J市，他就会骑摩托车到火车站接我。

从检票口出来，一到站前广场，我就能看见父亲把摩托车停在旁边，戴着太阳镜，手里拿着头盔，举起另一只手冲我挥舞。人潮汹涌中，他以这样的方式说"我在这里"。每次我都对戴了太阳镜的父亲感到陌生,停下脚步注视他。父亲以为我没认出他来,再次冲我挥手,我才向他走去。多年如此。父亲骑摩托车来接我时穿的衣服不止一件,可我只记得那件深蓝色的夹克;至于时间,我也只能想起从暮春到初夏的那个时节。既不鲜亮也不暗淡的深蓝色夹克,拉链拉到脖子,两个侧兜可以插手。父亲把我的包放在摩托车的前筐里,让刚回来的我坐在后面,在轰隆隆的响声中带我向前飞驰。我把双手放进父亲的侧兜里,紧紧抓住父亲的腰。出了火车站后,父亲开上农田之间的路,奔往家的方向。我耳边传来鸟鸣声;刚刚插完秧的田野里,湿漉漉的气味扑鼻而来;蓝天白云映入视野。父亲让我抓得更紧点,然后加速。汽油味淡淡地混杂在空气里。摩托车经过J市的电器维修部、自行车铺、鞋店,驶入通往村庄的平稳的田间路。

回家必经的岔路有片公共墓地。我从小就听说过这片墓地的怪事。比如下雨的夜晚或刮风的凌晨,会有孩子光着脚丫走出墓地,到村里找朋友;比如有个女人掀开坟墓的泥土,出来咆哮。为什么这些让人毛骨悚然的故事里,主人公都是孩子和女人?每次哥哥们走过墓地前,都会加快脚步,拉开和我的距离。我落在后面,直喊"等等我一起",边喊边跑。如果还是不行,我就坐在路边,伸开双腿哭泣。哭着哭着,感觉脖子被一只手碰了碰,顿时害怕起来。即使哥哥们没停下来,我也该继续喊着追赶他们的,而不是坐下来哭。直到现在,只要回想起当时的事,我还是会后悔。发现我害怕公共墓地之后,每次经过那里哥哥们都会这样捉弄我。恐惧和痛苦也是一种回忆。每次坐着父亲的摩托车回到村庄,我都要往那边看,问公共墓地还在吗。父亲总是回答,还在。可不知从何时开始,这回答也变成了"附近要拆迁,公共墓地迁走了"。尽管这样,路过的时候,我还是情不自禁地转头去看墓地,放在父亲夹克侧兜里的手会不自觉用力,紧抓着父亲结实的腰。抓紧点……我喜欢父亲从风中传来的声音,以为他永远都会在那个地方对我说,抓紧点。过了墓地,如果车速加快,我也还是会继续抓紧父亲的腰,头埋在父亲背后,眯眼看两侧的农田,以及远处的村庄和小山。父亲载着乘火车回到J市的我风驰电掣地往家里飞奔,我随风飞舞的头发有时会飘向父亲的头盔。听见摩托车的轰鸣声,落在田地里的喜鹊吓得飞起来,露出白色的肚皮。摩托车轮在坑坑洼洼的路上颠簸,我的双手也感受到了车子的力量。父亲健壮的腰让我感觉不到丝毫危险,只产生了一种无法形容的慵懒与安心,眼皮也轻轻地合上了。

这栋房子有两扇门。

父亲正站在院子里,穿戴整齐,像要出门,又像刚刚外出归来。如果从农协仓库前的胡同走进来,绕过几条巷子,步行到尽头,就能看到房子的大门;若是还没到仓库便从公路转入水渠的方向,再往老朴树耸立的地方走,看到的便是小门。我在水渠前下了出租车,拖着行李箱回家。我家在村子正中,不管从哪扇门进,只要进来了,就去不了别的地方。两扇门总是敞开着。住在路边的人要是想快点去水渠,就从大门进来,走过旁边的院子,再从小门出去;而住在水渠边的人若是有急事到公路去，也可以通过小门，经过院子，再从大门离开。父亲正站在院子里沉思。我从小门进来，正要走进院子，为了不吵到父亲，放开了拖在手里的行李箱。箱轮滚动的声音停止，四周变得安静。父亲不是在沉思，而是在专心致志地看着什么。他在看什么呢？我留下箱子，走近父亲。院子中间是石头堆成的低矮花坛，蝴蝶在尽情绽放的水菊花周围飞来飞去，父亲一动不动地注视着蝴蝶的动作。

——父亲！

父亲的视线这才离开蝴蝶，转而看向我。父亲已经瘦到脸颊凹陷，起先我以为他是在阳光下眨眼。可他在哭。干瘦的脸上泪水纵横。看到父亲的眼泪，我只觉得脑子嗡嗡作响，仿佛要裂开，那感觉如同后脑勺被人抽打了一下，而肇事者早已逃跑。父亲惊慌失措，像个少年似的用胳膊擦了把眼泪，湿漉漉的眼睛没再看我，而是游移不定。我假装没有看见父亲的眼泪，提高嗓门问道：

——您在看什么？

我抱住父亲的腰，摸到的是父亲瘦骨嶙峋的髋骨。

——小宪？你回来了？

父亲呆呆地看着我，似乎觉得站在眼前的我是个幻影。

——什么呀，看得这么出神？

——蝴蝶。

——那只蝴蝶？

我观察着父亲刚才注视的地方。一只白蝴蝶落在冬柏树上。别看树的名字叫冬柏，其实一到冬天就沉寂，现在才开花，在阳光下显得分外红艳。树下堆积着落花。

——那只蝴蝶下面……

父亲想说什么，却欲言又止。

——那只蝴蝶下面是什么？

我顺着父亲手指的方向看去。蝴蝶从冬柏花附近飞来，落在水菊花旁的石堆上。哪里来的石堆？不同于别处，只有这里堆着很多碎石。父亲又为什么看着蝴蝶哭呢？我按捺住涌上心头的疑惑，问道：

——为什么只有这里堆了石头？

——埋在那里了。

——……

——我把真真埋在那里了。

真真。

我听家人说过真真死了，原来埋在了这里。我怔怔地注视着石堆和落在上面的蝴蝶。也许父亲在埋葬真真的地方堆了碎石，作为标记。蝴蝶落在石堆上，拍打着翅膀。

女儿还在身边时，每当我在城市里遇到独力难支的情况，就乘火车或者驱车将宠物送回老家。

以后就住在这里吧。安顿好宠物之后，我独自回到城市。两只猫、两条狗、一只鹦鹉，父亲让猫住在摆放农具的仓库里，还在地上给它们铺了个窝。我的目标是让猫住进房间，然而一次都没有成功。父亲是农村人，他说把猫放进房间，"别人会笑话的"。不过父亲还是给它们铺了草帘，方便它们抓挠玩耍。猫喜欢爬高，父亲就在仓库四周放了梯子，给每个梯格缠上绳子。可两只猫不像父亲期待的那样只待在仓库里，它们会溜出去，在围墙、房顶上走来走去，一会儿到田里午睡，一会儿又爬上院子里的柿子树，在各家各户之间自由穿梭，让人分不清是谁家的猫。我叮嘱父亲不要让它们吃人吃的饭菜，只喂饲料。父亲却说，又不是牛，吃什么饲料？说归说，每到喂食时间，父亲还是会往仓库的食盆里倒入饲料，舀上清水。嘴上说着还是第一次给猫而不是牛买饲料，然而饲料一用完，他马上就会骑上摩托车进城买。妈妈觉得新鲜，常探过头半开玩笑地问，去买猫粮吗？又跟我说，你说的话你父亲才听，要是我说的，他肯定会说给猫买什么饲料……你说什么他都听……妈妈一想冲父亲发牢骚就给远在城里的我打电话：让他不要喝酒了；行车道很危险，叫他不要骑摩托车；肠胃不舒服好几天了，跟他说暂时别去市里的国乐院……我按照妈妈的要求立刻给父亲打电话，说一句，父亲便无力地回道，是吗？知道了。父亲和两只猫相处得还算友好。小猫们自由自在地四处闲逛，肚子饿了就回仓库吃猫粮，天黑了就回来睡觉。即便如此，看到它们离开城市后变成半野生状态，我难以确定把它们带到农村是对还是错。几年之后，两只猫竟然消失不见了。与猫相反，狗在这里无法生活。我以为把狗带到这儿，至少会比在城市里更自由，更有活力。然而这只是我的一厢情愿。我没有料到一旦解开狗链，那些穿过我们家去水渠或公路的人们会害怕。我本想让猫住在室内而非仓库，想让狗摆脱狗链，不料这在农村更难实现。这是后来我才知道的。把猫和狗送到乡下的一两个月里，我每天早晨都会给父亲打电话，问他猫会不会藏起大便，狗链有没有系得太紧。

小猫大便之后，总会找什么东西严严实实地盖起来。狗应该取个名字，叫玛鲁怎么样？对于我的问题，父亲会以各种方式认真回答。这样过了几个月，我对送回老家的狗和猫渐渐冷淡，给父亲打电话的次数也少了。

父亲埋在花坛里的鹦鹉得自市场。"得自"一词似乎并不恰当，准确地说，是鹦鹉跟着我回来的。通仁市场离家只有十分钟车程，我有时会开车去那里的鱼铺买鱼，那儿有附近超市买不到的青鱼、鲽鱼和黄姑鱼。鱼新鲜，老板也大方，偶尔会赠送一把海鞘。那天我和女儿去买八甲鱼，在鱼铺前看见了艾草，便买了一袋放在购物车里。要离开时，我注意到一只鹦鹉正在地上走来走去。鹦鹉？画里或书中的鹦鹉大都长着黄、绿、白色的羽毛，这只却连面部都是暗灰色。起初我以为它有主人，后来发现并非如此。哪来的鹦鹉？观望片刻后我准备去鱼铺，不料鹦鹉一直跟着我们。鹦鹉又不是小狗，竟然一直跟在我们后面，配合着我们的脚步。我觉得奇怪，不过也只是想想而已。女儿很开心地说，妈妈，鹦鹉跟着我们！我在鱼铺买了肥美的八甲鱼和一条鳕鱼，鹦鹉就停在我的脚下，直到我们离开市场。

——走开！

我烦了，像训斥能听懂话的人似的大喊，走开！我让你走开！鹦鹉像是有话要说，只是盯着我看，没有离开。直到我们站到停在市场后面路边的汽车前，它还是跟着我们。看着鹦鹉一路跟随，女儿笑出了声。我转身回到卖给我艾草的店铺，最早就是在那里遇到了灰鹦鹉。女儿和鹦鹉也跟着我掉转方向。我问卖艾草的老奶奶,这只鹦鹉老是跟着我,怎么办?奶奶连连咂舌,说鹦鹉已经在市场徘徊了三天。鹦鹉不可能自己离家,会不会是有人故意把它丢在了市场?听说偶尔有人故意把小狗丢在这里。奶奶看了看我,说我像鹦鹉的主人。她说鹦鹉追逐市场里的人,但要是有人想带它走,它就用嘴啄人,粗暴地叫喊,让人不敢靠近,在我们面前却很乖顺。为什么对我们这样呢?我茫然地注视着灰鹦鹉。无论如何,我必须回家了,我不能拿着八甲鱼和鳕鱼,继续在鹦鹉的护送下逛市场。我想了个办法,趁着鹦鹉走神时加快脚步,试图把它甩掉。不一会儿,鹦鹉又来到我身后。女儿跟上来自豪地说,鹦鹉就喜欢跟着妈妈。我头也不回地逃到市场胡同的电线杆前,片刻之后它又跟了上来,停在我面前。走开!我冲它喊道,依旧无济于事。我和女儿想骗一骗鹦鹉,便故意走进肉铺,假装到蔬菜店买露葵,拐了一大圈后绕出来,还是没用。真是怪,我竟然成了鹦鹉的目标……我心里很不是滋味,快步走到车旁,拉开车门,鹦鹉却比女儿更快地扑腾进了车里。这只灰鹦鹉就是真真。

——奇怪,哪儿都没有受伤,可是早晨刚醒,我就发现它死了。昨天还吃了不少……

父亲和灰鹦鹉相处得很好,真真这个名字也是父亲取的。父亲说,鹦鹉讲真话,其实它讲的都是父亲教的话。鹦鹉怎么可能讲真话?我没有干涉,也叫它真真。

——想它吗?
——我把它当成伙伴。

父亲的声音听起来空荡荡的。记得当时我把鹦鹉带给父亲的时候,父亲笑着问,这次带来的是鸟?

——父亲,它不是普通的鸟。

——不是普通的鸟,那是什么?

——它会说话。

——说话?

——对呀,您好好教吧。把自己想说的话教给它,说不定它能替您说出来。

父亲不肯让猫和狗住进屋里,可不知为什么,他把装鹦鹉的鸟笼挂进了卧室。父亲似乎断定,村里没人养过鹦鹉,大家可能见过喜鹊、麻雀、栗耳鹀,见过鸳鸯、啄木鸟、青鸟,但应该没有见过鹦鹉。这样就不会有人因为他把鸟笼挂进房间而嘲笑说,屋里养什么鹦鹉!

父亲容易听信别人的话,而且深受影响。

听到什么事,如果父亲说别人会怎么说……就意味着这件事不正确,他反对。把灰鹦鹉交给父亲后,那段时间我依然每天早晨给他打电话。电话那头的父亲真的在教鹦鹉说话。鹦鹉刚学会叫爸爸,寸步不离地跟着父亲。爸爸?刚听到时我觉得太不可思议,不由得对着空气苦笑。我从来没叫过爸爸,这个称呼竟然被鹦鹉用了。房间里的鸟笼被鸟架取代,只要父亲在屋里,鹦鹉就会站上父亲的肩膀。不小的身体压在父亲肩上,有人来就说,请进。父亲做理疗也要带上鹦鹉。一天早晨,我给父亲打电话，话筒那头的鹦鹉发出粗哑的男声说，好久没见你了！我毛骨悚然。

——它说什么？

我问。父亲哈哈大笑。听着父亲欢快的笑声，我感到出人意料的清凉。能让父亲笑，这就够了。后来每次给父亲打电话，我都能听到鹦鹉说，好久没见你了！从通仁市场来到J市，鹦鹉似乎也不想再错过或失去什么，紧紧贴在父亲身边。父亲躺在床上，它就坐在父亲的肚子上。父亲趴着的时候，它就坐到他背上。父亲站起来钉钉子，鹦鹉就把父亲的胳膊当成滑梯，沿着胳膊从肩膀轻盈地落到手背。每次我打电话，它都不忘用粗哑的嗓音大叫，好久没见你了！

我挽起父亲看着有些空荡荡的胳膊，转移了话题。

——您去哪儿了？

不知道父亲是怎么理解我这话的，他只是嗯了一声，含糊其词地说，进来吧。他领我走向玄关前的台阶，似乎忘了自己刚刚哭过。我跟着父亲登上通往玄关的八级台阶，一共用了八分钟。左腿先放在台阶上，再抬上右腿，再把左腿放到上一级台阶，继而抬上右腿，如此反复。我紧贴在父亲身后站着，一只脚一只脚地挪上台阶，却差点踩空摔倒。失去平衡摇摇晃晃的时候，我感觉有只手抓住了我。我转头去看。白蝴蝶飞过埋葬着曾大声说"好久没见你了"的灰鹦鹉的石堆，飞回冬柏花间。

起先，听妹妹说父亲哭了之后，我没当回事。再回到家，亲眼看见父亲望着埋葬鹦鹉的石堆哭泣，我才突然觉得这是有可能发生的事。

父亲说他不吃晚饭了，说自己什么都嚼不动，要是我不想吃，就不要做饭。冰箱里塞满了妈妈离家之前做好的小菜：两桶豆浆放在水桶旁，边上是煎豆腐、鸡蛋卷和石花菜，不锈钢桶里盛满了牛骨汤；冰箱最下面一格装满了小小的嫩豆腐，做好的土豆泥也盛了整整一餐盒。这些都是能用牙床咀嚼或者拿杯子直接喝的东西。看到这些食物，我才真切意识到父亲开始治疗牙齿了。没有染过的头发早已花白，嘴角处格外瘦削，是我见过的人中最苍老的。父亲说不想吃晚饭，我说不能空腹吃药，总要吃点东西才行。父亲这才指了指搁板上的橡子粉。

——那你想做橡子凉粉吗？

——我做橡子凉粉的话，您会吃吗？

父亲点了点头。为什么偏偏是橡子凉粉……我从搁板上取出橡子粉，立刻感到有些尴尬。我从没做过橡子凉粉，连橡子粉的存在都不知道。包装袋上写着"选用100%国产橡子精心磨制而成的橡子粉"，旁边印着烹饪方法和图解。没办法，我只能按照上面写的顺序做下去。我找到锅，舀入一杯橡子粉，倒入六杯凉水，打开燃气灶。大火煮沸，并不停搅拌？火要大到什么程度呢？我犹豫片刻，把火调到最大，不停地用木勺搅拌。橡子粉溶入水中，像糨糊似的凝结在锅里。加入少许玄米油和粗盐，搅拌大约五分钟，直到变成深栗色。袋子上这样写道。家里没有玄米油，我只好用豆油代替。橡子粉在锅里很快变得黏稠。我想找密闭容器用来冷却，只有这样它才能成形，变成松软可口的凉粉。而父亲从倒扣在水池上的餐具中拿出一个凹形碗，让我倒在里面。他一边用勺子搅拌着盛在碗里的热橡子糕，一边舀着吃。不像是吃凉粉，更像是喝粥。后来我记起，烹饪方法上写着要用粗盐调味，当时我却忘了。父亲也没有要酱油。

——味道怎么样？

我问。父亲好像也形容不来，只说吃了胃就舒服了。我好奇地舀起一勺尝了尝，趁父亲不注意时很快吐了出来。什么味道都没有，简直像是有苦水从胃里涌上来。竟然还问味道怎么样，实在让人无法回答。父亲喝了橡子粥做晚饭，吃了一剂药，给妈妈打了个电话。他问电话那头的妈妈，你还好吗？妈妈说，我来这里就是为了让自己好。父亲笑了。你在笑？妈妈问。当然在笑，不然还能怎么样？我偷听他们无聊的对话，不由得露出笑容，却又觉得尴尬，连忙闭上了嘴。父亲问医生怎么说，脸上又有泪水流下来。明天去医院，妈妈说，又哭了？父亲说，医生不是说了吗，我的泪腺出了问题。明天就要住院的妈妈在城里的大儿子家安慰 J 市的父亲：人老了，心要强大才行，总是不分场合掉眼泪，别人怎么看？孩子们心情能好吗？我已经这样了，总要有个人坚强才行啊，不是吗？父亲无力地回答，你说得对。妈妈叮嘱父亲，无论如何都要好好吃饭。父亲答道，我会的。妈妈问吃没吃药，父亲说吃过了。这时候妈妈口中突然蹦出我的名字：不要像缠着我那样缠着小宪。父亲说，我会的。她是个心里有痛的人，说着说着，妈妈停下了。虽然不在眼前，我却可以清晰地看到妈妈不小心说出这句话后的慌乱神情。紧接着，妈妈让我接电话。我深深地叹了口气。妈妈告诉我，不要在小卧室的地板上睡觉，憋得慌，到妈妈卧室的床上睡。快要挂断的时候，妈妈唤起我的名字，然后说，谢谢。

父亲躺在客厅的床上，打开了电视。

不知从什么时候开始，父亲在客厅里放了一张床，就在那里睡觉。

推开他们卧室的门，我看到了妈妈空荡荡的床。以前我带着女儿回来的时候，我们三个人就躺在这张床上聊起父亲。每次听我妈妈讲父亲的事，女儿都听得格外认真，还会问，是真的吗？好像那是书里的故事。仓库里摆放着父亲的农具，另一个小卧室的墙边则插满了我送给父亲的书。我不仅把自己照顾不了的狗、猫和鹦鹉送给父亲，当书堆积到我无法承受时，也会开车将它们送到这里。渐渐地，我几乎把所有书都运回了J市老家。那两年，我在纽约生活。父亲在老家的小卧室里做了书架，整齐地插上我送回去的书。我们兄妹几个回家时，就在那个小卧室睡觉。哪怕不喜欢读书的人，也不会特别讨厌有书的房间。对我来说，家里有书，回去就不用特意准备要读的书了，很方便。一想到回家有书可看，我就莫名地感到安心。不知从何时起，大哥会把我出版新书的采访报道和登在报纸上的随笔剪下来，做成装饰板，放在小卧室的书架前。这是大哥喜欢做的事，我不能多说什么，没有放在客厅已经谢天谢地了。

我接受过题为"我的父亲"的随笔约稿，发表在报纸上的文章，也被大哥做成了装饰板放在书架前，还满脸喜悦地读给父亲听。我不希望家人读到我的文章。这种心情很难准确形容，最接近的说法是惭愧。我用自己的方式在文章里还原我们共同度过的某段时光，他们会怎么想呢？每每想到这里，我就感觉心惊肉跳，尴尬又惭愧，甚至还有恐惧。原本可以消失的某段时光，因为我的文章而被采集为语言。父亲怎么说？我不抱任何希望地问。大哥道，父亲说你鸡毛蒜皮的事都记得。鸡毛蒜皮，父亲说的鸡毛蒜皮是指什么呢？有时我会为了找到这个答案重读自己的文章。在老家的小卧室里睡觉时，我也总是把大哥放好的装饰板转到另一面，因为感到装饰板里的那个自己正在凝视着我。

睡不着，我从书架上取下《那一天》。客厅传来的电视声很大，我想让父亲把音量调低，但最后只是轻轻关上房门，坐在妈妈的床上注视着书名，《那一天》。那一天，我忙着赶稿子，直到晚上才记起当天是女儿的生日。那天早晨，女儿推开我书房的门，冲我挤了挤眼睛说，妈妈，加油！然后就空着肚子出门了。这是常有的事。如果我一直没记起生日这回事，我不会去女儿上学的地方接她。如果直到最后一刻都记不起来的话。

作者维利·罗尼说："我对自己的所有照片都如数家珍。"接着开始回忆那一天。他以这种方式记录下了自己所摄照片诞生的瞬间。我本来只想在睡前翻一翻，后来却趴在妈妈的床上专心致志地读了起来。法国阿尔萨斯，某纺织厂，年轻的女人跪在纺织机前。我盯着这张照片看了许久。转动机器的时候线断了，女人要接起断开的线，于是跪在机器前。作者应该是为了拍摄工厂内部场景才去访问的。在工厂主的带领下，他一步步了解了工厂的发展变迁史，其间忽然注意到这个跪下来连接断线的女人，便请求工厂主稍等片刻，拍下了照片。他这样描述那个瞬间："因为我刚刚无意中发现了一个我绝不想错过的瞬间。""一旦错过这个瞬间，就可能永远都不会再现了。"正如作者描述的那样，纺织厂女工"漂亮，姿势优美。我立即联想到了一个正在抚弄竖琴的音乐家"。书外的我也无法将视线从那页移开。法国阿尔萨斯是个什么样的地方呢？那个纺织厂还存在吗？跪在机器前接线的女人后来怎么样了？想着想着，我不知道是自己先睡了，还是父亲先睡了。

凌晨三点左右。

我从睡梦中醒来，想起这是妈妈的床，意识到把我吵醒的是客厅里依然开着的电视。我想去卫生间，顺便看看父亲是不是还在看电视，便坐起身来。《那一天》掉在地上，我捡起来放在床头。正要打开主卧对面卫生间的门时，我往客厅里床的方向看了一眼。电视机摇曳的蓝光照着父亲空荡荡的床。我以为自己看错了，连忙将手从卫生间门把手上移开，喊着父亲朝那边走去。电视购物频道正在推销大麦芽粉。难道是去卫生间了？我又敲了敲卫生间的门，什么动静也没有。我按下墙上的开关，打开灯，向卫生间里张望。洗脸池上的牙刷筒里插着牙刷，旁边是牙膏；印着J市农协标志的毛巾挂在毛巾架上，摇摇欲坠，仿佛马上要掉落。落在浴缸底部的淋浴头冲着天花板，敞开的马桶孤寂地立在刚刚亮起的灯光里。只有这些,没有父亲。我看着马桶边的不锈钢支架。父亲要扶着支架才能从马桶上站起来吗?鼻间充斥着潮湿的气味,我喊着父亲,拉开连接客厅和厨房的推拉门,又去到厨房后面的多功能室,依然没有看到人。挂钟已走过凌晨三点,想到这里我立刻急了,打开门,赤着脚来到屋外,朝着冰冷的夜空呼唤,父亲!四周一片寂静。我又回到屋里,把墙上的开关都按了一遍,打开所有的灯,里里外外灯火通明。白天没有留意到的海棠花在院子井边盛放,被灯光照得红艳。我赤脚站在院子里,一遍遍地呼唤父亲,柿子树、冬柏、大门、鹦鹉的坟墓都静悄悄的。我慌张地环顾四周,只有冰冷的空气。

我在以前被用作灰棚的仓库里发现了父亲。

挂在仓库墙壁上的农具下面,父亲蜷坐着,就藏在铁耙、镐头、镰刀、木锤、锄头、铁叉、十字镐和铁锹等投下的阴影之中。
——父亲。
我喊道,父亲一动不动。
——您在这里干什么?
发现父亲的喜悦让我飞也似的跑到父亲面前,眼前的景象却让我愣住了。父亲在哭泣。看到父亲的眼泪,我不知所措,因为寻找父亲而热起来的身体如同被浇了冰水,顿时冷却下来。我调整心情,轻轻摁掉刚才慌忙打开的仓库灯开关,希望让父亲就这么在原地待一会儿。父亲在这里做什么？仓库又暗了下来，我坐到父亲身旁，看向他注视的地方。农具。现在父亲已经不做农活了，但仓库墙边依然整齐地挂着挖红薯和马铃薯用的各种锄头、刈草和收割用的镰刀。五六把铁锹单独挂在管子上，向前凸出。还有两把酷似铁叉的十字镐。

父亲不能容忍用过农具之后不放回原位的行为。

如果不放回原位，下次使用时找不到，就会耽误本来该做的事。二哥总是因为农具的问题受到指责。他喜欢在水井边的空地种上自己从别处得来的海棠花或玫瑰花。久而久之，原来的空地变成了井边花坛。二哥也喜欢重新拆装收音机等仪器。即便他把挂钟拆开彻底毁坏，父亲也不会责骂一句；但只要他没有把种山楂树时用来挖土的铁锹和锄头放回仓库里指定的位置，父亲就会勃然大怒。父亲说，所有物品都自有用途，放回原位是第一要紧事。下次才能很快找出来使用，否则要浪费大半天时间去寻找。任何人都不能违背父亲管理农具的原则。除夕夜，父亲从不忘归还借来的农具和钱。他说，借的钱必须赶在新年到来之前还清，哪怕再借也好。当年的事情必须当年解决。村里没有父亲借了却没还的农具，也没有父亲借出去却没有收回来的农具。小时候在我看来不像农民的父亲，现在真的不做农活了，只有用过的农具整齐地挂在仓库的墙上，如同遗物。

——父亲，进屋吧。

我感觉这样下去父亲会彻夜不睡，就过去扶他。父亲像个孩子,靠着我站起身。走出仓库,凌晨的冷空气立刻包围了我们。

——父亲,抓紧我。

登上通往玄关的台阶,我拉起父亲瘦弱的胳膊,让他抓住我的腰。随风飘来一股香味,不知是玫瑰还是冬柏,那一瞬间我产生了某种预感,预感自己很难再回到城市里了。

我第一部作品里,开篇第一句话是这样的:放在哪里来着?

四格的推拉式抽屉全部翻找过了,还是没有看到手套。这是第二句。失去女儿后,我再也没回过J市。有一天,我突然想起自己写第一部作品的情景,于是翻出了收录那部作品的书。大学毕业之后,我的第一个工作单位是一家位于西大门和阿岘洞之间的出版社,名叫"异音社"。现在已经不存在了。那段日子,我每天早晨都从住在驿村洞的大哥家出门,走过门前长长的胡同,到公路边的车站等车上班。无论是走在胡同里,还是上了公交车,我都低垂着头,从不抬头微笑。市中心几乎每天都有针对游行队伍发射的催泪弹,空气刺鼻。有一次我回母校办事,路过明洞附近,还被武警翻包检查了三四次。当时,三哥在准备考试,患上了腰椎间盘突出,住了院。出版社办公室位于一栋简陋建筑物的三层,脚踩上木制楼梯会发出嘎吱嘎吱的声音。我不知道这是木制台阶受压发出的声音,还是鞋底打滑所致,总之每次听到这个声音,我都会停下脚步,静静地回头向后看。眼底是刚刚走上来的几级台阶,视线尽头是人们快速路过大门的脚。男人的扁平皮鞋,女人的高跟鞋,混杂在中间忙碌奔走的运动鞋,以及近似于拖鞋的低帮鞋……纷纷进入我的视野又渐渐远去。那时我便会低头看着站在木制楼梯上,自己的脚穿着的鞋子。沿着嘎吱嘎吱的楼梯下去,推开大门就是街道。我想象着早晨,自己的脚混合在行色匆匆的街头。如果离开这里,我的脚会走向哪里?华阳剧场所在的十字路口,还是那之前的天桥?如果朝反方向去,过了马路向上,就会经过钟根堂门口;如果不过马路,就会走向售卖手工小家具的阿岘洞方向。然而我的脚哪儿都没去,每次都是听着吱扭吱扭或嘎吱嘎吱的声音,小心翼翼地走到三层,推开放有三张书桌的办公室的门,把包放在我的书桌上,脱掉低跟皮鞋,迅速换上拖鞋。有关办公室之外的想象也在换鞋时结束了。关于逃离的想象令我涨红了脸,等我很快适应了办公室的空气,脸色又渐渐恢复成黄色。我长长地呼了口气,朝着桌上的翻译稿伸出手去。如果出版的作品中有我想读的书,仅凭读书的乐趣,上班的路也许会变得轻松。我也不会再想着上班后再下楼,推开刚进来的门,去往别的地方。可直到我辞职离开那家出版社,那里也没有出版一本我想读的书,所以我不知道实际上会如何。如果真是那样,我想工作时间不会那么辛苦。持续做着没有意义的事,感觉手指在一个一个地消失。偶尔,我会放下正在校对的笔,左手摸右手,右手摸左手。当时的工作是集合不同译者的稿子,梳理文脉。一本书有五六名译者,各自不知道前后情节,每个人只负责自己的份额。译者变了,地名、年份、数字都会出现偏差,同一个故事中引用的内容也互不相同。有时我好不容易梳理好了前面的部分,下个译者又做了不同的标记。后来我渐渐混乱,不知道自己在梳理什么，再之后便只剩下虚脱感。不管怎么做，我都像迷了路似的在持续的混乱中梳理情节、时间、地名。一天下来，头痛如裂。终日伏案工作也让我的肩膀因紧张而耸立，到了下班时，几乎快贴到耳朵上。

每天下了班，我都想着不能再这样下去。这样下去，我会死的。

不知从哪天起，为了生存，我下班后开始带上李熙昇的《国语大辞典》去驿村洞的读书室，每天占用一个隔间写写涂涂。有一天我写道，放在哪里来着？这句话没有擦掉。随后我又写道，四格的推拉式抽屉全部翻找过了，还是没有看到手套。当时我住在大哥家，下班回去吃过晚饭后，就带着《国语大辞典》来读书室。从那时起，再听到上班路上木制楼梯嘎吱嘎吱的声音，我不会再冲动地想要掉头往回走。一想到上班是为了下班后能去读书室，我就可以坦然地工作了。我耐心地翻看着质量参差不齐的译稿，尽可能按照合理的逻辑梳理前后脉络，放松心情，放平肩膀，不带任何感情地做这项工作。工作不可能有做完的时候。以为结束了，翻开一看，还是存在需要修改的地方。这里改好了，那里又错了。修改好了以为出错的地方，很快又发现另一处不对。尽管如此，我还是坐在三层办公室的书桌前，做着修改这里、调整那里的工作。放在哪里来着？写完这句之后，每次下班，我的脚步都变得轻快积极、充满活力。吃过晚饭，回到读书室，我接着昨天的内容继续往下写。那时还是写在稿纸上。有时一天写一页，顺利的时候也可能写七页。即便到了一行也写不出来的日子，夜晚的时间流逝也和白天形成了鲜明的对比，总是转眼就过去了，很快到了凌晨。读书室楼下有做年糕的店面，既接受大订单批发，也可以现做现卖。在所有人都沉酣入睡的凌晨三点，机器运转起来，发出嗡嗡的声音，抽出长条糕和方糕。我来到走廊吹风，透过细长的窗户往外看，银杏树在风中摇曳，树影散落在空旷的街头。风大的时候，街上不见人迹，树叶被吹到路中央。街头冷冷清清。俯视着凌晨三点的街道，听着年糕机的嗡嗡声，我不由自主地用双手抱住胳膊肘。等回到读书室的椅子上，松开双臂，我写下了这句话："生活中有突袭。"凌晨三点那一刻，我看着空旷的大街、吹落在地的树叶和行道树的影子，思绪迫切，心中掠过我的未来。

那时我已隐约预料到，将来不管在什么地方，我都会在不完整的状态下从事涂涂写写的工作。即使画上了句号，也会继续反反复复地修改自己写下的文章。

自从在仓库的农具前发现了父亲，我每天夜里都能找到蹲在某处哭泣的他。有时在井边，有时在柿子树下，有时在酱缸之间。第二天父亲会全然忘记自己哭过的事，给住院的妈妈打电话，还让我陪他去买活章鱼。活章鱼？父亲正在看牙，嚼不动活章鱼啊。不过父亲肯定有他的想法，这么想着，我跟着他出了门。

——您说我喜欢活章鱼？

在J市市场的鱼铺前，我怔怔地盯着父亲的脸。

父亲突然要买活章鱼，竟然是为了我。他以为我喜欢活章鱼。奇怪。父亲的记忆里怎么会留下我喜欢活章鱼的印象呢？我记得喜欢活章鱼的人明明是父亲。

那年初夏，妹妹的孩子出生，妈妈来首尔帮忙产后调理。为了陪伴独自在家的父亲，我回到了J市。父亲好像没有胃口，我做的每道菜他都不怎么动筷子。我给首尔的妈妈打电话，她让我去市场给父亲买活章鱼，告诉我父亲没胃口的时候，吃点活章鱼就会恢复。为了让父亲恢复食欲，我在五岔口前的市场下了公交车，寻找活章鱼。可转了几家鱼铺都没有找到活的，只有死章鱼。妈妈说一定要活章鱼。每进一家鱼铺，我就问有没有活章鱼，结果都落空。我想干脆回家吧，到了火车站前的公交站，却意外在站前一家生鱼片店的鱼缸里发现了活章鱼。那是我第一次因为看见活章鱼而欣喜。生鱼片店的老板从鱼缸里捞出活章鱼，装进黑色塑料袋。乘公交回家的路上，章鱼拼命挣扎，塑料袋都在摇晃。我很紧张，生怕它会穿透塑料袋钻出来，急得头都要炸了。父亲呆呆地看着我买的活章鱼，默默地接过去，进了厨房，把活章鱼放在案板上，翻过头，摘除内脏，顺便去掉了附在章鱼腿上的吸盘，动作轻快而娴熟。除掉内脏的章鱼仍在蠕动。父亲将整条活章鱼蘸上醋酱，放入口中咀嚼。我怔怔地盯着他，看他把洗干净的章鱼放在案板上，当当当地切开，再用芝麻和香油调味，推到我面前让我吃。正如妈妈所说，本来没胃口的父亲津津有味地吃起了活章鱼。父亲吃得太香了。

我也跟着把切成小块的章鱼放入口中，却总感觉有东西在撕咬我的脸颊，吓得吐了出来。拥有如此奇怪的饮食习惯的人，竟然是我的父亲？这样一想，我的胃里开始翻江倒海，淡淡残留在口中的芝麻和香油也都吐了出来。父亲见状问道，吃不下吗？动来动去的，我说。父亲把章鱼放入热水，烫过之后再递给我。那个初夏，父亲吃活章鱼，我吃烫过的章鱼。

从那之后，我不记得自己再和父亲一起吃过活章鱼，可是父亲为什么觉得是我喜欢吃呢？看着他难得满面生机地提议去市场给我买活章鱼，如果我说不喜欢，未免太残忍。我只好呆呆地望着父亲挑选活章鱼，然后付钱。鱼铺不再像以前那样把活章鱼装在黑色塑料袋里，而是提前收拾干净，切成小块，装进透明的塑料桶，回家打开就可以直接吃。明明不是生鱼片店，却连大蒜和醋辣酱都准备好了。回到家里，我先把活章鱼盛入深盘，接着洗净从地里摘来的生菜，放在大盘子里，旁边摆上蒜和醋辣酱，推到父亲面前，说，您嚼不动吧？父亲却说，这是给你吃的。记忆是从哪里开始歪曲的？父亲原来真的以为我喜欢活章鱼。如果记忆如此不可靠，那些我认为真实的事情还可以继续相信吗？我一边胡思乱想，一边茫然注视着已经被切断、仍在盘中挣扎蠕动的章鱼。生活就是由一定程度的歪曲和误会组成的。也正因为可以歪曲和误会，才有可以贯通的瞬间。我担心父亲盯着盘子里蠕动的活章鱼又会哭，就说我去煮章鱼粥，您稍微等一会儿。说完连忙起身离开餐桌。

晚上我没有睡妈妈的床，而是在客厅里父亲的床下铺了被褥。

因为深夜从梦中醒来后,总免不了要去寻找父亲,索性就守在旁边,在床下的黑暗中注视着父亲。有时候,父亲会从床上坐起来,独自坐着发呆。

——睡着了?
——嗯,睡着了。
——睡着了还能回答?
——是啊,您快睡吧。

父亲又坐了片刻便重新躺回去,面朝墙壁,上面整齐地挂着我们兄妹几个戴学士帽的照片。也许父亲正在黑暗中挨个打量着我们的照片,从大哥到小弟。我也从父亲背后抬起头,去看戴学士帽的大哥。大哥旁边是二哥,二哥旁边是三哥,三哥旁边本应是我,可是那个位置空着,接下来是妹妹、弟弟……忘了是九四年还是九五年,这栋房子刚翻盖完时,父亲最先做的就是在这个位置钉上钉子,挂上我们戴学士帽的照片。虽然后来也拍了很多值得纪念的影像,但父亲还是只挂这几张。仿佛只要看着这些照片,我们就不会变老,永远都是当时的样子。大哥已经从公司退休了。我想不通父亲为什么要把这些照片挂在最显眼的位置。在那栋如今已不存在的老房子里,最初曾挂上了大哥的照片,应该是为长子大学毕业感到骄傲,几年后,另外两个哥哥戴学士帽的照片也整整齐齐地挂上了墙。父亲遇到的障碍是身为老四的我。轮到我时,我拒绝了父亲的请求。我讨厌拍照。虽然曾为制作毕业相册戴着学士帽拍过一次,但我不想放大，也不想装上相框寄给父亲。这样的照片挂上墙做什么？客人一来家里就会一眼看到，我不喜欢这种感觉。谁都可以对我们的照片发表意见。有人说孩子培养得不错，有人说哪个孩子像谁。我抗拒这样的评价。毕业之后，每当父亲让我拍戴学士帽的照片，我要么假装忘记，要么直截了当地、不耐烦地说，挂那个干什么，土里土气的。我想只要我不寄，父亲就会忘了，没想到他在这件事上竭尽全力。父亲十分寡言。现在只要聊起父亲有多么不爱说话，某年寒假曾来我们家住过一个多月的表哥就会笑着说，我在姑妈家住了一个月，姑父只说了两句话，我去的时候，他说，你来了？我要走的时候，他说，你要走了？这样不爱说话的父亲，每次见到我都会让我寄照片给他，有时为了动摇我装糊涂的心理，甚至会变成话痨。不过，我也因此知道了一件事。我小学毕业相册里的相片是我出生之后拍的第二张照片，第一张是出生满一百天时拍的全家福。在百日照里，父亲抓住正要跑出去的三哥，旁边的妈妈身穿小褂、头发用细梳子梳成卷，怀里抱着出生满一百天的我。大哥和二哥端正地站在父母两旁。如果当时没有拍那张全家福，小学相册里的毕业照就是我的第一张照片了。那时候拍照不容易，说起去镇上照相馆拍百日照的情景，父亲记忆犹新。我自己也觉得很意外，因为哥哥们都没有百天照。父亲对我说抱歉。当时拍照很贵，所以没有给我拍单人照，只拍了全家福。他好像告诉我什么重大秘密似的说，你出生了，我觉得我们不用再生孩子了。三个儿子，一个女儿，够了。父亲说得很认真。我大笑着问，父亲！那小美和小弟是因为家庭计划失败才出生的吗？

小美是妹妹的昵称。父亲四下张望，让我不要那么大声，似乎是害怕小美和小弟听到。据父亲所说，我满一百天时拍全家福的背景是这样的：继三个哥哥之后，我这个女儿出生，对此他很满意，第一次产生了拍全家福的想法。我是女儿，真好，以后别无所求了。这不是我第一次听说父亲有这样的念头。妈妈偶尔也说，我出生时最开心的人是父亲。邻居们听说妈妈生了，询问是儿子还是女儿，父亲满面笑容地大声回答，是女儿！我百日时，哥哥们穿上新衣服，妈妈在镜子前散开头发，全家一起到镇上的照相馆拍全家福，这一切都因为我是女儿。为了得到我戴学士帽的照片，父亲说出了有关照片的全部秘密，却还是没能改变我的心意。有一次我向父亲抗议道，准确来说，我读的是两年制专科，不是学士。父亲让我戴学士帽拍照，无异于让我犯规。父亲立时语塞，说，那就先专升本，读完四年制。一辈子在乡下务农的父亲竟然说出了"专升本"，我满脸惊讶，呆呆地看着他，完全想不到他会知道这个词。即便如此，我还是找种种借口，不肯寄照片给父亲。这期间，妹妹和小弟相继毕业。父亲也将他们的照片挂上了墙，但他仍然不肯放弃，空出了我的位置。在我大学毕业十年后，每次来首尔或者回老家，父亲都不忘让我拍照给他。大哥看不下去，苦口婆心地对我说了很多，父亲那么想要，你作为女儿，连这个心愿都不能满足他吗？我的眼睛盯着别处，假装没听见，大哥冲我吼了起来：那是父亲的人生啊，你是写作的人，这么不懂人心吗？连父亲的心思都不懂，还写什么文章……

父亲的人生？我们戴学士帽拍的照片？

直到那时，我才稍微有些理解，父亲为什么要把我们的学士帽照片挂在随时可见的地方，我突然泄了气。毕业几年之后，我去了照相馆，把头发梳得整整齐齐，戴上借来的学士帽照相。照完之后我没有寄给父亲，而是塞到了一个角落里。这算什么？我为什么如此吝啬？失去女儿后，我对一切失去了感知。没有什么值得微笑，值得计较，值得守护，一切都变得没有了意义。今天、明天、昨天都结成一团乱糟糟的疙瘩流走了。那张照片现在放在哪里呢？我没有扔掉，应该是在某个角落蒙着灰。我在黑暗中隔空摸了摸那个依然空白的我的照片的位置。父亲那么想要的东西，我却始终不肯给，痛楚一瞬间掠过心头。也许我只是想通过拒绝父亲，逃离渗透在这个村庄和这个家里的陈旧事物和观念。我模仿父亲躺在床上的姿势，侧卧在客厅的地板上。父亲看着墙壁，我看着他的后背。我们都是侧身而卧，床上的父亲和地板上的我，我们之间仿佛隔了个台阶。现在，父亲连催我寄照片的心思都没有了吗？黑暗之中，父亲的后背好像塌陷了下去。

——快睡吧。

大概是听见了我在背后叹气的声音，父亲轻声说道。

——父亲您也快睡吧。

——小宪。

明明让我快睡，父亲却又低声叫了我的名字。

——嗯。

——你想做的事，都顺利吗？

我在读书室一页页写完了中篇小说，通过这篇小说登上文坛。投稿截止日当天，我去邮局用打孔器在三百多页的稿纸上打孔，再用黑线穿起来缚住。那时我还没定题目，直到把信封递给邮局职员之前，我才写上《冬季寓言》。当时我二十二岁。投稿需要填写联系方式，而我不想留出版社办公室的电话，就留了大哥家的电话号码。每天下午四点左右，我打电话给嫂子，问有没有什么特别的事情。看我突然这样，嫂子常常反问，能有什么事？直到有一天，她说，文艺……什么的地方打来了电话。对方留了电话号码，让我联系。嫂子立刻把号码告诉我，我连忙记在手心。当我把登坛[①]消息告诉J市的父亲时，他没听懂登坛这个词，问我是不是好事。是好事吗？我没能马上回答。村长家里有一部电话，供村里人共用，只要进城的人有急事，都会打到那里。村长通过广播呼叫接电话的人，于是全村都知道谁家有人打来了电话。当时是十月，父亲接到电话的时候可能正在喂鸡，也可能在田野里忙秋收，或者在牛棚里。他听不懂登坛，气喘吁吁地问是不是好事。我一时语塞，站在那里犹豫再三。应该快点回答。父亲的呼吸声已经传递出担心话费太贵的忧虑。我站在城市的公用电话亭里，把听筒换到另一只手，大声对乡下的父亲说，我不知道是不是好事，但这是我很想做的事，父亲。

[①] 韩国文学界把发表处女作称作"登坛"，即登上文坛。

从那之后，我再也没有对父亲说过心里话。

——不顺利吗？

见我不回答，父亲又问。和往常不一样，他的声音十分清晰，不是那个睡觉时会突然消失、不知所措流泪的父亲。

——看到你做着自己想做的事，我很开心。

父亲想说些什么，却只是深深地叹了口气。父亲应该是想说说女儿的事。那些日子，家里所有人都避免谈起女儿，尤其是父亲。其实我并没有竖起盾牌。女儿没了，我依然在餐桌上摆放她的碗筷，从服装店给她买衬衫挂起来，一切都像和女儿在一起时一样。我希望跟着女儿去那个地方，有时想给她梳小辫想得手指痒痒，常常手握成拳再展开。

——即使每天都痛苦得要死，也总会过去的。

——……

——春天在田里播下种子，想着什么时候才能长出来，什么时候才能移苗、培植、秋收，可是日子很快过去，转眼间夏天到了，秋天到了……

不知什么时候，我睡着了。我像牛一样反刍父亲的话，努力听清他持续不断的低语，某个瞬间好像听见了轻轻的呼噜声，睁开眼却发现父亲的床空了。我大吃一惊，连忙打开家里所有的灯，来到门外，连声呼喊父亲。我打开仓库的门，也去了酱缸台和井边，都没看到父亲的身影。我想起睡前曾用长线将手机挂在父亲的脖子上，便急匆匆地回到房间给父亲打电话。父亲一次次在睡梦中消失不见，但因为我从没在家里找到过他，

47

一发现他不见，我就下意识地先跑出门外。手机铃声却从小卧室传出来。我跟随铃声打开小卧室的门，见父亲正躺在书桌下的地板上，胸前抱着用我写的关于他的随笔剪成的装饰板。父亲脖子上的手机在响，可他仍静静地躺着。翻盖了新房后，这个房间也还是被叫作小卧室。冬天把清鞠酱放在炕头。为了让酱块发酵，会在墙上钉满钉子；或者找来多权的树枝，给每条树枝都挂上酱块，然后用布盖好。童年时代的老房子已经从地球上消失了，两次盖新房，父亲都保留了相似的方向和结构。尤其是小卧室的位置。只要站在窗边，就可以看见大门，窗户的大小和方位也没变。因此在这个房间，完全感觉不到这是新盖的房子。站在窗前，我情不自禁地想起童年时光：把脚伸进炕头发酵酱块的被窝，趴着吃煮红薯，吃着吃着就睡了；睡醒后费尽九牛二虎之力想摘掉粘在头发上的红薯渣，最后没办法，只能拿剪刀剪掉那撮头发。当时房子里不可能有很多书，可是为什么只要想起那间小卧室，我就会想起自己趴着看书的情景呢？看书时偶尔抬起头，看见窗外正在下雪。下雪了……赶紧走到窗前看院里的积雪。隔着小窗户看院里厚厚的积雪，感觉片片雪花就像文字。飞舞的文字落在院里，彼此之间形成脉络，形成句子，最后堆积成书。也许正因如此，一旦开始就连下三四天的雪并没有让我感觉冰冷和危险，反而觉得温暖而安全。廊台下的小狗们都溜到院子里，在雪地上留下凹陷的脚印。我也来到雪里，躺在皑皑白雪上照相。如果下完雪再刮风，气温骤降，房顶上的积雪会立刻结冰。房檐下的冰凌还没来得及融化，下一场雪又来了，冰凌越来也大，凝成大冰柱。大冰柱像刀，也叫冰锥。男孩子们经常折断冰锥，分伙打架，战况激烈。然而不论谁赢，留下的只有积雪上凌乱的脚印，以及手中冰锥化成的雪水。等房顶的雪和冰锥开始融化，便意味着春天就要来了。我在小卧室里，听着融水沿着房檐啪嗒啪嗒滴落在院子里的声音。

我和兄弟姐妹回到这里时，就在这个小卧室睡觉，缓解满身的疲惫。现在，父亲就在这个房间里。

我挂断电话，父亲的手机铃声也停了。我走到父亲身边，拿过他胸口的装饰板，放到书架前，然后静静地俯视父亲的脸。父亲睡着了却还在哭泣。手背放在额头上，眼泪沿着颧骨滚落在已经干涸的泪痕上，有的滑向嘴角，有的沿着鼻梁流下。我全身无力，喃喃自语道，您为什么哭啊？声音在小卧室里虚无地飘散。父亲的身体怎么变得这么小了？要不是心里冒出这样的想法，我真想把父亲摇醒，问他怎么可以这样。我拉开放在炕梢的被子给父亲盖上，又把枕头塞到他脖子下面，呆呆地注视着父亲失去营养、瘦骨嶙峋的肩膀。父亲有什么说不出口、只能流泪的心事吗？我把父亲的手从额头上拿下来，静静地躺在父亲身边，伸展双脚。父亲的胫骨和我的膝盖相碰。他的小腿上没有一点肉。对不起，父亲。虚无和恐惧汹涌而来。在黑暗中，我也像父亲那样，把手背放在了额头上。

第二章　继续走过长夜时

每次回到 J 市，在厨房餐桌或小卧室的书桌上打开笔记本电脑时，我都会有种从远方归来的感觉。这是为什么？

父亲是由某一天的风声、某一天的战争、某一天的飞鸟、某一天的暴雪，以及某一天必须活下去的意志勉强填充成一团的匿名存在。父亲的内心深处满是压抑、难言和溃烂。

我看了看昨夜写下的便条，把上面的字迹擦掉了。只剩我自己的时候，我能做的只有这些，连便条也是写完又擦掉。我坐回笔记本电脑前，仿佛要把即将熄灭的火种放在掌心里，通过吹气让它复活。昨晚我突然感到不安，不知道自己是来保护父亲，还是来寻求保护的。我在小卧室插满旧书的书架前踱来踱去，时不时会想起某本书的购买日期和书店，以及当时同行朋友的名字。如今我与这些人已经断了联系，不知道他们在哪里、在做什么。几天前，为了拿一本掉落在书架后面的薄书，我连掸子、父亲的拐杖和雨伞都用上了。那本连同灰尘一起拖出来的书是帕斯卡·莱内的《花边女工》。书的具体内容我已经忘了，却还记得女主人公名叫波默，原意是"苹果"。波默，红苹果，红苹果，波默……虽然记忆已经模糊甚至消失，但我好像爱过波默，也受到过她的影响。我曾因波默患上失语症而惋惜、心痛，然后望着傍晚的天空，茫然走过漫漫长路。我拂去书上的灰尘，翻开折叠的页面，将书重新插回书架，似乎想起了失语的波默努力想说的话，那记忆很快却又消散了。

凌晨，我会推开小门，走向水渠，到田野里漫步；或者出了大门，沿着乡间小路走向公路，再进村。这是我在J市养成的根深蒂固的习惯，每次来我都会这么做。走过高大的朴树旁，我抬头向上望去，想看看树上是不是还结着果实，却听见机械运转发出的"嗒嗒"声。我朝着声音传来的方向走去，见朦胧晨光中，有人正在用拖拉机耕地。谁这么早就开始干农活了？我看了看拖拉机，转身时，又见一群白鹭落在拖拉机的一侧，白花花一片。这么多白鹭？它们成群落在水田里，是我从未见过的风景。不知不觉间，我忘了干活的人，呆呆地看着白鹭拍打翅膀。插秧前的农田灌满了水，白鹭的影子倒映在水里，一只变成两只。真是勤快啊。大清早就来田里觅食。白鹭落在水里又飞起，轻轻溅起的水花拨动了水面，那一刻，波光和白鹭的颜色融为一体。我正出神地凝视着白鹭，耕田的人停下拖拉机走过来说，真的是你啊，姐姐。原来是穗子。姐姐，你来这里干什么？穗子认出了我，开心地跟我打招呼。看着已然变老的他，我尴尬地笑了笑。

——姐姐在笑什么？

——我都认不出你了。

穗子眨了眨圆圆的眼睛。

——庄稼人都这样。

穗子说，姐姐还是老样子。我只是笑笑。穗子和弟弟同岁。小时候的他眼睛格外圆。秋收结束后，堂婶去田里捡稻穗，在那里生下了穗子。很多事仿佛一直在记忆中后退，变得越来越模糊，唯独穗子出生那个晚秋的混乱，还能清晰地浮现在眼前。阵痛来得太急，堂婶来不及回家，就在收割后的田里铺了高高的稻草，生下穗子。后来大家虽然按辈分取名，还是喜欢管生在田野里的孩子叫穗子。小时候的穗子有一双炯炯有神的黑眼睛，谁都忍不住想多看一眼。那双明亮的眼让偶然遇见的人无法径直离开，总忍不住捏他的脸蛋，把他弄哭。可眼前的穗子眼角已经长了很多细纹。

——田里怎么会有这么多白鹭？

在近乎黎明的清晨意外遇上穗子，我不知该如何面对，便说起了白鹭。我觉得落在水田里的白鹭很特别，穗子却抱怨野生动物让农事更加困难。他说，土地就这些，人口也在减少，野生动物的数量却在增加，问题很严重。在我眼里体态优美的白鹭数量越来越多，在它们栖息的树林里，不少树木已经因为白鹭的排泄物而死。守护后山多年的松树便是死于这一原因，早已砍了好几棵。

——这里只够栖息十几只,却来了几百只。

落在拖拉机周围的白鹭像是听见了穗子的话,齐刷刷地飞向另一片稻田。小时候,全村都很重视白鹭。村里的人说,要是五月有白鹭飞来,就会迎来丰收年。如果看到一两只白鹭飞进已经耙过的稻田,即使可以抄近路,人们也会绕道走,生怕惊动了白鹭。白天,白鹭在稻田里觅食、玩耍,天一黑便飞回后山的松树上,折起长腿和雪白的翅膀睡觉。一想到白鹭在那棵松树上睡觉,我的心情也不由得豁然开朗。白鹭离开村子后,每次走过那棵松树,我还是会忍不住张望片刻。

——不只是白鹭。

穗子看着朴树那边说,你看那些鸟。

——鸟太多了,村里很吵。没有人的声音,到处都是鸟叫声。

我跟着穗子走进田间搭建的塑料大棚里。和路过时往里看的感觉不一样,大棚不但结实得足以抵抗台风,而且大都很宽敞,有的里面还搭起了能养二十多只鸡的鸡舍。五颜六色的鸡,还有一只黑色羽毛的乌鸡。听到陌生的动静,鸡群扑棱着翅膀高声大叫。一条狗从鸡舍外面的狗窝钻出来,见到穗子时只是摇了摇尾巴,看见我却汪汪直叫。我停下脚步。穗子笑着说,姐姐完全变成了胆小鬼。有我在,绝对不会让它咬你的。

——这是什么?

大棚里整齐摆放着我叫不出名字的农业器械。

——犁耙。

我看了看被穗子称作犁耙的东西,伸手抹去粘在上面的土块。这犁耙和父亲用牛耕地的犁耙不一样。我端详着上面一圈圈转动的圆形铁板,问穗子种庄稼是不是很辛苦。穗子低声回答,做别的事就不辛苦吗……

——现在几乎什么事都能用机器做。拖拉机带上犁耙,水田旱田都可以犁,一点也不费力,可每天的工作量也增加了,一两天就能耕完全村的稻田。

说着,穗子似乎想起了什么,神色有些凄凉。

——去年我把犁耙装在手扶拖拉机上挖红薯,结果红薯都破了,变成了次品。

——没有收割地下作物的机器吗?

——有啊,怎么会没有。那叫收割机,不过我没借到,就用犁耙试了试,结果不行。没有收割机,挖红薯耗时又费力,只能用三股叉或手一个一个挖。

——等下了雨再挖不就行了。

穗子说,那也要按时下才行啊。雨后第二天跟着哥哥们到山地挖红薯,就和摘柿子一样有趣。父亲先是卷起红薯秧,嘟噜嘟噜地带出很多红薯。我看着锄头刨进泥土,红通通的红薯不停地往外冒,感到无比快乐。如果锄头刨歪,伤到了红薯,我会心痛,好像刨伤的是我的脚背。

——那是拖拉机。

——那是插秧机。

——那是精选机。

每当我问起这些农业机械的名称,穗子就会将名字和用途一起说明一番:这是播撒种子用的播种机,这是晒辣椒的烘干机。我问牛鞅呢。穗子说,牛鞅?现在种地已经不需要牛鞅了。

用牛耕地的时候还用得上,现在犁耙都装在拖拉机上了,牛鞅还有什么用?拖拉机力量大,像葛根这么顽固的东西都能轻松除掉。听了穗子的话,我才知道牛鞅已经和拉犁的牛一样被遗忘,挂在父亲仓库的墙上很久了。父亲仓库墙上挂着的镰刀、锄头、铁锹和铁耙,穗子的大棚里也有。已经有了这么多机器,还需要铁耙吗?穗子说,这是最基本的东西。基本的东西。穗子的话让我盯着整齐摆放的锄头、镰刀和铁锹看了许久。大棚里是个宽敞的院子,不仅有鸡舍和狗窝,边上还晒着大蒜和洋葱,水管连接大片苗圃,苗圃里密密麻麻地生长着松叶似的幼苗。见我的视线从农业器械转向幼苗,穗子说,再过半个月,这些幼苗也要移栽进稻田了。

告别穗子回到家后,父亲问我,你姑姑没来吗?
——父亲,谁?
——你姑姑。
我不知该说什么才好,静静地看着床上的父亲。
——姐姐是生病了吗?今早都没什么动静。
父亲的姐姐,也就是我的姑姑,直到去世两天前还每天早晨来这里。雨停了,花谢了,柿子落了,雪化了,无论何时,姑姑都会来。姑姑搬出这个家后,每天凌晨从睡梦中醒来,第一件事就是先到这栋父亲还在的房子里看看。顶风冒雪,淋着晨雨,听着鸟鸣。因为姑姑,父亲一生都不肯关上家里的大门。来家里时,姑姑会发出"哼"的一声,表示她来了,接着先在院子里查看一圈,关上被夜风吹开的仓库大门,给井边的吊桶打满水，然后绕到后院看看酱缸，摘掉看起来不会再长大的小南瓜，折断围墙下似乎已经不会生长下去的蜂斗叶，放在后廊上。那之后，姑姑又发出"哼"的一声，回到公路旁自己的家。不管父亲在不在家，姑姑的凌晨巡查都不曾中断。离开这个家之前，每个凌晨我都会想着"姑姑来了"再次入睡。父亲、妈妈和我的几个兄弟姐妹也能感觉到姑姑的动静。如果姑姑偶尔没来，所有人都会知道。

八年前，姑姑静静地告别人世。

那天凌晨，上了年纪的表哥推开姑姑的房门，看见抽了两三口的香烟放在烟灰缸边缘，应该是她去世之前抽过的。姑姑背对房门，面朝墙壁，后背挺得笔直。表哥眼前掠过姑姑顽固挺立的背脊，还以为她睡醒了，正在想什么事。这让我感觉，姑姑真的是以自己的方式告别了世界。仿佛毫无留恋，再也不会回来。大多时候，姑姑都公正而果断，只要认为有不妥之处，就会毫不犹豫地划清界限。成为作家之后，在家人和各路亲戚中，我观察得最多的就是姑姑。每次写到有家人出场的文章，姑姑的目光似乎总会追随着我。姑姑有一双狭长的眼睛。要是有什么不满，便会盘腿坐在回J市的我面前，身体前后摇晃，眯着那双狭长的眼问我，作家是干什么的？这不是提问题，而是指责。我是干什么的呢……姑姑的指责很尖锐。尽管每次回J市都有种接受姑姑检阅的感觉，但当我写下"姑姑在世时"这句话，思念还是涌上心头。作为新村运动的一环，村里的草房全被推倒了，改建成屋顶以石板瓦铺盖的房子。也是在那时，父亲拆掉草房，盖起了新房。那应该是我读小学三年级或四年级时发生的事。那天我们兄妹出生的草房被拆除，泥土散落，曾在房顶下蛋或孵育幼崽的鸟儿们颤抖着飞向天空。拆除泥土墙时，蟒蛇从墙里爬出来，藏进竹林；栖息在草房某处的昆虫也相继溜出，无论大小，都慌张地躲进尘土之中。这不是只在一两户人家发生的事，失去巢穴的鸟儿发出悲鸣，吓得虫子四处乱窜，常常咬到我的四肢和脸颊。水井边搭起了勉强遮雨的帐篷，房子盖好前，妈妈都是在帐篷外支起炉灶，架上锅做饭。晚上，我和妹妹去姑姑家睡觉。姑姑的声音很有层次感，就像专门为了讲故事而生。她仿佛是在给特别喜欢的妹妹读书一样，不停地讲述那些在我们不知道的时间里发生的怪异而奇妙的故事：跟随爷爷上山挖草药，遇到在山里生活的百岁老人，狍子在烧火，蛇在搓绳子，和长了十只手的佛祖吃饭。

——十只手？

——是啊，长了十只手……

看着我惊讶的眼神，姑姑放声大笑。姑姑是讲故事的人。在她的故事里，爷爷开药房时，这栋房子是个大瓦房，屋顶换成蓝色石板瓦前，我们住的草房则供来药房学习的人住。那时候我们家的地很大，从这儿到那儿……我没有忘记姑姑的故事，每次来J市，都会在她口中我们家的起点停下脚步，一边想着是从这儿开始吗，一边四下环顾。

——为什么现在住在草房里呢？

我惊讶地问。姑姑说是因为车天子。日本帝国主义侵略时期，有个名叫姜一淳的人能呼风唤雨……他在母岳山开了一家名叫

"广剂局"的韩药房，姑姑的爷爷仰慕并愿意追随他。姑姑的父亲，也就是我的爷爷后来开韩药房，也是受了他的影响。姑姑说的车天子出生于高敞，是姜一淳的弟子。师傅去世，弟子星散，车天子在J市笠岩面大兴里①建起普天教，扩充势力。姑姑像亲眼所见似的说，全国各地的人涌入笠岩，东学②沦为废墟，国家遭到掠夺，人们失去支柱，他们相信车天子能把自己救出泥潭，愿意追随于他。这样的事不仅发生在J市的笠岩面大兴里。普天教在全国有六十个教区，信仰人数高达数百万。姑姑抬起胳膊指向夜空那头，说，就发生在那里，仿佛只靠步行就能到达。他逐渐被称为车天子，还有人喊陛下。这些人都承受着痛苦，生活窘迫，梦想能等到一个新的世界。他们能指望的只有新世界……姑姑的声音有些虚弱，她卷了支烟叼在嘴里。期待新世界的心情啊，仿佛新世界就在眼前，姑姑说。为了躲开日本警察发布的逮捕令，他们藏进德裕山深处举行祭天仪式，确立国号……还运来了长白山的木材修建教堂，那阵势再说下去似乎就有点……姑姑好像在转达某个人的话，一番长篇大论后，说到天子登基失败就停了下来，吐了口烟，挺直后背。她摸着妹妹的头说，东学创建新世界的努力一再无果，可是这片土地已经有了美好的气息，你们要接纳这种气息，继续好好生活。车天子开始在J市笠岩面大兴里大规模修建教堂，给信徒们分发印章和经书。怎么说呢……姑姑哼了一声，分开交叉的

---

① "面""里"均为韩国行政区划单位。
② 1860年，崔济愚为对抗日益扩张的基督教、天主教势力，吸取儒释道思想创立东学，后来发展为影响巨大的东学党，成为朝鲜王朝末期领导农民起义的生力军。

双腿，转了个身继续讲，为了得到印章和经书，人们卖掉田地，风尘仆仆从全国各地赶来。听到这儿，我感觉眼前也掀起蒙蒙尘土。人们深信这些东西会成为他们进入新世界的标志。怎么可能呢？但一个人无依无靠的时候，就会想拥有这些东西，这就是人心……直到现在我也不清楚，那些东西真的只是用来蛊惑世人，还是有其他用意……那时，这栋房子的规模有所缩减，爷爷去世后因分家变得更小，战争期间又变小，最后只剩下草房。姑姑的故事一直讲到草房被推倒，新房建起为止。

姑姑家的廊台和房屋间有个壁橱。

一天，鸡舍里的鸡下了两个很大的蛋，放在壁橱里，竟生出了只老虎。那老虎现在还住在壁橱里，一旦发生战争或动乱，就会跳出来救我们。姑姑为什么要说老虎的事呢？故事里的老虎明明是为了救我们而住在壁橱里的，可我每次看到紧闭的壁橱，总觉得它会跳出来咬我，吓得尿急。妹妹听着听着就睡了，姑姑很快也睡着了，只有我还在竖起耳朵，捕捉故事的余韵。这些神秘的故事让我产生无尽的想象，期待它们继续，永不结束。我甚至会盼着黑夜快快到来，好去姑姑家听故事睡觉。在学会自己读书之前，我都沉迷于姑姑讲的怪异故事。可这样能说会道的姑姑只要一涉及父亲的事，就会失了公允。妹妹小时候长得很像父亲，所以姑姑喜欢妹妹远胜于我，还给妹妹取了"小美"这个昵称。我曾对这个昵称心生羡慕，也藏着对姑姑更疼妹妹的失落。因此，直到现在我仍叫妹妹"小美"。生活中遇到大大小小的事，姑姑总是站在父亲这边，直到去世。

家族的人都说，从没有让已经出嫁的人进祖坟的先例。父亲不加理会，坚持在家族墓地找了个空位，埋葬了姑姑。

昨天早上父亲无端找起了姑姑，今天傍晚又问，真真去哪儿了？

父亲突然寻找不在人世的姑姑，我吓得失魂落魄。等他问真真去哪儿了的时候，我把晚饭吃的鸡肉粥推到他面前，决定不因他的举动惊慌，平静地说，父亲……真真，不是死了吗？

——真真死了？什么时候？

——父亲应该比我清楚，您好好想想。

父亲看着眼前的鸡肉粥，陷入了沉思。

——四月十六日死的。

——就是嘛。

——可我总觉得它就坐在那儿啊。

——您把它埋在哪里了？

——院子里……

——您都知道啊。

我嘴上说着，心里却泛起阵阵痛楚。

——当然知道，这个我能不知道吗？我只是希望它还活着。真真爱吃这个。

父亲指了指我煮的鸡肉粥。鹦鹉还会吃鸡肉粥？我失神地看着粥想。

我把父亲的情况告诉了妹妹，妹妹说可能是因为过度进行口腔治疗，再加上睡眠障碍，引发了谵妄症，让我带他去J市的医院，说她会打电话预约。如她所料，医生不以为然地说，大部分老人都这样。父亲去洗手时，我对医生说，父亲经常流泪，而且夜里会像梦游一样离开房间，有时还会寻找已经不在世的人。医生小心翼翼地询问了父亲的年龄。

——记忆力下降是很自然的事。

父亲洗手回来后，医生问了他的姓名。父亲答完后又问医生为什么要问这个。医生问他有几个子女。四男两女，可是您问这个做什么？父亲每答完医生的问题，总要再反问一句为什么。医生笑着问，昨天去了什么地方？父亲按捺着涌上心头的怒火，说，雨很大，所以去了祖坟。昨天父亲去祖坟了？我茫然地望着他。父亲还补充了医生没问的内容，说，晚饭后忘了吃药，一觉醒来就吃了，之后又清清楚楚地回答了医生关于家庭住址、电话号码的提问。医生问七个七是多少，父亲立刻回答四十九。准确答出日期和星期几后，父亲说累了，想回家。医生说，父亲的认知能力没有问题，如果对流泪的事不放心，可以预约神经科。神经科？我刚说完父亲便安静了下来。我不太放心，就跟医生说等我和家人商量之后再联系。医生说，如果白天睡觉太多，夜里的确会睡不着，可以好好利用白天的时间散步或聊天。流泪可能和忧郁有关，要是能痛痛快快说出心事，会有所好转。我拍下处方发给妹妹，问她这些药父亲能不能吃。妹妹说父亲平时就吃着药，最近又多了口腔科配的药，说不定会有冲撞。她说要自己再重新检查一下，找找有没有方子能让父亲夜里睡个好觉，没让我去配药。

从医院出来的父亲看起来身心俱疲,没再去口腔科。坐在回家的出租车上,父亲问:

——我做了什么奇怪的事吗?

我急忙打断他。

——年轻人生了病也要去医院的。父亲,我身体不舒服的时候也会去医院。

——你想让我做阿尔茨海默病的检查吗?

我感觉自己被戳穿了心事,脸涨得通红。

——已经检查过了。诊断结果没那么说,不过也用了贴片来治。我担心自己做了不好的事。如果连自己做了什么都不知道,那活着还有什么意思。

听到父亲说他自己去做了阿尔茨海默病检查,我很难过。全家上下都不知道这件事。父亲瞒着所有人,独自去做了阿尔茨海默病检查。

——人活着不一定非得向前走,如果回头看到更好的,也可以往回走。

这是在跟我说话吗?父亲大概是累了,瘦弱的身体试图靠向椅背。我让父亲靠在我身上。他闭上眼,喃喃自语道:

——已经六年了。这么久都割舍不下,孩子也无法上路,只能原地徘徊……以前有头小牛吃奶的时候不小心滑倒,腿断了,倒下之后就没法再走路,彻底瘫痪。放手吧,不要再纠缠,水总要向前流啊。要是我脑子不正常,也许就不记得自己还得跟你说这些……

我紧紧闭上眼睛,害怕眼泪下一秒就会夺眶而出。两次、三次、四次，我并拢手指，从额头到鼻梁来回抚摸数十次。看似筋疲力尽的父亲勉强打起精神，对我说，活着不一定非得向前走，回头看看，要是有什么更好的，也可以回去。他让我不要再纠缠，让我放手。

　　成为作家后，我做得最多的事就是修改自己的文章。明明不是出自多位译者之手，文章却漏洞百出，每次重读都会发现需要修正的地方，改后又感觉……还不如修改之前。即使书已出版，我也会继续修改。父亲问我想做的事是否顺利时，我差点脱口而出，父亲，我好像不太了解自己。好像不是因为想写才写，而是因为想活下去才写。因没能保持距离而涌出的悲叹，不忍彻底放下自我而加之于他人的责难，无法与任何人或事联结而被孤立产生的个人哀怨，不舍得删除便只好另存为文件的零散备忘录。不能删也不能改，只是保存在文件里，自然也就无法重新开始。我也会回顾这些破碎的文字，每天重读，或许只是在期待自己能改变想法，抛开一切，重新开始。我每天调出文件里的文字看一看，稍作修改以消磨时间，连基本脉络都不动，只是把宾格变成主格，把"他"变成"你"，把"田野"改成"原野"。越是这样，越是真切地明白，就算我彻底清空这些因抛不开而存下来的碎片，还是无法重新开始。我连重新开始都做不到，这种恐惧让我眼皮发颤。父亲，我破了，碎了，像您说的那样，是个什么小事都写的人。我什么都不是，只能带着这些小事活下去。

父亲将他父亲说的话付诸实践：只要学会犁地，就彻底学会了务农。

十四岁的父亲因为在瘟疫中失去哥哥而成为长子，又因失去父母而开始学习犁地。他想学双牛犁耕法，然而家里只有一头牛。那头牛。当时正值夏日，父亲的外祖家心疼两天里成为孤儿的他，便叫他过去，给了他一头牛犊。外祖父嘱咐十四岁的少年，无论如何要好好养牛，好好养活自己。每天凌晨，少年带着牛犊去河边的草地。那里有水，也有草。少年和牛犊形影不离，每天用草丈量牛犊有没有长胖、腿有没有变粗。父亲盼着小牛犊快快长大，常在半夜熬煮草料倒进饲料桶，还和牛犊一起睡觉。对父亲而言，牛犊反刍草料的声音和呼呼的喘气声就像一首催眠曲。

他觉得，那天在稻田里见到的父亲并非幻影，相信对方是在离开这个世界之前来地里找自己，要教会独留于世却还要带领这个家前行的儿子犁地。

——连灵车都没有。

每次提起自己的父亲，父亲都会这样说，仿佛要把什么东西甩落。连灵车都没有。当时传染病肆虐，人死了，大家都怕，不能正常举行葬礼。别说葬礼了，就算想等到无人的深夜将尸体搬出来悄悄埋葬，也很难做到。

——那时候龙山叔叔还在世。夜里全州叔叔也来了，和龙山叔叔一起用草帘裹好死去的父亲，扛上肩，准备带去祖坟埋葬。我也跟着去了……他们不让，我还是一路跟着……

父亲总是说到这里就停下，长长地吁了口气。

——别提了，夜空里火光耀眼，突然就向我扑来，飘来荡去，挡在我身前，让我没法走……我想追上叔叔们，那团红火却把我推倒在地……叫我再也跟不上。人们都说那是父亲要让我断了念想。为了不让我害怕，不让我思念，不让我悲伤，父亲变成火，挡在我面前。

那团火扑面而来，仿佛要将脸烧焦，吓得十四岁的少年不敢再继续追赶。父亲，父亲……他只能独自在黑暗中哭泣，仿佛要哭干全身的水分。两天后母亲去世，少年没有再哭。双亲仅相隔两天离世，无论白天黑夜，家里都静悄悄的。夜深后，叔叔们又用草帘裹住母亲，走出大门。少年的脚搭在廊台上，注视着他们离去的身影。

——我正走神呢……

父亲说起院子里晾衣绳的故事。当时，他失神地坐在廊台上，天亮了，不知从哪儿传来叽叽喳喳的叫声。整整一夜，父亲只做了一件事，就是纹丝不动地坐着，视线从大门移向院里的晾衣绳。听父亲说起燕子的时候，我不由得想到，正是他无意间说过的这些话，帮我度过了很多几近崩溃的瞬间。父亲声音不大，很低沉。不论昨夜发生了什么，天总会亮……不会错的。就是这样的话。

那天早晨，在我家屋檐下筑巢孵卵的燕子整齐地坐在晾衣绳上，叽叽喳喳地叫。我盯着看了很久，燕子妈妈飞回屋檐下的巢，教孩子们怎么从巢里飞出去。小燕子有四五只吧，妈妈先是教它们怎样飞上晾衣绳，然后它们就一只只离开巢，飞出去再飞回来,飞出去再飞回来……我出神地坐在廊台上,看着燕子们的一举一动。太阳升起的时候,燕子妈妈和小燕子全都整齐地坐在晾衣绳上,叫个不停,真的好吵……等过会儿再看时,小燕子们已经跟着妈妈飞向了天空。有一只小燕子不够敏捷,没能飞起来,回到了晾衣绳上,妈妈也跟着坐到小燕子身旁,似乎在跟它说着什么……飞啊飞,飞啊飞,没过多久,晾衣绳上已经空空如也。那时我连哭的力气都没有了,只是呆呆地盯着晾衣绳。那个清晨的晾衣绳,我终生难忘,经常回想起来。后来甚至觉得,那天早上,母亲就是以这样的方式陪在我身边……

我总认为父亲不善农事,可实际上,父亲十四岁就养牛,十五岁已经成为携牛耕地的高手。那年,他给已经长大的小牛戴上鼻环,至今仍对当时的情形记忆犹新。那会儿小牛块头变大了,力量增强了,开始脱离父亲的掌控。他本想带它去河边,它却总是溜进别人家的院子,或者往与河边相反的铁道方向走,连牵它吃草花的时间也越来越多。原来听话的小牛开始乱跑,少年力气不够,时常跟不上。随着小牛警觉性的提高,父亲也不能再拍打着它的屁股或抚摸着牛头,悠闲自在地在河边行走。父亲的外祖父觉得心疼,又把父亲叫去,给了他一个用软枣藤做的鼻环,告诉他如何安在牛鼻子上。父亲拿着外祖父给的鼻环回到家,看着小牛。小牛眨着大眼睛和少年父亲对视。软枣藤做成的鼻环末端非常锋利,好像什么都能穿透。父亲摸了摸将要被穿入鼻环的牛鼻子,鼻孔间的肉松松软软。痛苦在父亲心中弥漫。如果穿透鼻中隔，戴上鼻环，小牛就只能乖乖听自己的话，就像自己只能追随这个家的命运一样。即将成年的它和自己的处境是那么相似。少年伸出手，不停地抚摸小牛的鼻子。之后很长一段时间里，父亲把外祖父给的软枣藤鼻环放在门前，看了又看。有一天，更加结实的小牛见水里鸭子嬉戏，立刻离开草地，扑腾着跳入水中。从没听说过牛会游泳的父亲跟着小牛下了水。小牛游得竟比他还好。父亲没有把小牛拉出来，反而被它渐渐拖入水中，越沉越深。水漫上脖子，父亲察觉到了危险，只好放开小牛，独自游上了岸。小牛为什么要追鸭子呢？受惊的鸭子扑棱翅膀，近乎腾空般划水，迅速消失在视野中。小牛挣扎着去追赶。几个正在田里干活的人看到，一起冲上去把小牛从水中拖了出来。第二天，父亲取下挂在门前的软枣藤鼻环。叔叔拴起小牛，让它无法动弹。少年盯着手里的鼻环，又看了看放在地上的牛靰。那是要在穿环后戴在牛脖子两侧的，旁边还放了用来固定的套绳，盆里装有洁白的盐。少年父亲想象着这些坚硬之物穿透小牛柔软的皮肤、鲜血淋漓的场景。戴上鼻环后，还得把牛靰挂在小牛的双颊，再用套绳捆住。被拴起来的小牛瞪着大大的眼睛，望着少年。初升的太阳在它眼里映出斑斓细碎的光。少年走过去，小牛的呼吸变重。他转过身，让盯着自己的姐姐和弟弟回家，不想让他们看到自己穿透小牛鼻中隔的样子。为了减轻小牛的痛苦，他下手必须准，得一次性穿透。鼻环末端在火上消了毒，少年还是迟疑不决。叔叔说他来做，但少年没有同意。这是我的牛，必须自己来。少年睁大双眼，用力蹬地，使劲把鼻环锋利的末端刺入小牛的鼻中隔。

鼻环穿透鼻中隔时，少年的手不停地发抖，忍不住闭上了眼睛。小牛吐出的热气混着血腥味。少年睁开眼，见它的鼻子正滴滴答答地流血。小牛在挣扎，血溅到父亲的脸上。父亲从姐姐拿来的盆里抓过一把盐，照外祖父所说，撒上小牛的鼻子。刚被穿透的鼻子一碰到盐便火辣辣地疼，小牛痛苦地双脚跺地，试图站起来，口中发出凄厉的咆哮。听着那声音，父亲给小牛戴好鼻环，又把牛鞅绕到牛耳后面，拿套绳固定得结结实实。多年后再度提起给小牛戴鼻环的事，父亲的呼吸变得低沉。我竟然对不会说话的畜生做出了这种事。

从那之后，父亲去哪儿，牛就跟着去哪儿。

十四岁失去双亲的父亲，十五岁几乎独自犁遍附近的旱田水田。给别人家犁完地后，他会把到手的工钱交给姑姑。即使没人要求，他也会根据情况主动去犁地。不需要对方同意吗？我问。父亲说，反正要想种庄稼，肯定得犁地……我问，不经同意就给别人家犁地，不给钱怎么办？父亲说，不会这样的。就算有时不能马上给钱，秋收后也会补上，不会不给的。但看父亲的神情，好像确实有人犁地之后没给钱，于是我问，有谁没给钱吗？父亲说，不记得了。就算记得，他也不会说。我是在两天之内失去父母的人……我牵着牛进水田犁地，人们只会说好好犁，不会问谁让你这么干的。那时候的人不像现在这样斤斤计较，精于算计。再说，不给也没办法啊，还能怎么样呢。

准备嫁到茁浦的姑姑对失去父母后哭泣的父亲说，我和你一起生活。尽管已经举行了婚礼，姑姑却决定一年后再去茁浦，兑现了自己的承诺，留在父亲身边。

很久以前，在这个家，年幼的姑姑为两个小弟做饭，在围墙下挖坑，播撒南瓜种子，在晾衣绳上晒衣服。冬日寒冷，她一大早就起床去井里挑水，把水倒进大锅烧热后再倒入洗脸盆中，掺上凉水，用胳膊试好温度。鞋子到了冬天容易冻硬，姑姑便把它们放在火边烤热。晚上，三人亮了灯，用手指对着墙比画动物。让小狗汪汪叫，让老鹰拍打翅膀，让骏马在旷野里奔驰。夜深了，姑姑睡在中间，父亲和叔叔背对背睡在两边。十四岁的父亲凝视着黑暗中的墙壁，心想，现在我是一家之主，不能离开这个家。没了父母，十四岁的父亲还是宗孙。一到祭祀的日子，父亲的叔叔婶婶、堂叔堂婶就会把米装在瓢里带来，整齐地放在炕梢，做米糕、豆腐、煎饼，杀鸡，绑羊腿，煮熟后一起端上祭祀桌。父亲则带着从自己父亲那里继承的灵牌主持祭祀。每到这时，他都会想起给小牛戴鼻环的情景，小牛流着泪，朝天空哞哞叫。这家人在自己的鼻子上穿了孔、戴上鼻环，从此就要在他们的带领下生活了。小牛真的哭了？我问。父亲说，眼睛瞪得很大，真的有眼泪掉下来，啪嗒啪嗒。

我的姑姑终于没能丢下两个弟弟去茁浦，所以我素未谋面的姑父来到了村里。记得我刚学会开车，第一次回J市的时候，我让父亲坐后排，载他去兜风。到了格浦尘土飞扬的海边，一眼便看见写着"茁浦"的路牌。现在的盐湾以前叫"茁浦湾",不论走哪个方向,都能见到弯道颇急的山景。山脚的水很深,周围港口繁华,渔夫们会在那里捕捞黄花鱼和虾。如果捕捞量很大,富余的就用来腌制鱼虾酱。我一边开车一边问:"父亲,这个茁浦就是那个茁浦吗?"这种不够严谨的问题跨越了尘封岁月里层层堆叠的往事,有时只能向家人提出。父亲回答:"对,就是那个茁浦。"

一想到他,心就安静下来。

素未谋面的茁浦人,姑父,半是渔夫,半是农民。

那个男人离开芦苇和白茅长满湿地、火鸡四处可见的茁浦,远赴J镇,只为和无法丢下弟弟的妻子成婚。茁浦是渔村,J镇是农村。他本在茁浦修筑堤坝,来到没有海水、鱼虾酱、带鱼,也没有盐田的J镇,成为妻子的弟弟们的姐夫……分家搬进新盖的房子大概两年后,家中失火,他冲入火海。火,火……他从熊熊燃烧的大火里救出妻子和两个孩子,自己却没能走出来。

有些事明明真切发生过,却又不现实得令人难以置信,即便时隔多年,依然没有真实感。真的发生过吗?怎么会有这样的事?我不由得产生怀疑。真事听起来却像是意外或编造出来的,好像在为了迎合某种格式而套用公式。借助于想象的虚构,反而更像事实。

如果有两头牛，父亲就会努力学习双牛犁耕法。山地里碎石混杂，泥土坚硬如石，土质也粗糙，双牛犁耕法十分必要。很长一段时间里，犁地是父亲赚钱的手段。年幼的姑姑拿到他赚来的钱，觉得很难为情。父亲故意把皱巴巴的钱扔到正在晾衣服或在井边提水的姑姑身旁，轻拍她的后背说，姐姐……钱掉地上了！说完便跑开了。在这个没有长辈的寂寞之家，姐弟三人偶尔会隔着挂在院中晾衣绳上的衣物，因为什么原因互相追逐嬉闹，边玩边放声大笑。有时，年幼的姑姑抓到父亲的裤子，松紧带被拉长，裤子差点掉下去，父亲便扑通一声坐到地上。姑姑也想坐下，父亲却又起身跑了。姑姑试图抓住想跑的父亲，呀，呀……大喊着在他身后追赶。姐弟俩你追我逃，吓得鸡舍前的鸡扑棱乱跳，坐在篱笆上的狗迅速溜向仓库。沿着土墙生长的南瓜藤上，小南瓜掉落在地；关在猪圈里的猪则竖起耳朵、瞪起黑眼睛，旁观着院里的纷乱。

战争发生前，这个家有很多这样的日子。

写下"战争发生时，父亲十七岁"时，我有一种很奇怪的感觉。我从小就听着"战争发生时"这句话长大。这个村庄不可能逃过战争。村里人平时都是心平气和的邻里，可只要一因什么事发生争执，就会自然而然牵扯出战时的事；如果当时不是我把你藏到壁橱里，你早就死了，活着还恩将仇报；那会儿你戴着臂章告密，多少人被抓走了，现在连句道歉的话都没有，还在这儿厚颜无耻地抬头走路。父亲把夺走双亲的瘟疫和战争称为"动乱"。动乱发生了,经历动乱后能否活下来都是个问题。如果活下来,就是赚了。

村子处于 J 市外围,距市中心十几里,人烟稀少。不同于城里那些开公司或从事地产、商业的人,也不同于公务员,住在这里的都是庄稼人。那时的耕种方式与现在不一样,只有互相协作才能插秧、秋收,大家对各自田里的事都一清二楚。即使在战争发生时……写到这里,我又停了下来。以前说到"战争发生时"或"战争发生了"之类的话,我并没有特别在意,现在却突然冒出了疑问。这个动词适用于战争吗?父亲口中那让人感觉活下来就赚了的巨大动乱,却只用"发生"这种常用于形容流泪、受伤和车辙出现的词来表示,为什么竟如此陌生?

即便这样,我还是继续写下去。战争发生时。

战争发生时,村里人仍在种田。到田里插秧,开垦山地,种芝麻,把碾碎的土块收集起来种辣椒。父亲说,起先我对动乱也没什么真实的感觉。也难怪,十二岁赶上解放时我也不敢相信。那时听人说解放了,不知怎么又冒出了三八线,反正有了这东西,就不能去北边了。不能和那边的人联系,也不能往来。说是解放,却又动不了。小时候还跟朋友们商量,什么时候去长白山抓老虎。跟大城叔叔、北山叔叔吗?嗯……虽说这里是湖南平原的谷仓地带,可是我的田并不多,除了田里产的、地里长的,什么都没有……小时候总觉得北方熊多,要是打不到老虎,就抓熊来卖熊胆,有了本钱就可以去首尔立足……父亲苦笑。我也笑了。要是打不到老虎，就抓熊卖熊胆。我想象着怀揣这种梦想的少年们。他们见过老虎和熊吗？知道熊胆是什么样子吗？怎么可能知道……父亲看起来有些失落。我们都没去过北边，也去不了……很郁闷，只能在梦里见一见。出去看看，说不定可以做点什么……这样一想，就会有种豁然开朗的感觉。一天凌晨，人民军从北边冲过来，南边束手无策，三天就失去了首尔……这里是南边，南边，传闻满天飞。一开始不知道是不是出了什么事，以为只是三八线那边有纷争，还是继续做昨天没做完的事……那时候，首尔是只存在于故事的地方，本来就离得远，也没去过，说起首尔就像在说别的国家……明明说好互相守住那条线，三八线却毁了，战斗机每天在天上飞来飞去。听说总统丢下首尔逃难去了，首尔人也大包小包地跑了，不过毕竟不是发生在这里……最初一直没有什么真实感。

战争发生后不到一个月，南边的J市就被人民军占领了。

一聊起战争，父亲就把他们叫作"第六师的人"而不是"人民军"。七月，第六师的人涌进J市，当地人的生活面临剧变。第六师的人的目标是踏平J市，攻破光州，赶往要隘长城郡。父亲准确地说出了第六师，我觉得奇怪，问，怎么知道是第六师？父亲答道，我能忘得了吗？他们手上死了多少人啊？再说，我不是有个叔叔是警察吗……全州爷爷吗？不，上面还有一位。这位叔叔在淳昌分局工作，因为家里只有我们几个，就过来看看，那是我第一次见他。不知道是谁告了密，说叔叔在这里，第六师的几个人……闯进了院子。同一时刻，我的叔叔从后门出去，跳过酱缸台，爬上树藏了起来。然后呢？见父亲犹豫不决，我追问道。也不知他们怎么看出来的，冲着树上嗒嗒嗒地开枪。我藏在酱缸中间，听见叔叔掉到了后面的芝麻地里……都说天下警察是一家，可他们对叔叔……只要一想起那天的事，我就觉得现在这样顺畅地呼吸很不可思议。一直活着这件事让我感到很不真实。

父亲说，即使在那样的情况下，还是有人活下来。一到祭祀的日子，淑勤姑奶奶就会架上一口大锅，蒸熟老板鱼，撕好放在父亲盘中。她脖子上长长的伤疤就是那时被竹矛刺伤的。

战争最激烈的时候，父亲接到了入伍通知。父亲的叔叔，我们口中的全州爷爷坚决不让他去。全州爷爷是父亲最小的叔叔，曾是个警察。父亲一被叫走，他就千方百计让父亲回家。少年兵征收的是"年满二十岁、生日在当年九月一日到次年八月三十一日之间的男性"，父亲还不满十七岁，即使不入伍也不算逃避兵役。父亲是家中长孙，要活下来守家。我记下父亲低沉的话语。迟早有一天，这声音会烟消云散，我只能悄悄写进笔记本。家里还有什么需要守护的呢……每当回想起全州爷爷这句话，父亲都会无力一笑。要守护的只有一头牛……

少年父亲再次收到征兵令，被叫到警察局。全州爷爷让父亲去一趟露凝地的祠堂。叫他到那之后，按大头的要求去做。

露凝地是祖坟所在地，祠堂里住着一个叫大头的人。在我的记忆里，大头听不见声音，不会说话，头却很大。他没有名字，四处流浪，有人因为他头大，就管他叫大头。他的头比别人的都大，所以连"为什么叫大头？"之类的反问都毫无意义，在脑袋较小的父亲身旁尤为如此。不知从何时开始，居无定所的大头住进了祖坟下面用于祭祀的祠堂，还在那里养鸡，偶尔养一两只黑山羊。大头手上最重要的事就是春天或中秋节祭祖时为祖坟除草。父亲按全州爷爷的嘱咐找到大头，大头默默带他去了祠堂仓库，从里面把门反锁，卷起毛巾，蒙住了他的眼睛。接着，大头抓起少年的右手，让他伸出食指，放在某个地方。指关节冰冷的触感令少年蜷缩身体，紧接着，火辣辣的东西掠过中指。你要干什么？父亲问。大头没有回答。父亲什么都不知道，只是紧张不已，而大头已经把他的右食指放在铡刀中间，迅速落下了刀刃。事情发生在一瞬间。少年父亲惊恐不已，甚至来不及尖叫。他摘下蒙住双眼的毛巾，只见大头正要踩碎砍掉的手指。父亲不知道大头为什么这样对自己，吓得不敢开口。他捡起砍掉后被踩烂的手指，用毛巾包起来，逃出了祠堂，被砍断的地方竟然没有流血。姑姑在曾是韩医的爷爷身边学会了配草药，看到父亲血淋淋的手，为他涂上捣得厚厚的草药。直到那一刻，少年父亲内心的恐惧才有所缓解，流下了眼泪。姑姑抚摸着他的后背。这下扣不了扳机了，不会再被征兵了。为了让砍断的手指无法缝合，大头特意把手指踩碎。忘了手指，好好生活吧。姑姑把弟弟的断指埋在了水井边。

我是什么时候知道这件事的？又是谁告诉我的呢？第一次听说父亲的大脑无法入睡时，我想起了父亲在战争中被砍断手指的瞬间。仿佛就是那个瞬间让父亲的大脑不能停下来休息。

每次看到父亲短秃的右食指，我心里就会涌起奇妙的悲伤。知道这件事之后，很长时间里我都在心里埋怨全州爷爷。冬季祭祀的日子到了，他从全州带来一箱橘子，所有人都跟他打招呼，只有我独自站在后面，冲全州爷爷翻白眼。他递给我村里见不到的红橘子，我也没有接受。仅仅是拒绝橘子而已，却是年幼的我对全州爷爷做出的抵抗。姑姑瞪我，说我没礼貌，我也只能伸出双手毕恭毕敬地接过橘子，然后扔进地里。红色的橘子滚入冬日的白雪。看到父亲短秃的手指时涌上心头的奇妙悲伤。奇妙，只能用这个词来表达无法治愈的悲伤。每到这时，我会伸出手，和父亲手指相扣。父亲的手大，我的手小，手指交叉得不均匀。父亲！我一边喊，一边在空中摇晃交握的双手，父亲的手和我的手。我问过父亲，手指这样会不会不方便？父亲看了看没有指甲的短秃手指，说，没什么。没什么……从眼睛被蒙住，遭遇什么都不知道，就这样失去手指，再到现在的不以为然，父亲究竟经历了多少。

对父亲和他经历的战争了解得越多，那个名字越成了谜。

长久以来，只要有人去过长城郡，或者曾在那里生活，父亲就会深深凝视着对方，打听动乱过后见没见过"朴武陵"。他是谁？从小常听父亲说起这个名字，我便记了下来，想找到这个人。只要遇到可能来自长城郡的人，父亲就会问，动乱之后有没有见过"朴武陵"，面露凄凉。长城郡的"朴武陵"究竟是谁，能让父亲露出如此凄凉的神情？父亲没有说过他是谁。只是父亲每次打听他消息的时候，我都能从他脸上猜到希望"朴武陵"活着的急切心情。

长城郡是J市所属全罗北道和全罗南道的边界地带。我在J镇读中学之前，J镇客运站就有途经村庄公路、开往长城郡的巴士。这条线路如今还在吗？挂着笠岩、天安、长城等地名牌子的巴士驶过村庄，上午一趟，下午一趟。笠岩和天安属于全罗北道，长城属于全罗南道的长城郡，位于芦岭山脉的分支上。站在村里的铁道和山地环顾四周，远近、左右，各个方向都能看到浑厚的山峰。目测骑自行车就能很快到达的山峰之一，就是长城的苇沟山。父亲说苇沟不是个普通的地方。看似近在眼前，真要去的话，不论怎么走，筋疲力尽也还是到不了。苇沟山陡峭，少有人去，山路上都是疯长的野草，穿行其中十分艰难。山里还有泥潭，一旦失足就会越陷越深，没人帮忙便无法出来，好不容易出来也会迷路，分不清身在何处，万一遇到毒蛇，性命都难保。父亲对苇沟了如指掌，好像去过一般，连芦苇丛和突然扇翅腾空而起的野鸡都一清二楚。您怎么这么了解苇沟？父亲说，我怎么可能忘记？

仁川登陆后首尔收复，战争已经过去了三个月。国军和"联合国军"继续北进，抵达鸭绿江，南边的 J 市则陷入比战争之初更深的苦痛中。国军和人民军昼夜驻扎在村里。白天是国军，夜晚是人民军。父亲说，在 J 市，我们村与长城苇沟相连。第一次听父亲说起长城苇沟时，我想，这个地方在哪里？于是翻书查找。日帝侵略时期，长城苇沟的山顶被称为芦岭，长有大量芦苇。山上有大量芦苇？应该是紫芒吧。日帝侵略时期曾用汉字标记朝鲜半岛的山脉，"芦岭"这个名字诞生。接下来的解释像是在嘲笑我：因为芦苇很多而称之为苇沟，可那其实不是芦苇，而是紫芒。不是芦苇而是紫芒的事实不能改变苇沟蕴含的故事。我也没有一双能准确区分芦苇和紫芒的眼睛，只知芦苇生长在海边或河边，紫芒生长在山上。如果人们知道那不是芦苇而是紫芒，也许那里就不叫苇沟，而叫紫芒沟了。现在，我也常把山里的紫芒叫成芦苇，看到河边随风摇摆的芦苇，却以为是紫芒。苇沟里生长的不知是芦苇还是紫芒，就这么混着叫，直到某一天当地正式成为苇沟。某处标记道："苇沟是位于全罗南道长城郡北二面木兰村和 J 市笠岩面军令村之间的路。"父亲的记忆没有错。他说，从朝鲜时代开始，参加科举时，从全罗道去汉阳的唯一路径就是苇沟。想去汉阳，必须跨过苇沟，过了那座"科桥"。至今，"科桥"还保留在村中。放学路上，过了桥就能进村，总是令人开心。下雨天，桥下哗哗流水，气势汹汹，我们站在桥上看水。夏天，雨停了，汹涌的河水退去。我们站在科桥上，看清水在两岸草丛的簇拥下流淌。作为死守釜山的最后一道防线，国军在洛东江战役中获胜，被逼到绝境的人民军进入智异山和德裕山，展开游击战。可以俯瞰我们村的苇沟里也藏着人民军和游击队。他们进入苇沟，屠杀他们认为是国军或警察家属的人。

夜里，躲在苇沟的人民军潜入村中，他们迫切需要能够支撑在山中生活的粮食。家家户户藏起来的粮食被洗劫一空，鸡被扭着脖子抓走，连挂在门口准备来年做种子的玉米也叫他们收走了。

父亲决定守住自己的牛。太阳一落山，白天拖着犁耙耕地的牛就被父亲赶过科桥，翻过堂岭，来到大兴里桥尽头的分局。父亲让牛躺在分局旁，自己枕着牛肚子睡觉，天亮了再带牛回村，套上牛车找活儿干。

——再没遇到过这么可怕的动乱了……

白天是国军，晚上轮到人民军，昨天还是邻居的村民们分成两派。白天，国军调查有没有人和另一边私通；晚上，人民军搜查可能是敌方的人。谁也摸不透他们是根据什么做出的判断。回忆起那段岁月，父亲好像仍觉痛苦非常，忍不住蜷缩肩膀，弓起后背。父亲说，那是他第一次害怕人。看不出别人揣着怎样的心思，这是最可怕的。

一到夜里，苇沟里的人民军就会进村，看到有力气的人便强行带走。被大头砍断手指逃掉兵役的父亲又得四处游转，只求不被他们带走。傍晚，他牵着牛离家，寻找藏身之所。有一天好不容易把牛拴在分局门前，回家上厕所，结果那些人闯了进来。你姑姑让我钻进外屋的盐袋,急忙在上面堆满杂物。这时房门开了,竹矛刺进袋子。凡是能藏人的地方,不管何处,他们都拿竹矛去戳。竹矛擦过父亲的耳边。有一次他被抓到了,连牛一起被带走。早就成为游击队员、戴着臂章的双君认出人群中的我,让他们放了我,说我是可怜孩子,没了双亲,独自生活,受了很多苦,还让他们把牛还给我。父亲说,多亏这个人,我和牛都被放走了,这才能活到现在。后来听说,那个人身无分文,背着生病的母亲回来时,已经奄奄一息,父亲为他打针熬药。双君是上游村庄的名字,我们村的小河从那里流出。父亲活了下来,动乱过后,四处打听双君,可没人知道他进苇沟后的行踪。

一张姑姑年轻时的照片。

照片上的姑姑头发扎在脑后,分成两股,插上簪子,穿着别了胸针的白色小褂,手里抓住黑色裙角,卷起的裙子下露着白色的胶鞋,没有穿袜子。姑姑站在那里,瞪着没有双眼皮的眼睛,紧紧抓着父亲,仿佛在冲这个世界翻白眼。那是哪一年?父亲离开家,赶在父母祭日两天前回到村里,拍了这张照片。那是姑姑在这个世界上拍的第一张照片。我从小就听姑姑说话,那声音现在依然萦绕耳边。妈妈坐在草房的廊台边,姑姑用纸卷起烟,叼在嘴里,坐在廊台中间。姑姑是家里的长辈,每次来都是坐廊台中间。到了餐桌上,姑姑便坐在大哥的位置,也就是父亲对面。无论何时何地,姑姑都维护父亲。春天离家的父亲，若是到了夏天还没回来，妈妈就会忍不住叹气，姑姑则像照片上那样朝妈妈翻白眼。你是因为虎子他爹生气吗？还不是因为战争，又不是他的错。本该应征入伍成为国军，但叔叔说他是家里的长孙，必须活下来，把他送了回去，逃了兵役，没法停留在一个地方。"老虎"是大哥的乳名，到姑姑这儿却成了"虎子"。姑姑哼了一声，看了看院子，又卷起一支烟叼在嘴里，长长地吸了一口。后来为了不被人民军抓住，他开始四处流浪，家里待不下去，只好每天早上牵着牛出门。他不是讨厌你，是那时候流浪落下了病根。这话我都听过上千遍了！姑姑被妈妈的气势震住，声音含糊起来。妈妈从来没有这样大声地顶撞过姑姑。谁说让他去种地了吗？我可以雇短工来做！田又不多！孩子们长这么大了，当父亲的却总在外面，我怕孩子们有样学样。姑姑缓缓地吐了口烟。很快就到祭祀的日子了，他会回来的。不管在哪里，那天父亲都会回来。

姑姑从来没说错。

不论身在何处，父亲都会赶在祭祀那天回家，杀鸡，打板栗，用纸牌位代替战争中丢失的灵牌。午夜时分，全州爷爷和各位堂叔、叔叔开始举行祭礼，给醒着没睡的我们分发食物，分享祭品。我喜欢切出形状、满满堆放的煮鸡蛋。父亲想给我拿柿饼，见我盯着鸡蛋，便把蛋黄如花蕊的鸡蛋放进我手心。

快递员快步走进大门。

这是我拉开小卧室窗帘时看到的。快递员想在通往玄关的楼梯上放下包裹离开，突然看见站在窗边的我，认真地点头致意，问：

——爷爷不在吗？

他口中的爷爷应该是指父亲。从医院回来后，父亲在我面前装作若无其事的样子，看上去心情也好了些。今早我做了嫩豆腐，没放酱油，用明太鱼子酱代替，滴了香油。父亲说味道很好。这是我回 J 市后第一次得到父亲的夸奖。吃完早饭，父亲盯着日历看了会儿，然后给住院的妈妈打电话，问妈妈，今天的日期上画了红圈，知不知道是什么意思。农协发的日历字很大，百米之外都能看清。我心想，父亲画的红圈妈妈怎么会知道，为什么要问她？妈妈却说，今天是和国乐院的人一起吃午餐的日子，白云两班①也会去，十一点半左右过来，父亲在家等着就行。妈妈又问，非去不可吗？刚才还什么都不记得的父亲答道，必须去。去干什么？妈妈问。父亲说，没什么可干的，但我上次就没去，这次再不去，别人会以为我不在了。尽管妈妈说十一点半白云两班会来接父亲，父亲还是提前三十分钟准备好，十一点刚到，就急着要去公路等待。哗啦啦，突然下起了大雨。我说，下雨了，父亲，不要出去了吧？父亲抬头看看天空，说，这种雨很快就会停。仿佛是在回应父亲的话，大雨短暂地送来树木和泥土的气息，很快停了。太阳出来了。我给父亲涂上防晒霜。父亲说黏糊糊的，很快擦掉了。这是不黏的

---

① "两班"指古代社会以"文武两班"为代表的贵族。

防晒霜。我重新帮他涂。父亲似乎懒得再推开我,只是闷闷不乐地一动不动。我给他戴帽子时,他也没动。我递给他拐杖,他却放在大门口,自己走向胡同。父亲的身躯变小了,套在衬衫外面的夹克和裤子松松垮垮,好像进了风。就这样,快递员走进了父亲推开的大门。

我打开窗,说,放在楼梯上就行。快递员迟疑片刻,说,爷爷都是亲手接过去,还说尽可能别让奶奶知道……我没听懂快递员的意思,只是看着他。快递员无奈地把包裹放在我指的楼梯上,出了大门,边走边回头看放包裹的地方,好像信不过我。什么东西呢?我出门查看包裹。在房间里看不出包裹这么大。我左瞧右瞧,发现是电视购物配送的平底锅套装。妈妈订的吗?我想打开,又觉得麻烦,就把包裹放到仓库的凉床上,看了看几天前的夜里父亲蹲过的仓库角落。挂在墙上的农具还和那天一样。我站起身,轻轻推开仓库的侧门。

有一年冬天,草房推倒后重建的蓝色石板瓦房没能抵挡住积雪的重压,屋顶塌了。第二年春天父亲修葺了屋顶,冬天却又塌了。到了第三年春天,父亲再次修葺,可这年冬天塌的不再只是屋顶边角,而是几乎倒了半边,房子看起来歪歪扭扭。我的第一部长篇小说在报纸上连载时,父亲盖起了现在的房子,修了进入客厅的玄关。父亲精心计算,安装了夜间蓄能热泵和燃油锅炉,在客厅里放了沙发,卧室里放了床。虽然是新房,但位置和房间样式都设计得一如从前。新房依旧朝西,房间和大门的位置不曾改变。以前用灶坑的时候,还要拿袋子掏出灶坑里的黑灰，堆放到灰棚里。后来灰棚没了用处，和旁边的仓库打通，仓库变宽敞了。父亲把摩托车停放在看得见院子的仓库里。夏天放在院中的凉床，冬天本会搬进仓库，可到了后来，即便是夏天，凉床也放在仓库里了。凉床上逐渐摆了进仓库随手要用的东西，需要剥皮的蒜辫子、下水田穿的长靴和摘柿子用的竹竿等。来找父亲或妈妈的人也会在凉床小坐片刻，闲聊几句再走。

照妈妈的要求，父亲在连通仓库与灰棚的地方单独安了门，墙上打上格架，可以放些杂物。那里很快成了妈妈的储藏室。妈妈甚至把冰箱挪了过来，用大桶装水泡菜，用小桶分装糯米辣椒酱，以便单独存放。孩子们从首尔回来，妈妈就每人分一桶，还为喜欢苏子叶的我做了各种食物盛在桶里：苏子叶泡菜、苏子叶罐头、放进大酱再捞出来的腌苏子叶。走过去打开冰箱，里面塞满了分装辣椒酱和大酱的桶。一个格子里放着大桶，装满了水泡菜。

水泡菜啊！

看到装水泡菜的桶，我就想起了妹妹和妈妈的争执，不由得愣神。妈妈腿脚不便，妹妹为妈妈熬了牛蹄汤，带到J市。妈妈不开心。费劲弄这些东西……嘴上这么说，其实她有点不知所措。从来都是自己做食物分给子女，现在反过来，竟是女儿给自己做食物。这让妈妈感到陌生。妈妈也的确不喜欢牛蹄汤。有那么一两顿饭，妈妈喝了妹妹盛的牛蹄汤，后来就只吃水泡菜和米饭。妹妹喊了一声，妈妈！妈妈看了看妹妹，好像在问怎么了。

——真的要这样吗?

见妈妈不喝自己熬的牛蹄汤,妹妹有点失落,眼里竟含了泪。

——您就只吃水泡菜吗?

妈妈说水泡菜爽口,好吃。妹妹满眼含泪,扑通坐在了厨房的地上。

——为什么只吃没营养的水泡菜?我让您喝点牛蹄汤!我在燃气灶前站了十几个小时才熬出来的,您为什么只吃水泡菜!

妈妈有些惊讶,说,怎么了,我吃我想吃的东西也不行吗?听妈妈这么说,妹妹索性放声大哭,泪如雨下,冲着妈妈大声嚷道:

——我要把水泡菜桶拿出来,全倒进田里!

妹妹向我讲述她回J市后和妈妈的争吵。我问,然后呢?你真的倒掉了吗?妹妹说,我就是说说,我也怕自己真的那样做……妹妹说这话时没有笑。因为妈妈不喝自己做的牛蹄汤而放声大哭,她也感到难为情。她应该是气呼呼地从妈妈面前走过,到小卧室里坐着。

——姐姐怎么说得像亲眼看见似的?

因为我就是这样对妈妈的。去年妈妈在厨房做海藻煎饼的时候,瘫坐到地上站不起来。三哥开车送妈妈到江南的整形外科做了腰部手术,但她还是不能正常走动,在疗养院住了两个月。现在,妈妈也要依赖助行器慢慢行走。去找坐在小卧室书桌前哭的妹妹时,妈妈应该也推着助行器。她安慰噘着嘴的妹妹,说,我的胃正难受呢,喝了两顿你熬的牛蹄汤,胃里一下就暖和了,也舒服了。妹妹的神情渐渐缓和。妈妈这才坦白说,自己不能正常走路，缺少运动，担心吃了油腻的东西会长胖，所以只吃水泡菜。天啊，果然是这样，然后你怎么说？我问。妹妹说，自己连珠炮似的对妈妈发火：

——长胖什么？所以您只吃水泡菜？水泡菜盐分多，更容易胖！难道我会做对妈妈有害的食物吗？什么都不懂……

妹妹郁闷地问，姐姐，我为什么要这样对妈妈？我为什么要对妈妈说那些话？我不是这样的人啊。是啊，换作我，我不敢保证会不会这么做，可妹妹不是这样的人。她在吉洞开药店时，我去过那里。当时有几个人在买药。药店配药室旁有个小房间。见距妹妹下班还有些时候，我决定在那个房间等她。药店的对话传到了房间里。起初我只觉得妹妹常和买药的人聊天。过了一会儿便开始好奇，什么事说得那么认真？我仔细去听，听见妹妹对买药的人说，药只能用于应急，不要过度依赖药物，要坚持运动，让身体具备自生能力。妹妹向肠胃不适的人详细解释压力引起的神经性疾病。一个嗓门很大的男人说上次的事很感谢她，还说自己是卖印章的，送了妹妹一个用遭到雷击的枣木做的印章。有位奶奶和爷爷一起来，咂舌说，年轻那会儿爷爷都不怎么回家，现在却整天跟在身后，买个药也要来。妹妹开了些喝的东西，说是给爷爷喝的。我等妹妹闲下来，听着她和买药人之间轻声细语的对话，靠在墙上睡着了。

我本来想对妹妹说，正因为是妈妈，所以你才这样对她，转而又想，难道对妈妈就可以这样吗？我漫不经心地说，给你读首诗怎么样？

——诗?

——嗯,诗。

——什么诗?

——布莱希特的诗。

> 当她死了他们让她躺在土里,
> 她上面花儿生长,蝴蝶嬉戏……
> 她这么轻,几乎没有在土里留下压痕,
> 她要受多么大的苦,才变得这么轻呀![①]

这是女儿给我读的诗。

——诗名是什么?

妹妹听完问道。

——《献给母亲》。

妹妹深深地叹了口气。

——不过姐姐,喝牛蹄汤真的会长胖吗?

——怎么办呢,好像是会长胖啊?

听了我的回答,妹妹说,真是的,连姐姐也要这样吗!却没有提高嗓音。父亲喝了吗?我接着问。嗯……父亲喝了一碗又一碗,腹泻了。妹妹有气无力地说。妈妈和父亲的肌肉都渐渐萎缩,要多摄取蛋白质才行……妹妹的声音仿佛近在耳边。我摸了摸水泡菜桶,关上冰箱门。这个家对我来说究竟意味着什么?为什么看到任何一样东西都会让我陷入沉思?这个村庄

---

① 《致后代》,[德] 贝托尔特·布莱希特,黄灿然译,译林出版社,2018。

和这栋房子承载的故事，不是要为了什么去战斗，而是先教人接纳。某个春日的凌晨，我看到刚冒新芽的长生菊，觉得应该去看看女儿，于是推开大门上了山。女儿不在了，长生菊依然发芽，我依然吃饭，这让我无法忍受。冰冻的山路也迎来春天，脚下的泥土变得松软。我一路向上，转了个弯，在山里的岩石上坐到天亮。J市的这栋老房里住着年迈的父母，这一事实束缚着我的脚步。关上冰箱门，我转身扫视一圈，见一辆自行车停在角落里，盖着车座的塑料薄膜还没撕掉。为什么会有新自行车停在这儿？我走过去，摸了摸自行车前面的零件，只听某个零件发出丁零零的声音。清脆无比。我又拉了一下。丁零零……声音空洞地回荡在没有妈妈的家里，回荡在妈妈的储藏室里。

我从仓库走向小门。不知道父亲是否顺利参加了国乐院的聚会。我说要去，父亲毫不掩饰他的不情愿。我依然坚持，父亲果断拒绝。跟白云叔叔去都没问题，和我一起又有什么关系？我很失落。经过通往水渠的小门，我本想走进胡同，却用脚使劲踩了踩外面的水泥路。现在铺了水泥的地方很久以前是水井。沿着小路从水渠那边过来，必须经过这口井才能进小门。我们家院里有井，井水可以直接饮用。几户没有井的人家会共用路边这口井。那时这里没有小门，而是一面围墙。拆掉围墙，装了小门后，每当鞋里进了沙子或满头大汗时，到家前就可以从井里提水冲脚，或者捧着水洗脸。

这里的水井为什么会被填了？

我注视着连接小门的围墙。墙内是我们家，墙外是邻居。从邻居家来看，情况则恰恰相反。我的视线追随围墙停留在某个地方。是那儿吗？墙和墙曾断开的位置，我不知道具体在哪里。隔壁住的早已不是从前那户人家，所以更难猜测。记忆就这样变得毫无意义。小门并非本来就有。以前隔壁住的是叔叔家。婶婶刚结婚时，还和我们一起生活，后来他们在原来的地里盖了房子，一家人就搬走了。当时还砌了盖瓦的砖墙，为了直接与叔叔家相通，我们家种了四棵柿子树的侧院和叔叔家的侧院之间那堵三米多的围墙被拆除，开了小门。年幼的我们常从这扇小门进进出出，秋天爬上围墙摘熟透的柿子。那是只存在于记忆里的空间。隔着侧门，就能看见叔叔家的厨房，婶婶点燃稻草塞进灶坑，拿勺舀锦葵大酱汤，煮饭时放入土豆、蒸熟后又拿出来……婶婶煮的大酱汤特别美味。我问妈妈，婶婶煮的大酱汤为什么和妈妈煮的不一样，结果遭到呵斥：既然那么喜欢婶婶，你就去那边住吧。婶婶煮大酱汤的秘诀很简单，往汤里放一勺面粉就行。这样汤会变稠，平添某种醇香。

于是，许多记忆得以铭刻于心。没胃口时，我就会想起婶婶的大酱汤，然后把砂锅放在燃气灶上，倒入裙带菜高汤，放入大酱，切好南瓜，像突然想起什么似的往汤里加一勺面粉。

夏日的夜晚。

直到现在，父亲还是不碰面条之外的面食，尤其是面片汤。战争期间，甚至战争结束后，父亲几乎每顿饭都吃面片汤。不知从何时起，吃完面片汤，嚼碎的面片会重新上涌，堵塞口腔，酸水反流到咽喉，嘴里整天一股面粉味。面粉珍贵，当时人们会将面粉与山里挖来的艾草、松树皮、榆树皮混着煮，树皮间漂浮着面片。父亲补充说，那时只要有东西吃，什么都吃，这样才能活下来。父亲不爱吃面食，妈妈自然就不做面片或刀削面。夏天，婶婶常在夜里煮面片汤。刀削面做起来麻烦，面片则很快就能做好。婶婶把面粉倒进大盆，一点点加水和面。每到这时，混在叔叔家堂兄妹间的我就满怀期待。妈妈叫我回家吃饭，我也不回，只想等面片汤快些做好。婶婶掀开锅盖，将面团舀入沸水中，我嘴里已经噙满口水。我迫不及待想快点吃，没人开口便自己放好桌子，摆上勺子。也许，在厨房里等面片汤的孩子只有我一个。面片汤端上桌时，堂兄妹们发牢骚说，又是面片汤吗？一道菜也没有，只有面片汤。婶婶经常煮面片汤，大概是因为只有它不需要配菜，简简单单就能吃。妈妈从来不做，所以我总想多吃点婶婶做的。碗里没有配菜，清澈的汤水上漂着面片，味道清淡。我不忍看面片从我碗里消失，舍不得吃。堂兄妹们剩了一半的汤，我觉得可惜，连忙倒进自己碗里。好吃吗？婶婶问，又往我碗里添了一勺面片汤。我说，吃饱了，婶婶。然后继续吃。面片汤只加了蒜末和盐调味，凉了也依旧美味。我们聚在叔叔家院里的草帘上呼噜呼噜吃面片汤。我的堂兄妹们，小恒姐姐、正植哥哥、善淑、贞雅、敏子、万植……汤撤掉后，我们并排躺在院里的草帘上，露出填饱了的肚子,在夏日的夜空下嬉戏。有人互相挠痒痒,有人把脚踢来踢去,有人忍不住笑,说不要这样不要这样……接着滚落到草帘下。那时村里没通电,周围一片漆黑,天上的星星格外明亮。

小门消失,完全是因为我。

大概在我八岁时,小弟整天不肯离开我的后背。还是婴儿的小弟属于我。也许他早已忘记,那时的他黏在我身旁哭哭笑笑,学会叫"妈妈"后向世界说出的第二句话,应该就是"姐姐"。小弟喊我姐姐……那份惊讶我至今没忘。牙牙学语的婴孩对我说出第一句话那一秒,喜悦和兴奋如雨滴散开,正如后来写出作品里的第一句话一样。小弟八岁,我离开J市,此后依然经常想起他对我说第一句话的瞬间。那一刻,因其他事而缩起的肩膀就会舒展开来。离家后,每当我在城市里陷入不安和孤独,自然而然会想起他叫我"姐姐"的时刻,本以为早就消失的思念和兴奋又涌上心头。有时我会故意去回想,让自己走出悲观的泥沼,恰似一团火在我黑暗的大脑深处闪烁、蔓延。

——再叫一次。

八岁的我把背上的小弟转到身前,让他再叫一次。还是婴儿的小弟眨着眼睛叫我,姐姐……我又把埋头在我背上睡觉的小弟转过来,说,再叫一声姐姐……被吵醒的小弟哭了,一边烦躁地哭,一边叫"姐姐"。

那时应该是夏天。可能是暑假,我在家,父亲不在。我把因天热而哭闹的小弟放在麻袋上。八岁的姐姐计划拖着麻袋穿过小门,通过叔叔家的院子到水渠旁的朴树下。正要走过叔叔家的院子时,躺在廊台睡午觉的叔叔突然坐了起来,冲我大发雷霆,说我掀起了灰尘。听了叔叔的话,我回头一看,见自己拉着麻袋穿过院子时,身后扬起了厚厚的灰尘。小弟在灰尘里看着我。我被叔叔的大嗓门吓了一跳,坐到地上放声大哭,我的小跟班小弟哭得更厉害。头上裹着毛巾的妈妈急匆匆赶来,问我们为什么哭。我害怕叔叔,什么也不敢说,只是哭个不停。跟着我哭的幺弟比我声音还大,那个夏日,叔叔家的院子充斥着我和小弟的哭声。妈妈的目光转向廊台上的叔叔。

——他们哭什么?

叔叔有些尴尬。妈妈再次大声质问道,他们哭什么?

——我说她掀起灰尘,她就哭成这样了,嫂子。

——哎呀……小宪怕弟弟热,要带他去水渠边,当叔叔的连这都看不出来,还把他们惹哭?

——啊……可是怎么能把孩子放在麻袋上,大夏天的弄得到处都是土呢?

——你看看小宪的后背就不会这么说了。大夏天的背着弟弟,小家伙背上都长满了红红的热痱子。

妈妈猛地抱过小弟,瞪了叔叔一眼,往家里走去。我把扬起灰尘的麻袋丢在院子里,跟在妈妈身后,一直哭。后来很长一段时间里,堂兄妹们没再来过我们家,我们也没有过去。妈妈的气还没消。姑姑穿梭于妈妈和叔叔之间,试图缓和矛盾,但无济于事。叔叔起先没当回事，后来看妈妈总不消气，就在某个早晨重新筑起了为方便我们往来而推倒的围墙。

父亲回来看见围墙后，无力地笑了。

——真是日子好过了。这么点小事都能吵起来，还筑起围墙。

听了哥哥的话，叔叔又拆掉井那边的围墙，对我说，以后想带弟弟去水渠，就从这里走。于是，拆除的墙成了现在的小门。这也不是坏事。小门成了住在水渠边的人家穿过我家去公路的捷径。没过多久，叔叔要去镇上开米店，卖掉房子搬走了。邻村有人搬了过来。隔壁不再是叔叔家，围墙自然要再砌上。曾让我们通行无阻的断裂围墙很快就被遗忘，仿佛它一开始就是这样。

水井已经填平，只要打开小门，汽车就能开进侧院。难道父亲是为了这个才填平水井的？除了这里，村里到处都挖了公用井。安装自来水管后，最先废弃的就是公用井。再没人在井边淘米、择萝卜缨、洗沾了泥土的土豆、说说笑笑，不过井里的水依然很满。每次来J市，在公路边下车，走到胡同最深处的我们家，都要经过两口井。有了自来水后，人们不再聚在井边。走过这里，我都会不由自主地停下脚步，往井里看。柿子叶落在井中，水面漂着分辨不出是什么的粉尘。风景静谧。如果往里扔石头，被寂静包围的井水便会荡起涟漪。后来，井上加了井盖，再后来，井被彻底填平。J市有很多水井，许多地名都带有"井"字。这里的水富足而清澈。偶尔我会好奇，那些填平的井里，井水会流到哪里去？家里的水井也会像公用井一样被填平吗?我们家的水井盖了井盖。父亲在井里安了马达,井边装了水龙头,接了水管,方便妈妈日常用水。打开水龙头,嗡的一声,井水沿着水管流出,有时用来浇灌院里的蔷薇树,有时供我们外出回来后洗脚。回到J市,我就像想起什么一般,故意到井边掀开盖子看井底。里面依然有水,好神奇。

我站在水井填平的位置,用脚踩地。

水泥之下还有水吗?水井被填平后,每次经过这里,不管旁边有谁,我都会自言自语,以前这里是水井……能听懂我的话的人越来越少。是啊,以前这里是水井。有一天,也许无人能再说出这样的话。这是不言而喻的事实。站在被填平的水井上,我想起小时候扶着井沿低头窥望的情景。这里的井水看起来比家里的更深。往下张望也看不见水,只有满满的黑暗。那是深不可测的幽蓝,仿佛只要掉进去,就再不可能出来。我对这样的黑暗感到恐惧。在这口井边,我从没想过真的放下吊桶,生怕自己会被吊桶的绳子拖到井里。尽管如此,每次路过,我还是想用吊桶提水,情不自禁在井边游荡。有一次,父亲要下田,见我站在井边,问我在干什么。我说,父亲,水!伸手指了指放在井边的吊桶。

——怎么不回家喝?

嘴上这么说,他还是会满足我的要求,把长长的吊桶绳放入井中。我等着父亲放下去的吊桶沉到井底,发出扑通的声音,竖起耳朵专心等待着。比起喝水,我更想听那个声音。黑暗使我看不到井底,那声"扑通"却能让我确信下面有水。吊桶被提上来了,里面荡漾着清澈的水,平息了深不可测的黑暗带给我的恐惧。父亲若无其事地挑起满满一桶水,大步走进小门。

那么深的井,用什么将它填平的呢?

清澈的水如今已经消失不见了吗?我在水井所在的位置站了一会儿,继续朝水渠方向走去,从正午的空气中闻到雨水的气息,抬头看了看天。云朵在天空中翻滚。要下雨了?父亲出门时没带伞,我无意间往宅旁地看了看,从前父亲养牛的牛棚立在那儿,像废弃的屋子。木制的栅栏。两头相合,钩着挂钩,只是做做样子,用手一推就开。牛棚前的地里长满了生菜、冬葵和茼蒿,蜂斗叶沿着围墙蔓延,韭菜绿油油地铺展在角落。看来妈妈又在地里播种了,这是她的地盘。妈妈不能正常走路,却依旧不肯放弃田里的活儿,哪怕推着助行器,也要坚持播种。

我走进宅旁地,往牛棚里看了看。

有一段时日,牛棚挤满了父亲的牛。根据政府政策,父亲可以贷款多养几头牛。妈妈不喜欢欠债,父亲却认为这是政府提倡的事,还能出错吗?就算出了问题,政府也会负责。虽然借了债,可是看着牛棚里满满的牛,父亲感到心满意足,仿佛从失去双亲、只能从外祖父那儿得到一头小牛的贫困日子中解放了。日出前,父亲就打开牛棚的门,叫醒牛。后腿折叠、半蹲半坐的牛能分辨出父亲在清晨和黄昏的动静。他穿上黑色长靴,走进牛棚,牛似乎很开心,发出哞哞的叫声,伸出红红的舌头。

牛的气息立刻让牛棚热了起来。父亲喂牛的忙乱和牛咀嚼饲料的热气让牛棚里充满生机。健壮的牛腿踩出啪嗒啪嗒的声音,在牛棚里回响。牛不会直接咽下饲料和草料,咀嚼很久后又吐出来反刍,嘴巴一刻不停地动。每天早上,父亲都要撕开饲料袋,将饲料倒进十几个饲料桶里,与草料混合,再往水桶里倒水,接着从牛后腿上刮下牛粪,堆在角落。每天早上父亲的身上都散发着牛粪味。

父亲身上的牛粪味曾经就是我们的学费。寒暑假快结束时,他就会到牛市把牛卖掉,为我们筹集学费。父亲坐在廊台上,用散发着牛粪味的手把钱分成几份,这是老三的,这是小宪的……再拿带绳子的破布袋把钱包得严严实实,系在我们腰间,怕在去首尔的路上弄丢。假期过后,腰上带着这个东西乘火车,那感觉仿佛悲壮得要上战场。

父亲只叫我和大哥的名字。二哥叫老二,三哥叫老三,我这个老四却不叫老四,而是和大哥一样叫名字。妹妹则叫昵称,小弟就叫老么。子女中父亲最依赖大哥,我们都知道。父亲叫大哥时不像在叫子女,像叫朋友一样,让人感觉到友情的存在。父亲对大哥说得最多的话是对不起,其次是这件事应该我做才是……父亲不叫我老四,叫我名字时,我总会立刻伸直弯着的腿,挺起蜷缩的后背,赶快穿好只踩了鞋跟的运动鞋,把无意间散落的头发拂到耳后,梳理整齐。因为我不是父亲的第四个孩子,而是独立的"小宪"。至于父亲是什么时候开始喊我名字的,我记不太清了,似乎是在我离家之后。父亲说,小宪不需要担心,小宪说话算数,小宪说的就是对的。父亲口中的肯定话语对我产生了不小的影响。我努力如父亲所言,成为不让人担心的人。即使艰难,也尽可能信守承诺。既然父亲这样说了,我就不能在心知肚明的情况下,跟别人说错误的话。

空荡荡的牛棚里,水泥饲料桶和旁边的小水桶如同遗物。牛反刍饲料和草料的声音仿佛就在耳边。呼噜噜,牛伸舌吸水的声响似乎也不曾消失。饲料桶和水桶里凌乱散落着灰尘、碎屑和塑料碎片。从高高的顶棚垂下的蜘蛛网随处可见。偶尔,隧道般的网眼竟呈现出彩虹的颜色。蜘蛛网牢牢粘在脸上、胳膊上。为了通风而在顶棚下凿开的木头窗框上散落着旧布片。冬天的风对牛而言太过猛烈,当时便装上布帘挡风,后来也没有撤掉。

我走出牛棚,瞥了眼栅栏旁的老屋。父亲养了满棚的牛时,给他帮忙的大雄和乐天叔叔就住在那儿。屋里只有一个房间和厨房,大雄和乐天叔叔轮流住的时候却温情满满。老屋好不容易保留了倒塌前的模样。厨房门碎了,可以看见屋里和邻居家的围墙。大雄会在灶坑烤红薯和土豆,有时从屋檐下抓麻雀烤了吃。乐天叔叔则在灶坑上架起大锅,煮牛饲料。两人仅有一个共同点——只听父亲的话。松垮散漫、耳背、不会算数的青年大雄,身材矮小、头发花白、总是弯腰走路的乐天叔叔,他们连妈妈的话都不听。尤其是大雄。如果父亲不详细指示做这做那，他就随便找个地方躺下。旱田、水田，有时爬上房顶，晒着太阳睡觉，脸总是红通通的。我眼前浮现出早已遗忘的大雄的脸，哼了一声，竟想起他第一次走进我家大门的情形。大雄和三哥同岁。他说要住进我们家时，妈妈的表情有些微妙。她问父亲，是内洞的那个大雄要住进咱们家吗？确定是那个大雄之后，妈妈深深地叹了口气。

——气死我了，你不知道那个大雄是个什么孩子吗？

妈妈面红耳赤，坚决反对大雄住进我们家。父亲一直保持沉默。

——领回个连话都听不懂的孩子，你要干什么？

见父亲不说话，妈妈提高嗓门喊道：

——小宪父亲！

父亲这才自言自语般说：

——听不懂话怎么了？

——……

——有力气不就行了吗？

——……

——打仗那会儿我欠了他家人情，以后你不要再说这种话了。

——你这样又有谁知道呢？

——我不是为了让人知道。如果大雄的奶奶没有求我也就算了，我接受了他们的请求，就不能袖手旁观。

——该忘的就忘了吧。怎么能什么事都记着，每份人情都还呢？

——你以为那是想还就能还的吗？

——……

——我能做的只是让他这样活下去。

大雄的奶奶牵着大雄的手第一次走进我家大门时，大雄呆呆地站在奶奶身后，但他块头太大了，我们还是只能看到他。以后听这位叔叔的话就行，记住了吗？大雄愣愣地注视着父亲，似乎没想过要听父亲的话。父亲拍了拍大雄的背，大雄只是挠头。

——大雄就拜托你了。只要他能活得像个人样，我就死而无憾了。现在这个样子，我死不瞑目啊。一直待在家里，我也不知道该怎么办……如果你觉得他不会说话，也听不懂，没有用，我就带回去，不要有压力，先把他带在身边，教他点生活的方法。

教他什么呢？父亲想着，带大雄去了牛棚。也许是因为奶奶指着父亲，让大雄以后听他的话就行，在离开父亲去镇上的印章店前，不管父亲说什么，大雄都照做不误。他勤快地跟着父亲准备饲料、草料，挑水，清理牛粪，有时还会专心致志地打磨木头，在上面刻人名。妈妈问父亲，你是怎么做到的，大雄怎么对你言听计从？父亲说，我什么都没做，只是告诉他，这里有头小牛是你的。我拉了拉如今已成废弃老屋的门把手。

就在这个房间。

就在这个房间，父亲教不会写字的大雄反复写"大雄的小牛"。父亲完全可以自己写，但他还是打开练习本，让大雄坐在前面，反复写"大雄的小牛"，然后让他读出来。大雄像背《千字文》一样每天把"大雄的小牛"挂在嘴边。终于有一天,他可以什么都不用看就在空白处写下"大雄的小牛"。父亲砍来木材,刨平,然后把凿子放在大雄手中,让他在上面刻"大雄的小牛",再叫大雄在刻了字的地方涂上墨水,"大雄的小牛"立刻变得像门牌上的字一样清晰。父亲让大雄亲手在木牌两边打孔,系上蓝色的绳子,把木牌挂到小牛的脖子上。照父亲指示做事的大雄,脸总是涨红着。父亲指着小牛脖子上的木牌,让大雄朗读。大雄提高嗓门,清楚而响亮地读道:"大雄的小牛。"于是,牛棚里的某头小牛挂上了写有"大雄的小牛"的木牌。大雄对木牌刻字产生了兴趣,勤快地跟着父亲准备饲料、草料,挑水,用耙子清理前一夜的粪便,打磨木材,刻下人们的名字。父亲用汉字和韩文给大雄写下熟人的名字,把自己认识的字都教给大雄。后来大雄读起了父亲从爷爷那里得来的"四书三经"[1]。父亲告诉大雄,将来要想好好生活,就得离开村子去镇上,所以必须识字才行。镇上可做的事多,做事就能赚钱,有了钱就能买房子。

大雄离开后,乐天叔叔来了,妈妈质问父亲,乐天两班要来我们家住?

——乐天两班他会什么!

——……

——你是要让我去伺候乐天两班吗?

村里的孩子都捉弄乐天叔叔,叫他乐天、乐天……他经常喝醉,随便找个地方就能躺下睡觉。一听说他要来我们家,妈

---

[1] 韩国所谓"四书三经"指《大学》《论语》《孟子》《中庸》和《诗经》《尚书》《易经》。

妈生气地反对也无可厚非。

父亲对心怀不满的妈妈说，乐天叔叔本来不是这样的人。因为河边治理工程，原来住在小镇桥下的人不得不四散而去，只剩下乐天叔叔。他好像被河边的春风吹进了村里，靠给别人家做农活和家务为生，从不在一户人家停留太久，像个流浪汉，这家住一年，那家住一年。后来，乐天叔叔突然离开村庄，很长时间没再出现。没有人知道他去了哪里。渐渐地，他几乎什么事也不做，像被抛弃了一般，喝醉了就随便找地方睡觉。不是因为喝太多，而是因为身体虚弱，只要一两杯就醉。谁都不知道他是否有家人，不知道他离开村子后住在哪里。父亲到处跟人说，乐天叔叔是心中有羞痛的人。羞痛？中学时代吗？我不知道父亲说的"羞痛"是什么意思，查了字典。字典上写道，羞耻而心痛。妈妈说，就算要雇人，也该找个健壮的，你怎么总是……看到父亲默默地盯着院落、大门或柿子树，妈妈又说，哪怕家里多只鸡，也得由我伺候，不是吗？见妈妈让步，父亲向妈妈承诺，乐天做的事他自己会负责。父亲说，担心牛被抢走的动乱时期，他每夜牵着牛去镇警察局，当时在桥下陪伴自己的就是乐天叔叔。

——又提那时候的事？

妈妈一副懒得听的样子，裹上头巾去了后院，算是同意了乐天叔叔来家里。大雄离开的地方住进了乐天叔叔，这回挂牌子的不是小牛，而是黄牛，牌子上写着"金乐天"。大雄和乐天叔叔给牛喂饲料、换水的时候，常在挂着"大雄的小牛"和"金乐天"牌子的小牛和黄牛前驻足。一到饭点，我听妈妈的话去牛棚叫大雄或乐天叔叔来吃饭，大雄偶尔会开朗地笑说，小牛是我的，乐天叔叔则只是茫然地盯着黄牛。父亲和大雄养了大约两年的牛，便把大雄送去镇上的印章店，让他离开了牛棚。父亲说，看国家的举措，养牛没希望了。以前政府鼓励农民贷款建牛棚，大规模养牛，如今却从国外大量进口牛，导致牛价暴跌。最初养牛时笑容渐多的父亲，突然间老了十岁。卖印章的人是父亲的朋友。父亲看到大雄在木料上认真刻字的样子，觉得到店里学习做事应该对他的人生有帮助。大雄不管走到哪儿都要成为有用的人，这对父亲来说很重要。父亲从未上过学，大雄是第一个跟他学写字的人。

大雄离开我家那天，大雄的奶奶一直在对父亲说，谢谢你，真的太谢谢你了。大雄手上牵着挂有"大雄的小牛"木牌的牛缰绳。父亲嘱咐大雄和奶奶，先不要把牛卖掉。

——牛现在不值钱。

父亲嘱咐他们等形势好转再卖。大雄牵着牛走出大门，转过胡同，看不见了，父亲还在原地长久地张望。那个会突然把灶坑里烤熟的麻雀递到我面前、吓得我摔倒在地的大雄，偶尔在镇上遇到我便随口喊我的名字，小宪！大雄为了吓唬我而递上来的烤麻雀浑身黑乎乎的，毛都烧掉了，身形还是原来的样子，每次我都大惊失色。我害怕大雄会走过来，再次把烤麻雀递到我面前，一听到他喊我，就吓得加快脚步，远远跑开。

挂在黄牛脖子上的"金乐天"也没有留住乐天叔叔。妹妹结婚时，乐天叔叔送来一床带有闪亮风铃草的薄棉被作为礼物，让我们大吃一惊。有一天，乐天叔叔突然离开牛棚的住处，没跟父亲告别。他不辞而别之时，牛价暴跌了百分之八十。父亲跟着放弃种水稻、选择养牛的村民加入斗争的队伍，希望获得补偿。父亲和村里的人开上拖拉机，前往郡政府和镇事务所。乐天叔叔也跟了去。站在队伍最前沿的人给大家分发横幅，上面写着"美国撤销农畜产品进口开放压力"。父亲把横幅系上牛背，乐天叔叔帮着抻拉横幅边缘。父亲和村里的人离开J市，赶往示威现场镇安郡，乐天叔叔也围着"赔偿损失"的条幅紧紧追随。

——我没想到自己会参与这样的事……

对于人群聚集的集体性活动，经历过战争的父亲深感恐惧。

——我想，情况紧急，总得说句话才行，可是我没法站到前面。

尽管牵着牛去示威，对父亲来说，最重要的还是牛。示威结束后，为了不让牛太辛苦，父亲特意找了辆卡车把牛送回家。即便如此，父亲最终还是撑不下去，只留下戴着"金乐天"木牌的黄牛和另外七头牛，其余全都卖掉，每头牛损失七十万韩元。那时，父亲的背一下子就弯了。父亲只是驼了背，有位曾来联系父亲抗议的村民却忍受不了牛价暴跌，愤怒地结束了自己的生命。满棚的牛卖了很多，牛棚变得安静了。每天早上，乐天叔叔给剩下的牛喂食，环顾空荡荡的牛棚，某一天就突然消失了。牛棚里只剩八头牛，乐天叔叔走了也不必太遗憾。可只要有人说见过乐天叔叔，无论在哪儿，父亲都会去找，就像当年去找中考落榜后离家出走的三哥一样。乐天叔叔杳无音信。至少也该把黄牛带上啊……因找不到乐天叔叔而沮丧归家的父亲，眼神凄凉地望着孤零零留在牛棚的黄牛和它脖子上的"金乐天"。

我抓着门把手，往老屋里看去。

原以为空荡荡的房间里，被丢弃的物品堆满了架子和地面。不光牛棚，房里也结满了蜘蛛网。突然拉开房门，随处可见的蜘蛛网被震得摇摇欲坠。一只蜘蛛拉长蛛网，试图移动到天花板那边。几只飞虫挂在蛛网上，已经干枯。我摆了摆手，担心蜘蛛网会粘到脸上。蜘蛛网的间隙中，尚未打开的箱子层层堆积。是什么箱子呢？我想进去看看，面前的蜘蛛网再次让我望而却步。大雄离开后，乐天叔叔在这里住了很长时间。他的雨衣和过膝的黑色长靴仍放在角落里，已经蒙尘，靴口结了白色的蜘蛛网。听说蜘蛛网可以做衣服……粘到头发上黏糊糊的。灰尘漫天飞舞，我抓着门把手，茫然地站着，又不想进去了。关上门时，雨声击打耳膜。没等我转过头，大颗大颗的雨水伴着泥土的气息骤然涌向老屋的房檐。为了避雨，我又打开刚刚关上的门，大步走了进去。

第三章 在木箱里

什么箱子堆了这么多？

突如其来的雨将我赶进老屋，堆放在角落里的箱子再次映入眼帘。我摘掉脸上的蜘蛛网，朝箱子走去，动作间，蜘蛛网困住的飞虫奋力挣扎起来，似乎想要重新振作。走近一看，我发现那几乎都是快递箱。大部分没拆包装，堆得乱七八糟，大小也参差不齐。

箱子为什么不开封就堆在这里呢？

带着疑惑，我拿起一个看了看。洗发水。再拿起一个维生素 D。下一个又是什么呢？蛋白质粉。DÖHLER，标着"豌豆蛋白质粉（德国产）"。父亲买之前知道这是什么吗？我不知不觉蹲到箱子前，挨个儿看了起来。运动鞋、衣架、熨斗、牙刷架。我想起父亲早上去国乐院后，快递员犹豫不决的神情，以及放在仓库凉床上的平底锅套装。这些都是父亲亲自收下的快递吗？

还要尽可能瞒着妈妈配送？怎么做到不让妈妈知道的呢？快递箱堆得可不少。我有些困惑。

真的是父亲吗？

我试图想象订购这些东西的父亲，却仿佛站在一扇紧闭的门前，只能不解地眨眼。父亲为什么要买它们，又不拆包装，任由它们堆放在这儿结满蜘蛛网？我无法理解，总觉得眼前的快递箱是幻影，忍不住伸手去摸。

这个是消毒洗手液。我喃喃自语，拆开快递箱，露出独立包装的洗手液盒子。感觉很眼熟，和我在首尔家里用的牌子一样。我拆开洗手液的盒子。两个标着一升的大瓶和小瓶消毒洗手液并排摆放着。我拿起小瓶，愣了愣神，读起了上面的字。用于手部、皮肤等部位的杀菌消毒。用于键盘、书桌等地的杀菌消毒。抗菌百分之九十九点九。乙醇百分之六十二。本产品可以根据公平交易委员会公示的消费者纠纷解决标准予以调换或补偿。产品说明读起来很空洞。

一天凌晨，我从睡梦中醒来，打开电视购物频道，失神地看着卖消毒洗手液的导购员。导购员无数次往瘦削的手上喷洒消毒液，解释着为什么现在我们需要这个，以及我们的手可能感染的病毒。一大早，导购员就在电视屏幕上对着看不见的人努力介绍消毒洗手液，我在刚醒的状态中呆呆听着那个声音，深深的孤独感汹涌而至。离结束还有三分钟时，我拨打了屏幕上的自动订购电话，买了消毒洗手液，没想到两天后送达的箱子也出现在了J市的这里。那个凌晨，父亲或许也在看着相同的画面。我送到自己家的消毒洗手液放哪儿去了？

我想起美国某海滨养老院的一位老奶奶的故事，忘了是在报纸上还是书中读到的。老奶奶有退休金，存折里也有一些现金。刚住进养老院时，家人、亲戚、朋友还会来探望她。时间一久，老奶奶就成了孤身一人，每天一句话都不说，只望着窗外。有一天，老奶奶突然接到一个电话，是做电话销售的推销员打来的。寂寞的她不太懂对方在说什么，但还是听推销员把话说完。通话时间很长，老奶奶觉得内疚，就购买了商品。那是推销员第一次销售成功，从此只要一有新产品对方就给老奶奶打电话。不断重复。老奶奶一边点头一边听推销员说话，还不时地"嗯嗯"附和两声。通话快结束时，她会购买商品。两人的关系就这样持续了几年。配送的物品堆满了老奶奶的房间。如果不是老奶奶去世，电话铃会一直响下去。她去世后，她的房里涌出很多尚未拆开的邮寄包裹。

想象着父亲在白天、深夜或凌晨收看电视购物频道、听导购员说话、拨打订购电话的样子，对我来说是件忧郁的事。我的心里一片茫然，有种大口往嘴里塞白米饭的感觉。我还能说什么呢？过去几年，我连电话都很少打给乡下的父母，尤其是父亲。我心情不好，他们也没有让我回去。下次吧，下次去看你们，下次再做吧……是的，我知道。我有许多可以和父亲一起做却没有做的事，这很快就会让我后悔。因为父亲想做的并非难以办到的事，只是想陪着孤身一人的我而已。他想看着我，陪我吃饭，给我家的柿子树施肥。我却说，下次吧。本该偶尔

113

回一趟 J 市和父亲慢慢爬上后山，去镇上买花蟹，或者骑自行车去祖坟，却一件也没有做。父亲拂去旧鼓上的灰尘，打着节拍唱"漫山遍野的花儿开了"，我也没有在旁边听。

那个东西也在这里啊。

我尴尬地坐着，发现被快递箱挡住的架子上，放着很久以前父亲店铺里的那个木箱。我推开快递箱，伸手拿过木箱，却撞到了头。突如其来的疼痛感尖锐而锋利。为了拿稳手里的木箱，我两只手使劲抓紧。没法去碰撞破的地方，只觉头皮很快肿了起来。原来这个东西在这里。我闭上眼，等待疼痛平息。

不知道木箱里装了什么，很重。

一想起父亲，我时不时会想起这个木箱来。自从离开家乡，我就再没见过它，以为是父亲关闭店铺时把它留在店里了，便从来没有问过。没想到木箱依然留着。虽然我失去了平衡，脚步踉跄，头也撞破了，但还是顺利把木箱拿了下来。朝向牛棚那边的房门忽然敞开了，噼里啪啦传进猛烈的雨声。那气势，仿佛恨不得穿透宅旁地上的蜂斗叶。

父亲经营店铺赚的钱不多，装在木箱里。有时只有一两张五百元面值的纸币，有时能看到一千元的，旁边是硬币。我会时不时想起这个木箱，也许是因为自己欺骗过父亲。我曾努力想出父亲不可能知道的东西，撒谎说自己需要。不是笔记本、铅笔、蜡笔这类谁都知晓的常见物品，而是父亲不可能了解的东西，为此跨过铁道找父亲要钱。少女神情严肃，突然提出要买玻璃纸或名字很难记住的书。每到这时，父亲就会呆呆地看着我，然后打开木箱，按照少女所说的金额拿出钱来。如果父亲给钱时仔细询问了用途，问我是不是非买不可，或者嘱咐我要努力学习等，我可能已经把木箱忘掉了。少女因为说谎涨红了脸，心跳加速，不知道父亲看出来没有。只见正在清洗酒缸的他站起来，用衣角擦干手上的水，拿出钱，怔怔地注视着少女的眼睛，或抚摸她的头，说，上学要迟到了，快走吧。少女用说谎得来的钱做了什么呢？去漫画店，还是蹲在校门口文具店的炭火前，用勺子做焦糖饼吃？这些我早已忘记，只剩欺骗父亲的愧疚感留存心底。那些谎言从不曾消失，反倒经常浮现。那不是简单的谎言，而是以要买上课或写作业用的东西为借口，向没上过学的父亲编造的谎言，因而愧疚感更重。有一次，我向朋友坦白了这种心情。朋友的反应出人意料，说我真的好单纯。嗯？朋友问我，你为什么会觉得你父亲不知道你在说谎？父亲明知我在说谎还给我钱？我从没这样想过。朋友说父亲并没有上当。世间的父亲大多都会假装受骗，其实没有真的上当。如果父亲们这么容易受骗，这个世界可怎么办啊。最后，朋友又说，假装受骗是父亲们的责任。如朋友所说，父亲没有上当，尽管这并不等同于我没有骗他，但我还是感觉得到了某种奇妙的安慰。

这是父亲自己做的木箱，铰链还在，挂锁的位置也一如从前。原来它被收在了这里。我打开在时间的风浪里变得黝黑的木箱盖子。箱子里最上面放着锁，下面是一叠书信。

自从店铺彻底关门后就行踪不明的木箱里竟然装着书信。我拿出压在信上的锁，放到地上。书信分为几叠，用橡皮绳捆了起来。我拿起最上面的信，看了看信封。收信人一栏用粗签字笔写着父亲的名字。笔迹洒脱，我曾见过多次。签字笔写的旧地址已然模糊，有的字被揉搓得快要看不见了。我看了看寄信人的地址。的黎波里，利比亚？难怪眼熟，原来是大哥的笔迹。

这是大哥被派往利比亚出差时写给父亲的信。我打量着这捆信。大哥竟然给父亲写了这么多信，我一点都不知道。那时我和大哥也经常通信，能认出他的笔迹。大哥在利比亚工作期间，我每两周去一次大哥公司位于首尔火车站前的海外业务管理室。后来每周去一次。嫂子要照顾孩子，外出不便，就由我替她去给大哥寄送物品和信件，再拿回大哥寄来首尔的东西，转交给她。寄到首尔之外的东西则由公司直接寄走。住在外地的员工家属把书信和物品寄到总部，海外业务管理室负责收管，再一同寄到海外派遣地。看到这些书信，我想起自己去J市把妈妈收好的物品塞进包里，周二送到海外业务管理室的往事。我看了看放在大哥书信下面的另一捆信，是父亲写给大哥的。我瞧见公司地址和这栋房子的老地址，时间隔了太久，信封上的字迹变得模糊，像要消失。父亲给大哥写了这么多信吗？为什么信会在这里？也许是父亲从大哥家带回来的。除了这些，木箱里还有其他信。我惊讶地拿着信，翻来覆去地看，猛然想起出差归来的大哥也曾这样捆起我寄给他的信，交还给我。

——为什么要还给我……

我很吃惊，但还是收下了。大哥说舍不得丢，就收了起来。你是作家，说不定会用到……虽然当时我已经登坛，却也只是一年后在登坛的杂志上发表了篇短篇小说，还没有别的约稿。我并不指望登坛就能看见新世界，然而没有约稿，登坛前后都同样冷清。不对。申请去位于宜陵的《女高时代》杂志社工作时，我可以在简历上标明登坛年份了，尽管不知道这对于找工作是否有帮助。大哥还给我的信放在了家里的什么地方呢？他说得没错。后来我整理抽屉，读了大哥还给我的信，写下了短篇《渐远的山》。那是大哥在的黎波里总部工作时，前往奥格比尔机场施工现场出差的故事。大哥坐飞机从的黎波里去往塞卜哈，又从塞卜哈去奥格比尔，一共要走五百公里的公路。一名泰国司机开车，大哥坐在旁边。沿途都是沙漠，风景一模一样。沙漠上阳光折射，出现海市蜃楼。看着不断重复的风景，有时会感到困倦。这时旋风突然刮来，大哥皱起眉头，车子在沙尘暴中侧滚了三圈。事情发生在转瞬之间。司机和大哥都失去了意识，翻车后发生了什么不得而知。等大哥睁开眼，沙漠的太阳灼热刺目。大哥清楚地记得当时那辆车子的车型——王子3.0。他艰难地坐起身，出神地望着无穷无尽的沙漠。清醒后一看，滚了三圈、陷入沙漠的车子已经损毁到无法直立。沙漠里的风景处处相同，分辨不出刚才是从哪里来到这儿的。王子3.0破碎不堪，只剩骨架，神奇的是，泰国司机和大哥都安然无恙。

——从那之后，我开始相信神灵……

回忆起当时的情形，大哥总是面露虔诚。从前，每逢周日跟嫂子去教堂时，大哥常常打盹，可自从出差归来，他每次都毕恭毕敬地做弥撒。我把泰国司机设定为生活在沙漠里的贝都因人，大哥则化身为小说的主人公，名叫"允"。翻车前，司机说距离目的地奥格比尔还有大约十公里。翻车后，又刮起沙尘暴，风景变得相似，他们迷失了方向，不知道从何处来，茫然不知所措。这是以大哥的信为基础写下的作品。翻车前，他们和奥格比尔唯一的通信工具无线对讲机掉了出去，不知落入哪片沙子。下午五点已过，沙漠里野狗叫嚣，气温下降，他们处于危险之中。车子破损，通信中断，时间不停流逝，太阳快要落山了，就在这一时刻，奇迹发生了。大哥写道。难以置信，远处出现了一辆农民驾驶的车。起先只是个点，随着车辆渐渐靠近，大哥开玩笑地说，他觉得车里坐的是耶稣。泰国司机和大哥搭乘农民的车去了奥格比尔的警察局。不过，我写的和大哥信中的内容相反。两个人扶起翻了的车，在不知来路的沙漠里抛硬币，正面就去这边，反面就去那边。确定方向后继续开车，不管怎么走，眼前都是同样的路。最后他们没能到达目的地，而是回到了出发点。

我拿出大哥写给父亲的信，雨声越来越大。怎么冷不丁下起了雨呢？我向外望去。雨声狂暴，听起来犹如波涛。我担心父亲没带伞出门，连忙打了电话。铃声响了很久，父亲却没接。挂断电话，我茫然地注视着大雨，展开手里的信纸。

父亲前上书

我静静地看着画了道道黑线的旧信纸,最上面两行写了"父亲前上书"。前上书……很久没有读到这样的表达了。原来消失的语言在这里,我的心情有些惆怅。很久以前在的黎波里,大哥拿出这张信纸写下"父亲前上书"时弯曲的肩背仿佛近在眼前。大哥把字写得很大,占了两行,每句话结束后还要充分空出两行再写。

这段时间还好吧?

我前天顺利到达了这个地方。

飞行花了二十个小时。我在金浦机场登机,到美国阿拉斯加机场等了三个小时,然后出发去德国法兰克福机场,又在那里等了六个小时才到达这里的的黎波里机场。除去等待的时间,光飞行就用了二十个小时。

我连飞往济州岛的航班都没坐过,却飞了二十个小时来到北非的这里,真是我人生中始料未及的事。

这里是利比亚,我的办公室位于的黎波里。利比亚、的黎波里什么的,发音很难吧?这里的风景和我们国家的截然不同。到处都是沙漠,不能种庄稼。您想想看,父亲,不能种庄稼的沙漠几乎覆盖了全国,农耕地只有百分之零点一九。这在我们国家是无法想象的。可是父亲,这里的沙漠深处埋藏着石油。

越说越难以想象了吧?

我想您可能会好奇我在什么地方,所以想介绍一下我身处的这个国家,但其实我也不太了解。今后要在这里住下了,应该会渐渐了解吧。如果知道了新的东西,我会告诉您。您就想着,世界上原来还有这样的地方。的黎波里就相当于韩国的首尔,是这个国家的首都。

我的生活很简单,工作也很简单,与在首尔时不同,时间变得充裕了。我会经常给您写信的,所以不要觉得我离您很远。在韩国不也是您住J市,我住首尔吗?其实现在也没太大不同,您这样想怎么样?只是我的工作地点稍微远了些而已。

或者父亲,您也可以这样想:这世界的某处有个国家叫利比亚,那里有座城市叫的黎波里,我儿子去那里旅行,旅行结束就会回来,怎么样?虽然我不在首尔,但一切都没有变。

孩子妈妈、小宪和老三还在首尔。我不在家的时候,小宪、老三和孩子妈妈住在一起,我有些担心,和妻子商量,如果她想把房子租出去,自己回娘家住也行,但妻子考虑了几天，决定保持现状。她说我们结婚的时间也不短了，现在回娘家住挺难为情。又说我不在家，如果连小宪和老三也离开，家里会变得空荡荡的，她会感到孤独。而对孩子们来说，爸爸已经离开家，如果原来一起生活的叔叔和姑姑也不在，空缺就太大了。不过妻子觉得，最重要的原因，也许是我们还不具备让小宪和老三分家的条件。我买房子的时候已经借遍了能借的钱。这些话我都事无巨细地告诉父亲，怕您担心我不和妻子商量。总之，您不用担心。

希望我不在家的日子里，父母也能安心生活。虽然这里很远，不过短期内就是属于我的位置。我会在这里竭尽全力做好自己的工作，您二老也要像从前一样健康，这样我就别无所求了。

想说的话太多，今天就写到这里吧。

我现在要把这封信送到负责寄送的业务室，这样就能装上明天的飞机。每周我都会给您写信。您可以不回信。只要这封信能让您感觉我陪在您身边，我就满足了。

那么就写到这里吧……

一九八九年四月九日
儿子 敬上

P. S. 啊，父亲。

我说过这个国家叫利比亚吧？前天第一次见面的同事告诉我，这名字的意思是"大海的中心"。我正在大海的中心呢。父亲，很棒吧？

利比亚是大海中心的意思吗？我盯着很久以前大哥在结尾写下的"父亲，很棒吧"这几个字，看了很久。我听大哥说过这样的话吗？"很棒"不像大哥的语气。无论是日常生活、说话语气还是穿衣打扮，大哥都不喜欢修饰。他做公务员和大企业职员近四十年，甚至都没用过常见的领带夹。信纸是叠好后又打开的，折痕让有的字裂开了。一些地方已经泛黄，字也变花了，像滴了水滴又用手抹过，签字笔的痕迹犹如流淌似的弥漫在信纸上。

水滴？

啊……我有种膝软要跪下的感觉，忽然意识到这是父亲读信时落泪的痕迹。我用手掌拂了拂字被打湿的地方，有些心事像照片一样印在了掌心。很久以前，到陌生国度出差的年轻男子趴在书桌前或宿舍的床上，对着信纸，握着粗粗的签字笔给身在祖国的父亲写信。一想象这样的场景，我的心莫名受到震动。刹那间，干草丛般的心像栽跟头似的四散开来，我仿佛看见远处年轻男子的后背，以及他握着签字笔写下"父亲，很棒吧？"

的粗糙的手。

我伸腿坐在老屋那满是灰尘、蜘蛛网和箱子的地上,拆开另一捆书信,寻找哥哥在利比亚的黎波里收到的父亲的第一封信。出人意料的是,无须特意寻找,书信都按照寄信、回信、再次寄信、回信的顺序整理好了。

　　胜烨如晤

　　身体好吗

　　你顺利到达我就放心了
　　坐了那么久的飞机一定很累吧
　　不用担心我们你母亲和我都很好
　　为了给你回信今天我第一次去镇上的文具店买了信纸
　　我从来没买过这种东西不知道该买什么样的就买了和你一模一样的

看到父亲按照发音直接写下的文字,我感觉自己站在暴雨里。父亲记账时写在账簿上的数字:
香烟九包
夹心面包七个
马格利酒两桶

父亲只在标记数字时才写字。再见到父亲的字迹是我离开

J市和大哥一起租房的时候。父亲给我们寄了大米，发来电报，上面没有日期，只写了一句话。

寄米了

大哥结婚前，负责做家务的我经常收到父亲的电报，直到装上电话。电报总是只有一句话。

寄了泡菜
寄了紫苏叶
挖了红薯寄给你们

父亲买了和大哥同样颜色的签字笔，选了和大哥一样的信纸，像大哥一样空两格，按照发音一行行写字。

你总是很棒
身为父亲我没能成为你的力量只能眼看着你肩上的担子越来越重
你总是很棒
现在那里是属于你的地方
我知道你会像从前一样在你的位置上踏踏实实做好自己的工作

一想到你的妻子独自留在家里养孩子 还要照顾小宪和

> 老三 我就觉得很歉疚
> 尽管我知道她是个品性娴淑的人
> 但还是值得感激你虽然身在远方也要对她尊敬真诚和善
>
> 除此之外 我别无所求
>
> 一九八九年四月十八日
> 父亲

出发去利比亚前,大哥和家人们回了趟J市,准备向父母道别。我也去了。刚到J市,大哥就到五岔口那家常去的肉铺买了三斤牛肉,分装成三份。嫂子也出生在J市。她来J市时总是先看望我的父母,再抽空回娘家吃晚饭或过夜,早上再来我们家。那天是为大哥送行,嫂子和我们一起吃了晚饭,夜深之前带着孩子去了娘家。喧闹的家立刻变得冷清。尽管已经到了梨花盛放的四月,偶尔还是会下雪。四月初那个起风的夜晚,要说春风还太早。院子里的柿子树刚冒新芽。妈妈和嫂子准备晚饭,大哥在旁边帮着父亲和乐天叔叔喂牛。因为牛价波动,很多牛都卖了,只剩挂有"金乐天"牌子的黄牛和另外七头牛。乐天叔叔一个人就能完成的活,父亲和大哥却都陪着他干。大哥调节哗啦啦出水的管子,乐天叔叔铺开倒进桶里的饲料,让牛吃起来方便。父亲用耙子把牛粪推到角落。我看着默默干活的大哥。他乍一看不像是白天从城里回来的人,倒像在这个家里喂了很久的牛。大哥忙碌的身影在天黑前的晚霞中移动,看上去像个剪影。大哥什么时候和牛这么亲密了？牛对待他也像对待十分熟悉的人。我一走近，它们就哞哞叫着后退，大哥给它们倒饲料，它们却很温顺地吃下去，还用他倒的水浸湿红色的舌头，眨着睫毛又长又卷的眼睛，允许他靠近。偶尔大哥会直起身，用手掌拍打牛的后背。

嫂子回了娘家，大哥拿着从肉铺买来、用报纸包着的牛肉，分送给叔叔家、姑姑家和堂叔家，回来后好像就在大卧室睡着了。洗碗的时候，我看见妈妈从柜子里拿出被子，帮哥哥盖上。我擦干手，回小卧室磨蹭了片刻，也睡着了。不知睡了多久，睡梦中听见一阵唧唧咕咕的声音。什么声音？我想睁开眼，可是太累了，眼皮总是自动合上。听着忽近忽远的声音，我想，这是做梦吗，还是有人来了？声音听起来近了又远，感觉很远很远时又靠近，反反复复。那声音听着像摇篮曲，渐远时我继续入睡，睡着睡着声音又近了。到底是什么？还不时夹杂着笑声。我依然困乏，闭着眼睛，直到某个瞬间意识到，哦……是父亲。笑声来自大哥。房子是四面打通的结构，即使不经过大门和围墙，也可以从前院、侧院或后院绕进来。父亲和大哥正在院子里一圈圈地转，嘴上说个不停。他们经过我睡觉的小卧室时，声音听起来很大；绕到旁边声音则变小。等他们走到后院，我就听不见了。再回前院走过小卧室窗前，又听得到了……我被吵醒，耳边回荡着父亲低沉的声音。父亲问出差前回家道别的儿子，不去不行吗？这出人意料的话让我感到惊讶，连忙起身走到窗前，认真听他们交谈。

——为什么，父亲？

——想到你不在这里,我就害怕。

——我也不是和您住在一起,怎么会有这种想法呢?

——那不一样。

父亲听上去有气无力。

——这个国家没有你。

——……

——睡不着。

——工作几年就会回来,父亲。

——对不起。

——什么,父亲?

——如果我有能力,你就不用去那么远的地方了。

——这是公司的安排,有调令才去的,跟父亲的能力毫无关系。我又不是为了赚钱去卖苦力。

事实并非如此。因为去利比亚工作可以拿双倍工资,所以大哥才会报名。大哥想攒钱在城里买房。他认为,无论如何,只要有了房子就能继续生活下去。交谈声又绕到侧院,渐渐远去。每当父子二人绕过侧院和后院,来到前院,走过小卧室窗下时,我就侧耳倾听。父亲似乎对大哥要离开自己的祖国深感不安。听着他们的对话,我觉得儿子和父亲的位置似乎调转了过来。那个夜晚,大哥安慰父亲,父亲反复说,没有你,我……

为了缓解自己的缺席给父亲造成的不安,大哥勤奋地写信。性格呆板的大哥选择了写信这种方式,似乎给当时的父亲带来了莫大的安慰。

毫无例外，大哥的每封信都以"父亲前上书"开始，第一句话也一直是"这段时间还好吧？"。如果只看到这儿，会觉得所有信都一模一样。父亲也总是以"胜烨如晤"开头，第一句问候都是"身体好吗"。

父亲的信简洁而短促。

胜烨如晤

身体好吗

今天我去书店
这辈子从没去过书店进去一看书真的不错
我想着书上应该会介绍利比亚是个什么样的国家所以去了可是书店里没有关于利比亚的书
你告诉我利比亚是大海中心的意思可我觉得利比亚像花的名字类似鼠尾草这样
我让小宪买些有关利比亚的书寄给我
我想了解你所在的国家是什么样

你母亲经常哭
大概是想你了
总说些莫名其妙的话
还说哭过之后感觉眼前很亮堂

总之你不用担心我们

一九八九年四月二十四日
父亲

父亲前上书
这段时间还好吧？

为了适应这里的生活，每天都过得很忙碌，所以上周没能给您写信。晚上倒头就睡了，都不知道是什么时候睡着的。

我总是想起您说的为了我去书店的事。在J市我经常去的是湖南高中门前的第一书店，父亲也去那里了吗？我想象了一下。

三十岁之后，我也很少去书店了。

听说母亲哭了，我心里很不好受。我过得很好，您让母亲不要担心。
我只盼着您二老身体健康。
多保重……

一九八九年五月六日
儿子胜烨敬上

有时父亲只写了一行。

胜烨如晤

身体好吗

今天所有苗床都拿出来播稻种了

一九九〇年四月二十九日
父亲

胜烨如晤

身体好吗

我有话要对你说
为了好好给你写信
我开始学习韩文
我的重点是书写
已经几个月了
农高旁边开了家韩文学校晚上有大学生在那里上课我每周去上三次韩文课
我很惊讶

比我年轻的人竟然不认字也不会写字要从头学起

连字母都不认识这是真的

大学生老师看到我写韩文很吃惊问你还来这里学什么

他们说像我这种情况没什么可教的于是我说起你的事

我要给儿子写信不想把字写错所以来这里

他们让我单独坐教我写收音还带书给我看

他们说我读书读得很好我心里想这要多亏我父亲

我跟你们的爷爷学习《小学》和"四书三经"的时候经常读出声来

很有意思

我让你母亲也来学她说现在学写字有什么用

活了这么多年现在还学什么

我说学会写字就可以给你写信你母亲好像有点动心了但是没有回答

我打算以后继续跟她说

你母亲说你们学写字的时候她什么都不懂也不能教你们觉得很遗憾

现在就算学会了也没有年幼的子女要教了有什么用

我别无所求

一九九〇年五月二日

父亲

胜烨如晤

身体好吗

你母亲不知道听谁说的 说利比亚是个很热的地方 可以在石头上烤鸡
不知道那里有没有炒面茶
你很喜欢热天冲炒面茶
你母亲让我问你 给你寄炒面茶的话 你能不能收到

我别无所求
只求天空下的你身体健康就行了

一九九〇年六月五日
父亲

父亲前上书

这段时间还好吧？

上周是怎么过的我都不知道。按理说应该比在首尔悠闲，可一周转眼就过去了，明天就是取信的日子了。上周因为事情太多没能给您写信，所以我现在按捺住偷懒的冲动,开始动笔。我答应每周给您写的,可是漏了一次,对不起。

现在插完秧了吧?

母亲要往田里送饭,一定忙得不可开交,父亲也要拉秧绳,脸都晒黑了吧。

我从小就喜欢插秧的季节。在空空的稻田里插上秧苗,稻田变绿,这让我感觉很新奇。早晨去上学的时候,看到人们在稻田里站成一排插秧,我就想,这样一棵一棵插下去,什么时候能插完一大片稻田呢……可放学一看,广阔的稻田已经插满一行行秧苗。看到这里,我懂得了大家齐心协力可以创造出多么惊人的成果。人们聚在一起,在固定时间里不停地劳动,成果如此明显,真的意义非凡。虽然不一定是我们自己的稻田,但只要望着水利合作社两侧绿油油的秧苗,就感到心满意足,仿佛那两片田有什么东西能给予我力量。

上次我说过,这里百分之九十八以上的国土都是沙漠,没有像我们国家那样适合种水稻的土地。

请转告母亲,不用寄炒面茶给我。
吃的东西不用担心。
这里有很多韩国员工。
我们的生活就像学生住在宿舍。韩国厨师也来了。早中晚饭都做韩餐。我们像在首尔一样每天吃韩国食物。早上的起床时间和晚上的就寝时间也都是固定的，感觉像在军队生活。虽然很多时候还不习惯，到了就寝时间也睡不着，只能睁着眼睛，不过很快就会适应的。这样规律地生活下去，身体也会更加健康。

父亲。

虽然我身在远方，但如果家里有什么事，一定要毫不犹豫地告诉我。

不要一个人藏在心里。

今天就写到这儿吧。

一九九〇年六月十二日
胜烨敬上

读着大哥的信，我想起小时候在上学路上看到的水利合作社两侧的绿色稻田。我专心看着夜露中绽放的喇叭花，或关注下面被树叶挡住的草莓是否变红，哥哥却每次都望着稻田，感觉自己能够从中汲取某种力量。看着同样的风景，心境却如此不同。大哥去了位于北非中部的利比亚，父亲就努力找寻那个国家的信息，好像把发芽的土豆挨个埋进土里。后知后觉的心情原来是这样。当初父亲让我给他买有关利比亚的书，竟是出于这样的心理。我从书店买来有关利比亚的书，寄给父亲，他为了阅读陌生的书籍、能够正确书写而去夜校学习韩文。也许正因如此，起初只写短句的父亲，渐渐写出了复句，还会加上符号和句号，句子也越写越长。

胜烨如晤

身体好吗？

告诉你个好消息
昨天有头牛生了小牛
生了三头
这种事从没见过我想都没想过
养了这么多年的牛还是第一次遇到
偶尔会生两头
牛在怀胎期间姿态很特别我猜过会不会是两头
没想到却是三胞胎
我想马上告诉你这个消息就给你写信了

三头小牛先后出生 相隔十几分钟
体形比只生一头的时候小一点 不过三头都很健康这还是第一次我有些不知所措
写信告诉你的时候我开心得无法形容

小牛刚出生就开始走路
三胞胎也一样

跟小鹿似的
没等母牛把粘在胎盘上的东西舔干净小牛就站了起来
一扭一扭地走了
三头小牛先后伸腿站起来我忍不住笑出声

胜烨啊
你结婚时对我说过的话我从来没有忘记
你给我买了七头牛说结婚成家后就不自由了让我养这几头牛给弟弟妹妹们攒学费白天在洞事务所工作晚上去大学里学习终于进了大企业这些钱是你进大企业前做公务员获得的离职金

读着父亲的信,我抬起头。大哥结婚时给父亲买牛了?我脑子嗡嗡作响,连忙从信上挪开视线,向门外看去。雨声混合着雷声,越来越响,仿佛要砸烂种在宅旁地里的蔬菜。

这是我从来不知道的事。大哥结婚后,父亲养起了那七头牛,我却从没特意想过为什么突然多了七头牛。我好像变成了宅旁地里围墙底下被暴雨击打的蜂斗叶。即便是牛价风波过后,也没卖那七头牛吗?父亲对大哥的内疚心情深处竟还装了七头牛。直到现在我才知道。

心情很不好
你遇到了穷爸爸 年纪轻轻就要离开家到陌生的他乡独自煮饭生活 快要结婚了还忧心忡忡 想到这里 我总是心痛 内疚

我能做的就是不让牛的数量减少

我努力让你买的七头牛一头都不少

所以我和乐天坐上拖拉机加入了养牛人的斗争

无论如何 我一定要完整守住你买的牛

即使不能增加 无论如何也不能减少

现在生了三胞胎 你买的牛不再是七头 而是十头了

如果感到郁闷或生气 你就想想这个吧

这里有你的十头牛

都瞪着大眼睛等你呢

希望这件事能成为你的力量

我常说 我这个做父亲的别无所求

只求天空下的你身体健康就行了

一九九〇年九月四日
父亲

父亲前上书

这段时间还好吧?

听说牛生了三头小牛,我大吃一惊。世界上竟然还有这样的事。看了您的信,我查了一下,发现即使是移植受精卵，也很难得到三胞胎。您应该是像平时那样，只让牛接受了人工授精，怎么会生出三胞胎呢？光是想象三头小牛跌跌撞撞站起来走路的样子，我就很开心。再加上父亲您这么高兴，我的心情也和您一样。

父亲。
得到一头小牛都不容易，何况您一下子有了三头，我真为您感到骄傲。
父亲。
牛棚里的牛不是我的，而是您的。

一想到父亲牛棚里的牛越来越多，我就觉得踏实，浑身充满力量。我知道您的心愿是让我们读大学。您卖掉山上的地给我凑齐大学学费时，我拿着钱，下定决心，无论如何都要达成父亲的心愿，成为有用的人。

父亲。
是的。我是出生于农村的长子，有五个弟弟妹妹。结婚时的确有很多烦恼。您也知道，首尔这个地方，金钱观和农村有很大的差异。结婚之后，我也没有余力让小宪和老三分家。幸运的是，我的妻子也是农村出身的长女，下面也有几个弟弟妹妹，她能理解婚后还要带着弟弟妹妹一起生活的境况。
父亲，您没必要对我感到歉疚。

那时候我帮您买牛，只是想摆脱给弟弟妹妹筹学费的压力。就这么几头牛。您不知道我打的是这样的小算盘吧。

父亲。

我之所以这么做，就是因为您是我的父亲。住在 J 市的时候，偶尔有人想知道我是谁家的孩子，就问父亲的大名。我只要一说出您的名字，所有的人都会说，啊……像对您一样对我很客气。看着那些听到父亲的名字就立刻变得亲切和善的人，我为有您这样的父亲感到骄傲。正因为您是这样的父亲，我相信您养牛肯定也能养好，这才付诸行动。这样我就自由了。您在宅旁地里建了牛棚，接受政府补助买了几十头牛，每天早晚拿着耙子，穿上长靴，弯腰在牛吐出的热气和排出的粪便中干活。每次回来，我都觉得父亲这么辛苦是因为我劝您养牛，心里很不是滋味。您干活有多卖力，我很清楚。有时三个弟妹要同时交学费，您也一分不差地拿出来。这种时候我对您满怀敬意。您如此用心地守护着这些牛，怎么能说它们是我的呢。

我工作的地方不是工程现场，而是位于的黎波里的总部。大部分工作就是和首尔的公司联系，没有什么特别的困难，我适应得还算顺利。您不用为我担心。

一九九〇年九月八日
胜烨敬上

胜烨如晤

身体好吗
过几天就是中秋节了
早上风很凉 开始找被子了
夏天生活在这里的鸟都急匆匆飞往别的地方 忙得不可开交

不管你怎么说 这些牛都是你的
遗憾的是 三头小牛中 有一头眼睛看不见
怪不得总是不会往前走 动不动脑袋就撞到墙 仔细一看 原来它眼睛看不见
眼睛看不见 找不到乳头 三头小牛一起出生 那个眼睛看不见的家伙已经明显不如另外两头强壮了
因为它看不见 所以我对它格外关照 母牛好像也知道 经常用舌头舔舐这个眼睛看不见的孩子 虽然看不见 但还是长得很快
就像你们一样

我别无所求
只求天空下的你身体健康 平安归来

你母亲在旁边让我问你 中秋节吃不吃松糕

她让你不用担心这边的事 叫你放宽心

一九九〇年九月十二日
父亲

父亲前上书

今天我要告诉您一个好消息。

会长一直计划每周安排一次往返首尔的航班，现在申请成功了。以前航班到达的日期总是不确定。如果航空公司保证不了每周至少一班，会长说哪怕公司包机，也要确保每周在首尔和的黎波里之间往返一次。以后每周都会有一趟航班从首尔飞往这里。所有人都赞同这件事，一方面可以顺利调配公司需要的物流，每周总部还能寄送一次食材，让我们做韩国食物。尽管量不一定充足，不过每周都有食材配送到这里，吃韩国食物的日子会更多，大家都很开心。

今天我和总部海外业务管理室的职员通电话，对方说中秋节会给我们寄松糕。因为每周都有一次航班，所以这是有可能的。同事们都说我是能吃上松糕的有福之人。虽说不能赶在中秋节当天，但是中秋前后松糕以冷链方式就会送到，我们收到的应该是冰冻松糕，不过这里的厨师会把松糕蒸得热乎乎的。请您转告母亲，中秋节我在这里也能吃到松糕，不用担心。

父亲。

说到食物，我正好想起一件事。

下周日我要为这边的同事做拌饭。厨师被派来两年了，还没去市里参观过。那天我们准备自己解决吃饭问题，让他出去转转。初来乍到的我负责给大家做拌饭，隐隐有些担心。我说要做拌饭，是因为我曾津津有味地吃过您做的拌饭。可仔细一想，我只是吃过，没有做过。而且我忽略了这里很热，蔬菜也不像韩国那么丰富。现在给您写信谈论食物，我想起您做过的萝卜缨拌饭，忍不住流口水了。不了解情况就擅自夸下海口，现在我有种被噎住的感觉。

做拌饭有什么秘诀吗？
写到这里我笑了。
我对您真是什么都问啊。

我过得很好，不要为我担心。
祝您平安。

一九九〇年九月十六日
胜烨敬上

胜烨如晤

会长能力真强
只要下定决心 原本没有的航班都能开通
一听到每周有一班飞机从首尔飞到你那里我就放心了
松糕也可以通过飞机送到你那个世界真的太好了

做拌饭的秘诀 其实很简单
只有在我做拌饭的时候你母亲才会打开香油瓶
那时候香油很贵哪怕只用一滴香味就会飘很远
现在的香油不行了
也许是因为榨油的方式发生了变化
你要想做出美味的拌饭
香油是必不可少的那边有香油吗

我放下手头正在读的信。

是的。小时候父亲经常给我做东西吃。他给我们做炸酱面，把涂了调料的猪肉放在铁架上烤。大家围坐着吃饭，如果没有合适的配菜，妈妈偶尔会让父亲做拌饭。妈妈说的和大哥一样。你做的拌饭比别人做的好吃。妈妈把家里最大的盆放在父亲面前，再把切好的菜满满摆在米饭上，春天是生菜，夏天是萝卜缨，秋天是红薯叶泡菜，冬天是酸泡菜。父亲默默地搅拌。拿勺子舀辣酱，切辣椒，如果有煮熟的调味大酱，也适量浇在米饭上。

要是觉得嫩萝卜缨有点碎,就用筷子搅拌米饭。父亲做的拌饭格外美味,全家人都忙着挥舞勺筷,吃个精光。原来是这样。原来只有父亲做拌饭的时候,妈妈才拿出香油。

是梦吗?如果是梦,我却又清晰记得几天前的凌晨两点,我突然抬头看挂钟的时间。我躺在妈妈的床上,又到客厅父亲的床下躺了会儿,然后坐到小卧室的书桌前,再去厨房走来走去,打开冰箱门,拿出盛有橡子凉粉的大保鲜盒。就像为了不想吃饭的父亲来 J 市的第一天那样,我用剩下的橡子粉熬煮了橡子凉粉,父亲却连碰都没碰,我便倒进了保鲜盒。我把盒子放在餐桌上,望着客厅床上的父亲。夜灯下的他很安静。我用勺子拍打橡子凉粉。冷冰冰的橡子凉粉已经凝固。我只记得用勺子挖了一勺,再回过神,父亲站到了我面前。我把勺子扔到桌上,用手挖橡子凉粉,塞进嘴里。橡子凉粉的碎屑弄脏了桌子,我的衣角也沾上不少。父亲伸出食指短秃的手帮我擦嘴角,把已经见底的盒子和勺子放进洗碗池,拿抹布擦了两遍餐桌,静静地坐在我身旁。父亲想要拉我的手,我急忙把胳膊垂到餐桌下,拒绝了他的手。栗色的橡子凉粉沾在我的手指上。父亲弯腰坐着,就这样陪在我身边。过了一会儿,我缓过神来,对父亲说,您去睡吧,父亲。

我记得那个冬夜。

冬天一到,就连下了四天雪,这就是 J 市。成为作家后,我无数次写过类似的句子。冬天一到，就连下了四天雪，这个地方就是J市。从田野吹来的风经过铁路、水渠，越过农田，卷入院落和廊台。门缝纸摇曳的声音常把我从睡梦中吵醒。那个冬夜，雪花飞舞的影子在房门上闪烁，我在被窝里茫然注视着雪影。父亲还没回家，他的饭碗放在炕头上，用毛毯盖着，炕梢还摆了饭桌——妈妈为父亲做的不只是在他拌饭时递香油而已。风雪交加的夜晚，父亲在村里的舍廊房①和邻居们聊天，回家晚了，妈妈在父亲的饭桌上摆好烤紫菜。那时父亲还很年轻，几杯酒下肚后心情愉悦，从敞开的大门走进来，弯腰把台阶上四处乱放、被风雪侵袭的鞋子推到廊台下，拂去廊台上的雪，打开房门，携着冷风一起进屋。妈妈没好气地说，干什么去了，大半夜的才回来。边说边掀开炕梢上的饭桌餐布，把炕头的饭碗摆上桌子，将剪成正方形、抹了油烤熟的紫菜盛在盘中，放到父亲饭碗旁。紫菜的香味在冬夜的房间里弥漫，我们不约而同围坐过去，一个接一个聚到父亲的饭桌旁。从小就因为是长子而被当作大人的大哥没能坐到父亲身边，只能留在小卧室的书桌前。父亲把米饭放在紫菜上，卷起来，按顺序递入滋溜溜坐过来的我们嘴里。妈妈说我们太烦了，让父亲没法好好吃饭。父亲就说，我吃过了。这么晚了，在外面不可能不吃饭，妈妈也不会这么以为，但她还是在冬天的深夜把烤好的紫菜放到饭桌上，摆在父亲面前。

那个下雪的冬夜，父亲用妈妈给的紫菜包好米饭，依次塞

---

① 韩国传统建筑中供主人休息或接待客人的房间。

入团团围坐的我们嘴里。我多次用文字描写过那个瞬间。每次用的比喻不尽一致，不过我们真的很像橡树林里的小啄木鸟，一口口接过父亲包好的紫菜包饭。那时，我们只是感受着嘴里香喷喷的紫菜余味，等待下一轮。有一次采访，我被问到是否觉得幸福，便突然想起那个冬夜，回答说，吃父亲的紫菜包饭时，真的很幸福。大哥把刊登报道的版面做成装饰板寄给我，后来又带到这里，放在小卧室的书架前。父亲读后问我，那时候很幸福吗？

——是的，父亲。

父亲苦笑几声。我认为幸福的时刻，父亲却说他很害怕。年轻时看到我们这些孩子吃饭的样子，他说他害怕。

——害怕？怕什么？

我惊讶地问。父亲收起脸上的微笑，面容迷茫。

——这怎么说得清楚？

看到父亲不想说，妈妈在一旁帮腔：

——你们胃口太好了。不用担心粮食的日子才过上多久啊？今晚吃完就要担心明天，有时候去仓库舀米，发现米缸见底了，心里就咯噔一下。米缸渐渐空了，六个胃口好的孩子上蹿下跳，能不怕吗……

妈妈替父亲说出他吞下的话，仿佛甩掉了什么沉重的思绪，立刻恢复了生机：

——如果只是害怕，每天的日子怎么过？害怕也是动力……

妈妈问父亲，你也是这样吧？父亲回答，那还用说。我怔怔地望着说"那还用说"的父亲。是这样吗？父亲也像妈妈一样,不单是害怕我们的好胃口,还觉得那是动力?妈妈恢复了生机,我的心情却变得沉重。父亲坦白似的说年轻时害怕我们的好胃口,这对我来说无异于打击。我第一次思考起了父亲的童年、少年和青年时光。因瘟疫在两天之间相继失去双亲的时候,经历战乱的时候,只见一次面就和妈妈结婚的时候,大哥出生的时候,他都怀着怎样的心情呢?我无从猜想。我又努力去想失去兄长、成为宗家长孙的父亲的年轻岁月,还是难以揣摩。连张小时候的照片都没留下,这就是对父亲走过的岁月的证明。我所了解的父亲大多来自姑姑和妈妈的讲述。

我这才意识到自己从没把父亲当成独立的人看待。我习惯了把他看作农民、经历过战争的一代、养牛人这样的综合体,对父亲本人却并不了解,也没想过去了解。父亲偶尔埋怨祖父,为什么不让自己上学,一番喃喃自语令我感到沉重。当儿女们陆续上学,升入更高一级的学校,最后考上大学离开家时,父亲会想些什么?

也许没有一天不恐惧、不害怕吧。

在蛛网遍布的老屋房间里,读着木箱里发现的旧书信,我突然明白了很多事。平时我从父亲身上感受不到大多数父亲惯有的长辈压力,甚至觉得他比妈妈更温和,原来就是因为父亲内心深处盘踞着对世界的恐惧。心怀恐惧的父亲用沉默与世界对峙,嘴上说得最多的就是,没什么可说的。没什么可说的……

碰到开心事想要表达时，父亲也说，没什么可说的。遇到痛苦的事也一样，没什么可说的。他的话越来越少，不知从什么时候开始，连"没什么可说的"这句话也不讲了，到了这时，旁边的妈妈就代替父亲回答，犹如父亲的心。是啊，其实……

胜烨如晤

这里已经是冬天了。

听说你那边一年到头只有夏天，那就看不到下雪了。

听说那个国家有被称为死亡之地的沙漠。既然叫死亡之地，肯定有原因。

今天我才知道。

撒哈拉沙漠深处发现了巨大的湖泊，韩国人去那儿工作，就是为了修建引出湖水的大运河。

早在一万年前沙漠里就有水，真是难以置信。真了不起。我试着想象了一下那个地下湖，虽然失败了，但是很激动。如果能从湖里引出水，沙漠是不是就会变成农田？你说那个国家的大部分国土都是沙漠，如果大运河工程成功，广阔的国土都会变成农田吗？

世界的某个地方正在进行这样的大工程，真神奇啊。

我在这个村子出生，也在这里长大。

年轻时虽然到处走，但都是寻找出路，没有闲心，根本记不得自己去过什么地方。

第一次去首尔的时候，我还记得，忘不了。

在这儿只能养家糊口，恐怕不能让你们读书读到最后，于是我下定决心，无论如何要去首尔。有了你们，我知道不是仅仅填饱肚子就行。必须让孩子们学习。我把这个当作我的目标。为此我必须赚钱。只有人多的地方才能赚到钱，我坐夜班火车去了举目无亲的地方。难道连个工作的地方都没有吗？总比种田好吧，我就是怀着这种想法去的。

那是六十年代。那年四月老三出生了，刚出生的婴儿眼睛怎么那么亮。老三刚出生时就是这样。生下来才三天，他就睁开眼睛看我，乌黑明亮的眼睛看着我，我的心猛地一沉。我比村里的伙伴们结婚都早。不到三十岁，已经有了三个儿子。小宪出生之前，连续三个都是儿子，所以面对你们，我会感到恐惧。我连学都没上过，怎么养好这几个孩子呢？有时睡着睡着就感觉有什么东西压在胸口，猛然惊醒。

我要赚钱。我要去有钱可赚的地方。无论如何，我必须离开家，不管做什么，一定要赚钱回来。想到我可能不在家，我先修好了屋顶，清理了厕所粪便，重新加固开裂的地板。

你好像明白我的心思，总是跟在我身后。

你喊着父亲，父亲。现在我还记得。我正在铁道旁的地里割草，你放学回来，背着书包，边喊父亲边跑，气喘呼呼地扎进我怀里。我问有什么事吗，你喘着粗气，灿烂地笑着说，父亲竟然在这里。等到呼吸平静下来，你离开我的怀抱，扑通坐到我割下的草上，对我说，以后哪儿都不要去了。

我的心思你都了解。你说只要父亲在身边，你就会好好学习，还要教老二算术。你说最近在学校也无法专心学习，总觉得父亲可能去了什么地方，不停地往窗外看。你说父亲不在家，你睡不着。你和我坐在田埂上，望着飞驰而过的火车，说你要快点长大，做一名检察官。你说你和妈妈也约好了。

你从小就是这样。

更小的时候，我从外面回来，你就使劲黏着我。我想起你第一次喊爸……爸的时候。那会儿朋友们还都没结婚。只有我早早结了婚，有了你，喊我爸……爸。起先我有点尴尬。朋友们自由自在，想去哪里玩就轻松去，有了你之后，我就很难这么做了。你小手蠕动，抓住我的衣角，我想把你推开，出门和朋友们玩，可是你不停地喊爸爸……爸爸……然后大声哭了。再长大点，你就喊着爸爸、爸爸，不管我去哪儿，都跟着我。你还不会走路的时候，我坐在廊台上，你就从房间里气鼓鼓地爬到我身边。等到会走了，你摇摇摆摆地走下台阶，迈着小碎步来到正在掏肥的我身边喊爸爸。玩的时候喊爸爸，摔倒了也喊爸爸。自从学会走路，不管在房间还是别的什么地方，只要我一起床，你就喊爸爸、爸爸……跟在我身后。朋友们在河边等我，你却拉着我的手想要站起来，抓着我的衣角走路，牵着我的胳膊和腿要跟我出门。好不容易摆脱你，从桥下去镇上见朋友。你这样跟着我，我既开心又烦恼。把你推开自己出门的时候，总感觉某处传来你喊爸爸的声音，不停回头看，往远处看。心里始终放不下。于是我经常丢下朋友们，回家看你。

父亲二十岁时，和妈妈结了婚。

那些被国军赶进山里的人，天一擦黑就溜到附近的村里，不但抢粮食，还把女人带进山。妈妈出生在冷庙，是个离苇沟很近的山沟。未婚女子被山里人从村里带走的事接连发生，舅舅觉得应该让妹妹尽快成婚，于是注意到了父亲。他观察了父亲一段时间，开始张罗让和妹妹结婚的事。要去妈妈出生的冷庙，得途经我们家，往振山里方向转个弯，过了露凝地再走很远才能到。妈妈在那里生活到了十八岁，接着和父亲结了婚，嫁到这个家。

——一面都没见过。

妈妈似乎也觉得连面都没见就结婚很不可思议，偶尔会叹气说，怎么会这样呢。我也难以相信。真的，怎么会这样呢？舅舅向外婆介绍父亲，说他早年失去双亲，凭着一头牛勤劳做事，维持生计，是个不会虚张声势的人。外婆一心只想把顾长苗条的妈妈藏到山里人看不到的地方，匆忙促成了妈妈的婚姻。

舅舅和父亲是朋友，也是同行。他们赶着牛车，帮伐木工把砍伐的树木运到木材加工厂，得到的工钱两人平分。父亲有牛，舅舅认识伐木工，于是有了这份工作。父亲的牛白天拉犁耕田，晚上拉车运送木材。当时禁止伐木，一旦发现就会罚款，甚至坐牢，所以工钱很高。这种事大多在人少的夜里进行。

——装那么多木头，牛都要累倒了……

说起那头牛，父亲就面露遗憾，仿佛那头牛仍在眼前。

——我罪孽深重。白天使唤它干么多活儿，晚上还要拉车，不能睡觉……

一天夜里，运完木材回来，舅舅跟父亲说起了他和妹妹的婚事。外面很乱，婚礼要从简。父亲没当回事，姑姑却听得很认真。她想，父亲有了妻子，家里的事就有人管了，别人看起来也像模像样。舅舅说妈妈年纪虽小，心志却很坚定，不管嫁到谁家，都能把日子过得有声有色。舅舅怕妹妹被山里人抓走，忧心忡忡，情急之下答应让父亲偷偷看妹妹一眼，于是父亲得以在结婚之前见到了妈妈。

二十岁的父亲躲在外婆家茅草屋后面的竹林里，看见了妈妈。十八岁的妈妈毫不知情，掀开茅草屋后面的酱缸盖子，舀出大酱，盛进小碗，看着漂浮在蓝黑色大酱上的白色云朵。十八岁的妈妈从漂浮在大酱上的白云挪开视线，抬头望向天上的云。好美。妈妈唱起歌来。春姑娘来了，穿着新草衣……记不住歌词就用鼻音哼，想起歌词又继续唱。戴着白云面纱，以露为鞋。父亲在竹林里静静听着脸被阳光晒得黝黑的妈妈唱歌。每当有风吹过，竹林摇曳，妈妈的声音会渐渐飘远，父亲就祈祷在妈妈唱完歌前不要刮风。连绵的歌声断了,父亲朝妈妈那边看去。妈妈止住歌声,望着白云飘飘的天空,对着天空说话。四周静悄悄的。父亲在竹林里仔细倾听。妈妈。妈妈对着天空呼唤。妈妈,我不想结婚,她说。二十岁的青年父亲躲在竹林里,听了妈妈的感叹,立刻紧张起来。他想走出竹林,带妈妈去看他的牛,让她看他有钱后打算买的农田,告诉她自己是怎样穿透牛的鼻中隔,给牛戴上了鼻环。他想告诉妈妈,如果买下自己看上的那块地,一年种两茬,可以收获多少大麦和稻米。想到这里,他已经面红耳赤了。

手背有些痒,我一看,拇指和食指之间已经红肿。从木箱里往外拿信时,我看见一只小虫子,好像是被它咬了。一想到痒,就越来越痒,渐渐无法忍受,我忍不住用舌头去舔红肿的地方。又马上停了下来。这是父亲常有的动作。每当在稻田里被水蛭咬、被误闯牛棚的蜜蜂蜇,或者在祖坟墓地除草时中毒,父亲都会往受伤的部位吐唾沫。这是从小养成的习惯。受伤了也不用药,而是先吐唾沫。我说应该消毒、抹药、去医院,父亲的习惯却不容易改变。

折腾半天,我终于甩掉书信间咬人的东西,又打开一封信。

父亲前上书

这段时间还好吧?

那边现在快入冬了，为了准备过冬，母亲一定很忙吧。又要糊窗纸，又要腌泡菜。今年母亲也要腌两百棵泡菜吗？我想起每年这个时候都要拔出白菜摆在地里。那么多白菜都要腌制，用手推车推着去洗干净……每次腌泡菜都像进行一项大工程。记得婚后第一年冬天，妻子看到母亲寄来的泡菜，大吃一惊。母亲经常说，老三喜欢泡菜……正因如此，直到夏天泡菜也没吃完，随时可以做泡菜汤。

如您所说，这里没有冬天。没有冬天，也就看不到雪。在四季分明的韩国，无法想象没有冬天的国家，这个国家的人也无法想象下雪的国度。

像J市这样多雪的地方也很少见。说到雪，我就想起童年的冬天。那时只要一下雪就连下好几天。父亲清扫出来的积雪堆在井边的围墙外，一直堆到春天。因为有您，不管下多大的雪都不用担心。第二天凌晨，没等我们起床，您就已经扫完雪了。如果雪下得太大，笤帚扫不动，您就呆呆地看着白雪覆盖的院子，先扫通往井边、厕所和大门的那三条小径。满院积雪间，三条小径格外清晰。扫完了，雪还在下，小径很快又被覆盖。您就再扫，再被雪覆盖，再扫。某个冬天的凌晨，我起得很早，看到您一个人在扫雪，走过去想帮忙，可您说会感冒，让我回屋。快回去，外面冷。

在这个炎热的国家回想从前，顿时感觉后脖颈都变凉爽了。

您扫干净的三条小径就像圣诞卡上的图画，鲜明地印在我的脑海里。起晚了的弟弟妹妹通过您扫出的小径去厕所，洗漱，上学。雪特别大的日子，您会扫出一条能容纳一个人走的窄路，从大门外一直通到公路边……

一到冬天，父亲就会卖力地扫雪。扫雪的他头上落满洁白的雪花，偶尔抬头，眉毛上也落了雪。父亲来不及甩掉，只顾弯腰从昨夜堆满积雪的院子里扫出路来，好让我们早上可以走过。睡醒了，打开房门，不管下多大的雪，院子里都已经扫出三条小径。想起记忆深处的三条小径，大哥用签字笔写的黑色大字仿佛变成了雪花，漫天飞舞。

父亲拿起鞭子教训孩子的模样，我只见过一次。或许因为仅此一次吧？当时的情景我始终无法忘怀。每当想到父亲，那件事毫无例外总会出现，化为句子，经常如此。

中考落榜的三哥离家出走时，父亲放下手里的所有事，到处找他。只要听说谁在哪里见到了三哥，父亲立刻跑过去。后期考试眼看就要到了，还是找不到三哥，父亲病倒了。三哥是怎么从家去到遥远的茂朱的呢？有人说，好像在茂朱的混混团伙中看见了三哥。病倒在床的父亲立刻起身赶了过去。三哥头发过肩，穿着不合身的肥大裤子，流里流气地手插裤兜，跟几个比自己大了好几岁的青年鬼混。父亲把三哥从茂朱带了回来。那也是个冬夜。

——吃饭吧。

父亲和久未归家的三哥面对面坐着，吃汤泡饭。三哥紧张得总想放下勺子，父亲让他再吃点。见父亲没有训斥自己，只是默默吃饭，三哥也大口大口吃起了饭。大哥坐在小卧室的书桌前，一动也不动。吃完饭，父亲从柜子里拿出用报纸包得严严实实的东西，对三哥说了声，走吧，自己走在前面。父亲没说要去哪里。妈妈担心，跟着站起来。我也拉着妈妈的手，紧跟在她身边。傍晚开始下的雪已经积了很多。父亲走在雪上，三哥跟在后面，接着是妈妈，最后是我。意想不到的事随时都会发生。包在报纸里的是鞭子。父亲带三哥进了空房子，锁上门。在这之前，别说挥鞭子，父亲从没大声吼过我们。妈妈也没想到父亲会打三哥，直到那么多鞭子都断了。三哥中考落榜是父亲没想到的，在他看来，三哥是那种什么都能做好，不知道将来做什么才好的孩子。在学校里，老师们都想把三哥拉到自己身边：乐队老师想让三哥打鼓，排球队教练想让三哥打排球。三哥学习很好，从没丢过第一名，就连运动会赛跑都拿第一。考试落榜最失望的人应该是他自己。成绩不如他的同学都考上了高中，他却落榜了。也许三哥无法接受这个出人意料的事实，只能落荒而逃。妈妈抓着锁上的门把手，急切地喊父亲，说孩子马上就要参加后期考试了，你怎么可以打他。我从没见过父亲这样，吓得坐到积了雪的院子里，放声大哭。

——考试没过你就离家出走?

三哥呜呜大哭,忍受着鞭打。

——将来做什么失败了,你也要不管不顾。

——……

——离家出走吗?

三哥一瘸一拐地去全州参加后期考试,那天早晨也是大雪纷飞。父亲比平时起得更早,把院里的积雪扫得干干净净,一直扫到三哥乘坐的公交车停靠的胡同口。父亲让三哥穿上在灶坑边烤得暖呼呼的鞋,给他围上毛绒围巾,戴上手套,低声说,考不上也没关系,即使不如意,明年再试就行,考完试直接回家。哥哥一瘸一拐地上了公交车,站在车窗边,冲站在公路边的父亲垂下了头。

我听着越来越粗暴、仿佛要侵入房间的雨声,打开父亲的信,抖落在折痕处爬来爬去的虫子。明明没有被咬,我却感觉浑身都痒。

父亲给远派国外出差的儿子写信,起先写得很短,后来渐渐变长。一张信纸满了,再写第二张、第三张。

趁你上学的时候,我离开了家。
因为看到你的脸,我就走不了了。

我坐夜班火车到首尔站。九点钟左右上的车，到首尔已经是凌晨了。参加你大学毕业典礼的时候，你问我是不是第一次来首尔，我没有回答，那是因为我年轻时去过。直到现在，我还从来没跟别人说起过这件事。

在首尔站下车后，我去了厕所，不禁大吃一惊。一群乞丐在厕所里铺着报纸睡觉。我忍不住转过头去。污秽味很重，不得不捂住鼻子。我以为首尔会有所不同，原来首尔火车站也和J市的桥底一样，到处都是这种打扮的人。候车室的椅子上也有很多人盖着报纸睡觉。我忍着呕吐的冲动，解手后来到火车站外。一大早就有伤残军人露出被截掉的腿乞讨。我对首尔很失望。我以为这里能让我摆脱贫穷，那天凌晨的首尔看上去却像更加狼狈的修罗场。我失魂落魄地站在首尔站前广场，天渐渐亮了。朦胧晨光中，我看见了传说中的钟塔，后面可以清楚地看到南山。尽管隔了很远，我还是感觉呼吸顺畅了许多。我仔细观察那些拖着带轮子的推车搬运行李的人。我也要找工作才行。蔬菜啊什么什么的，推车上装得满满当当，都往后倾斜了，有人在前面用力压着扶手，一起使劲。骑自行车的人飞快经过首尔站前广场，我想，首尔也没什么特别的。有人接过下车旅客的行李，放在背架上。我仔细观察那些搬运工。说不定我也会做个搬运工。

后来，你所在的公司高高矗立在首尔站前，从那儿就看不见南山了。当时那座大厦还没建起来。

看起来像一对夫妻的女人和男人站在推车前,往方形面包上涂鸡蛋液,烤熟后卖给顾客。这里同样散发着东西腐烂的气味。尽管这样,我还是想知道他们卖这个每天能赚多少钱。肚子饿了,我忍着。我还有点钱,但是我决定,一天赚不到钱,就一分也不能花。这是我活下来的方法。

人多的地方总能找到事做,难道还能没有我工作的地方?可是,当我真正站在这个举目无亲的城市,却连迈出一步都很不安。

第一天就是四处转转。在首尔站过马路,下楼梯继续走。后来我才知道,那里是明洞,是南大门市场。比起建筑,更多的是人。除了做生意的人,还有乞丐、成群结队的孩子、蹲在地上的伤残军人。在他们眼里,我能有什么不同?我在人群中走了一整天,走到一家卖石花草豆浆的地摊,喝了一碗,然后说我没有钱,您让我做什么我就做什么。我决定了,赚不到钱就不花钱。要想在这里撑下去,就必须不顾一切地说话、认识人,这应该是我首先要做的事,对我来说也最难。老板看了看我,问我是从农村来的吗,我说是的。他说现在社会很乱,老老实实在农村生活才是保身之计,又说自己这儿没什么事可做,如果我想找工作,可以去那边看看。我去了老板指的地方,市场靠里的白饭店,饭店招牌上贴着J镇的名字。大概正赶上饭点,连狭窄的角落里都坐满了人。我直接进去把小菜端上桌,马不停蹄地忙活起来。当时正是忙碌的时候,老板也没问我是谁,我就干到店铺打烊。后来老板问我从哪儿来。我说从J镇来的,老板以为我是看了招牌后随机说的,没当回事。我说是真的,我从科桥来的。科桥?老板问。我们村叫科桥。科桥是只有当地人才知道的名字,老板这才信了。

离家在外的人都孤独。

严格说来,白饭店老板的故乡并非J镇,不过听说我来自J镇,他还是像来了贵客似的问我有没有地方过夜。年轻时他去笠岩找车天子,住在那里帮人盖房子。车天子死了,普天教被朝鲜总督府强行解散,他又来到J镇。和去笠岩时不同,这回他两手空空。起先跟着混混们四处游荡,后来心生疑虑就溜了,到了南大门。最初生意不太好,他想到可以把J镇产的新土豆铺在下面,搁上带鱼一起焖,做好后拿出来卖,没想到生意变得很火爆。车天子在J镇生活时吃过当地人做的辣焖带鱼,他也是因为辣焖带鱼卖得好,才能送女儿读大学。

你也喜欢吃加了新土豆的辣焖带鱼,所以你应该知道。

本来要放切好的萝卜,可是新土豆上市时,萝卜价格正贵,就用土豆代替了。每到午饭时间,市场里的人就来吃辣焖带鱼,又带来别的客人,发展到后来,竟然到了得排队的程度。

首尔有个地方叫钟阁，那里有座寺庙叫曹溪寺。老板和我约定以后一起去那边看看。设立在笠岩的普天教总部的十一殿被拆毁后，那些建筑材料就用来建了曹溪寺。他问我知不知道修建十一殿用的木材都来自长白山，我说听说过。他搬来饭店的椅子，让我在上面睡觉。这是我在首尔度过的第一个夜晚。

睡着睡着，我从辣焖带鱼的香味中醒来。店里不停地做辣焖带鱼，即使不做生意，也到处弥漫着辣焖带鱼的气味。睡不着了。我来到饭店门外。虽然是凌晨，但市场里灯火通明，人来人往，我的脚步也不由得加快。那个凌晨，捡破烂的依然在收废纸，擦鞋匠依然在擦皮鞋，卖报的人也在努力奔走。搬运工的背架上装着白菜或布店的绸缎，很是绚烂。望着这些奔波的人，我也想要努力生活。现在我虽然没有工作，但是等我找到工作赚了钱，别的不敢保证，至少有信心让我的孩子读大学。

声称自己有信心的父亲，在到首尔两个月后，却买了回 J 市的火车票。

父亲在信里对大哥说，他为自己回 J 市的选择而后悔，不过那是大哥独自去首尔之后的事。即使目睹示威队伍摘下总统像，用绳子捆着游街示众；即使战争还有再次爆发的可能，也可以忍受。父亲这样写道。我歪头查看着书信的字里行间。连发生战争都可以忍受，那么是什么最终让他忍无可忍呢？我想知道，可信里没写。父亲只写道，如果当时不论看到什么、是怎样的心情，都鼓起勇气坚持下去，在首尔站稳脚跟，大哥以后就不用去首尔受苦了。

回到第一行，我又重新读了一遍。即使战争还有再次爆发的可能，也可以忍受，那么父亲为什么要回家呢？我想知道。

白饭店老板有个女儿，正在读大学，放学回家就挽起袖子帮饭店干活。一到午饭时间，料理台上就摆着一排盛有辣焖带鱼的铝锅，女儿在上面留了一张匆忙写下的纸条。

"如果我说要去游行，您肯定会把我关起来，我只能留下纸条离开。要是眼看着他们倒票却不抵抗，将来这种不正当选举还会继续。这是通往民主主义的第一块绊脚石。我会站在斗争的朋友们身边。即使不理解，也请您一定原谅我，多保重身体。"

白饭店老板看到女儿留下的纸条，心急如焚，打算关了店去找女儿。他拉着父亲的手，要父亲跟他去，说自己年纪大了，眼睛不好，可能认不出女儿，恳求父亲一起去找。父亲不知道那是世宗路，跟在白饭店老板身后，稀里糊涂混进了示威队伍。示威人群里不光有学生。父亲和白饭店老板站在街头，听大学生朗读宣言。随后，学生们喊着口号前行，要求重新选举。父亲没听懂。第一次见这么多年轻人聚在一起，他像来到了一个从未见过的新世界。在不知哪个街头，示威队伍和警察激烈对峙。警察发射了催泪弹。父亲抓住一棵粗壮的银杏树，倒下了。鸣枪示警的声音让他耳朵嗡嗡作响。人们散开又聚集，反反复复，父亲和白饭店老板也走散了，不知是在哪里走散的。人们惊慌失措，两人各自躲避，之后就没能找到对方，只剩父亲一个人了。示威最初从学生开始，后来站在路边的市民也加入了队伍。他们本来不在其中，而是在路边鼓掌或欢呼。父亲倒在银杏树下，四处张望，枪声响起，更多市民拥来。父亲撑起身体，觉得应该回去了。要回家。刚出生不久、还在襁褓里的老三浮现在眼前，还有老大那满是担忧、让他哪儿都别去的脸。老二比较听妈妈的话，这会儿应该在喂狗吧。听着枪弹声，父亲朝着和队伍相反的方向跑去。战争都熬过来了，总不能这样死掉。一定要安全脱离这个队伍，快快回家。

我要回家。

对于那个瞬间的父亲来说，这就是口号。即使催泪弹逼得人睁不开眼，父亲依然往反方向奔跑。在这个过程中，他目击了深陷恐惧的人们四散而逃，警察依然冲着他们后背开枪的样子。一群手拿铁链和角木、看着像黑社会流氓的人拥上街头，朝学生的脑袋猛打。父亲逆向而行，正要进胡同，却停下了脚步。一个女人被手拿角木的流氓包围，看起来很像白饭店老板的女儿。她说要和斗争的朋友们在一起，怎会独自落入这些冷漠无情的家伙手里？女孩吓得连连后退，摔倒了，双手撑在地上。父亲奋不顾身地跑，指着白饭店老板女儿的方向冲人群大喊，看那边！可这只是父亲一个人的呐喊，人们顾不上白饭店老板的女儿被劫持，只顾往前走。我要回家，怀着这个念头向后跑的父亲，朝几乎已躺倒在地的女孩喊道，棉桃！同时猛冲过去。

——你来这里干什么！

手持角木的流氓们看了看父亲。

——她叫棉桃，是我妹妹……你们干什么？

父亲扶起倒地不起、吓得脸色苍白的女孩，打了她几耳光。

——我是怎么说的……今天外面很乱，让你不要出门，老老实实待在家里……你聋了吗？

父亲大声嚷嚷，快回家！然后粗鲁地拖着白饭店老板的女儿进了胡同。突然出现的父亲拖着老板的女儿走进美容院那条胡同。真是那个兔崽子的妹妹吗？妈的××……那群流氓一边大骂，一边抓起角木朝公路走去。

感觉就像掉进了地狱，父亲写道。

父亲前上书

这段时间还好吧？

您上次说的韩国和利比亚之间的大运河工程，不是我们公司负责，而是一家名叫东亚建设的公司。

这是人类最大的土木工程，没有建完，现在还在进行中。

工程目标是把地下发现的湖水引到地面，让这个国家的沙漠变成农业用地。起先人们觉得这不可能，只是个梦罢了。这个国家的最高领导人是卡扎菲，他坚持向全世界招标，我们公司成立了专项组加入竞争，最后失败了。这是全世界建筑公司参与的竞标，我们没有过多期待，不过中标的是韩国企业东亚建设，这样一来，更加突显了我们公司的失败。

父亲。

尽管我们公司竞标失败，不过撒哈拉沙漠大运河工程由韩国企业负责，的确值得骄傲。参与大运河工程的东亚建设公司的人的经历，像神话似的在公司里流传。工程费用总计三十九亿美元。能在如此大规模的工程招标中胜出，当然很开心，然而到现场一看，恶劣的工作环境也令人绝望。正如父亲所说，工程现场在被称为死亡之地的撒哈拉沙漠腹地，而且这个国家能提供的材料只有水、水泥和骨料，其他所需物品只能自己调配。单单第一阶段的工程就需要二十四万六千个水管，简直无法想象。结果在利比亚买不到这么多水管，东亚建设公司只好在这里建了水管制造厂。

虽然不是我们公司负责，但撒哈拉沙漠的大运河工程的确创造了很多惊人的纪录。

东亚建设顺利完成第一阶段工程，正在推进第二阶段。

这项工程竣工之时,这里的农用土地面积将会是我们国家的六倍。很了不起。

父亲。
看了您的信,我才知道"4·19"①时您在首尔。
那是我很小的时候发生的事了,只在书里看过,没有什么真实感,听说您当时就在现场,我很吃惊。

可是父亲,
白饭店女儿的名字也叫"棉桃"吗?
竟然跟母亲同名。太让我惊讶了。

您说您见到了地狱,带着溃败者的心情回了家。但我看到父亲回来,却开心得不知如何是好。那是您离家最久的一次。原来那时您在首尔啊。我完全不知道。小时候您一不在家,我就睡不着觉。母亲太辛苦了,弟弟妹妹们都还小。您不在家,我总是睡一会儿就出去重新锁好大门。母亲担心您会半夜回家,总是敞着大门,这让我感到不安。
父亲。
我要离开的黎波里了。
我要去艾季达比亚和图卜鲁格之间那个五百公里的公

---

① 即"4·19"运动,也称"4·19"革命,指1960年3月由韩国中学、大学生和劳工领导的学生运动,反对第四任总统选举期间发生的舞弊活动。运动于4月19日达到高潮,军警向示威群众开火,造成约180人死亡,数千人受伤。

路施工现场工作。图卜鲁格曾于二战时期发生过激战，现在还能发现反坦克地雷。父亲，有一位隆美尔将军是二战英雄。我在电影院看的第一部电影就是他的传记片。他是希特勒的忠实将军，到这个沙漠国度发动战争，大获全胜。后来因为共谋暗杀希特勒而受到特别审判。隆美尔将军确保家人的安全得到保障后，选择在家附近的树林里自杀。这是令人震撼的故事，我一直没有忘记。图卜鲁格就是隆美尔将军屡战屡胜的地方。等到和您面对面聊天时，我再详细讲给您听。直到现在，开车行驶在图卜鲁格，还会碰到地雷爆炸引发爆胎的事。图卜鲁格有一百名韩国员工、六百名泰国员工、四百名孟加拉员工。我在那边的工作就是保障他们安全地吃、睡，给他们发工资，管理医务室。总之就是人力管理。

比起的黎波里，在这儿可能会遇到更多事。工程现场人多，我也期待学到更多的东西。最重要的是身心都会忙碌起来，时间也会过得飞快。

还有啊父亲。

换工作地点之前，我有二十天左右的假期，准备回首尔一趟。以前也有休假，但只有一周左右，时间太短，我就放弃了。这次我要回去。一年半了，一想到能见到父亲母亲，我就很激动。首尔那边，我家老二已经三岁了。我是在他学说话前来的这里，真的很好奇他现在有多高，说话怎么样。偶尔看到妻子和小宪寄来的照片，看他已经能去游乐场跑跑跳跳，听录音带，话也说得不错了。上次老二在录音带里说，爸爸您好，我吓了一跳，还给我唱歌，应该是妻子让他唱的。开始唱的时候会先说，您好，又见面了。我笑了很久。妻子在信里说，也不知道老二从哪里学来的，经常把"您好，又见面了"这句话挂在嘴边。一想到要回家，我就想，您离开家后快回来时，应该也是怀着这样的心情吧，很想念。

父亲。
　　最近我总是在想，休假回家时给老二买什么礼物才好呢。这是我第一次给他买礼物。听说老二喜欢飞机模型，我想给他买，不知道这个国家能不能买到。这个国家的特产中，好像没有三岁男孩会喜欢的东西。我突然想起您从外面回来的某个冬夜。您不在家，母亲就让弟弟妹妹们在大卧室睡觉，除了我。冬天更是这样。大家都睡在一起，只要烧两个炉灶就行。秋末冬初离开家的父亲，买了我们从未见过的西式糕点回来。听到沙拉沙拉的声音，所有人都醒来吃糕点，还有卷层间抹了很多奶油或红豆的蛋糕。母亲把我那份单独放在盘子里。她总是这样。一串葡萄，她也要剪掉一半单独放在一边，说这是大哥的，你们不许碰……现在想起来有些难为情，不过当时这种事很常见，我似乎也觉得理所当然。在弟弟妹妹们看来，这是非常重大的特殊待遇，现在偶尔还会抱怨呢。有时小宪会说，当长子累吧？小时候妈妈总把最大的桃子给你，玉米也挑颗粒饱满的先给你，汤也先给你盛……就当是为这些付出的代价吧。那时我很好奇，这么好吃的东西，您是从哪儿买来的呢？

我也想买到能留在孩子们记忆里的礼物……

或许您不知道，即使您不在家，母亲也经常在您的碗里盛好饭，放在炕头。夜里也敞开大门。要是刮大风，还用石头挡住大门。母亲不会知道，我有时会出去把大门锁上。因为到了夜晚，想到父亲不在家，我会突然感到不安，觉得身为长子的自己应该做点什么。

请代我向母亲问安。她不顾身体地做粗活重活，我经常为此担心。

再联系。

一九九一年十二月四日
儿子胜烨 敬上

看了信才知道，原来哥哥什么都记得。

村子尽头的店铺关门后，每到农闲时节，父亲就会离开家。姑姑对妈妈说，战争期间，父亲先是躲避兵役，后来是为了保护牛不被山里人抢走而四处奔波，渐渐习惯了离家在外。妈妈对我们说，父亲出去赚钱了。妈妈说得也对。外出归家的父亲从没空过手，有时带回收音机，有时带回自行车。新自行车总是给大哥。大哥用过后给二哥，二哥用过给三哥……依次往后传。我是老四，等传到我这里，自行车已经是老古董了。轮胎上留下修理铺补过的痕迹，看着像斑渍。车胎虽已破烂，不过终于有了完全属于自己的自行车，那一刻我心生喜悦。就这样，我们J市家中的院子里停了七辆自行车，包括父亲那辆。唯独不会骑车的妈妈没有。

教我骑自行车的是二哥。

父亲让二哥教我骑车，叫他在后面扶着，直到我学会自己骑为止。那会儿村里还没见过像我这么大的女孩子骑自行车。二哥就问父亲，小宪骑自行车？想上中学的话，当然要学。

——女中的校服可是裙子啊，父亲？

二哥说。父亲摇摇头说，反正得会骑自行车。我腿短，要站上台阶才能够到车座。二哥用两腿夹住后车轮，双手抓住车座，向我发出信号，好！出发！可没等出发我就摔倒了。摔了一次又一次，至今我还记得当时的感觉。左膝盖破了，快好的时候右膝盖又破了，脚腕也扭了。有时两边膝盖同时划破，流脓血。我的实力却没有长进，哥哥一松手就会失去平衡摔倒。二哥打算放弃我，对父亲说，父亲，小宪学不会骑自行车，根本没有运动细胞。

父亲只是看着我，对心生胆怯的我说，学会了长大后也能继续骑，多踏实，多开心。父亲让我一脚踩脚踏板，一脚踩地。

如果在找准重心前感觉要摔倒，就立刻撑住地面。没什么大不了的，稳住重心就行。我坐上自行车，父亲抓着我的身体，在院子里转了一圈。我笑了。父亲问，好玩吗？我点头。父亲说，就这么练，不要怕摔，当成好玩的事，很快就能学会。就算快要摔倒，也有父亲在后面使劲扶着，不用担心。要摔倒时，身体朝自行车倒的方向倾斜，同侧的脚先着地，就不会伤到膝盖，车也不会翻。看我总摔倒，父亲便说，车座太高了，不是你的错，还说社会在发展，迟早会出现可以调节车座高度的自行车。即使没有，你的个子也会长，没问题的。父亲说他在后面扶着，让我放心蹬脚踏板。于是，我双脚踩着脚踏板转起来。绕了一圈才发现，父亲竟然一直待在出发点。父亲高举双手挥舞。我大笑起来。父亲和我出了家门，到桥上骑车。踩着脚踏板在视野开阔的桥上前行，蹬得越用力，速度就越快。看我已经可以独立骑车，父亲就在旁边配合我的速度奔跑。那天，他在桥上跑了二十多个来回。如他所说，一旦学会骑车，就再也不会忘记。上中学后，我骑车去镇上的学校。直到现在，无论在哪里见到自行车，我都会坐上去踩踩脚踏板。就算两三年不骑，只要踩上脚踏板，我还是可以骑着向前走。

父亲回来的深夜，我在睡梦中听到他和妈妈聊天的声音。妈妈问父亲去了哪里。父亲说他从群山乘船去长项，在那里做熔炼工作，还和曾经住在姑姑家隔壁的青年何哲在太白过了一季。

胜烨如晤

休假回来再回去,路多远啊。
肯定没心思工作了吧。

离开孩子们再次登机时,你会想些什么呢?
我想起很久以前。
忘了是哪一年,我在光州牛市做经纪人。几个月后回到家里,你已经是中学生了,穿着整齐的校服,戴着学校的帽子,骑车回家。看到你,我觉得很欣慰。
这孩子什么时候长这么大了?
个子像我这么高了,我心里很踏实,觉得以后要留在家里才好。
我想起第一次带你去镇上澡堂的那天。
你帮我搓背,手上力气很大,我很开心,同时也下定决心,以后做什么事都要小心才行。就这样,在那个冬天,你让我安下心来。
我隐隐明白了,有这么大的儿子,我这个做父亲的责任是什么。

要留下孩子们,再次飞往那个遥远的国家,你的心情应该很沉重吧。
这种时候我应该帮你的,可是做不到,对不起。
本以为见个面,焦虑的心情可以缓解,不料见过之后又想再见。

我别无所求。
只希望天空下的你身体健康,仅此而已。

啊,还有,胜烨啊。
你上次问我白饭店家的女儿是不是叫"棉桃",我还没回答。
当时我不知道他们家女儿的名字,情急之下便喊出了你妈妈的名字。上次写你妈妈的名字"棉桃",都不记得是什么时候的事了。你舅舅名叫山葡萄。
后来我才得知,白饭店家的女儿名叫"纯玉"。金纯玉,后来她也问过我"棉桃"是谁。

都是过去的事了。

我别无所求。
只希望天空下的你身体健康,仅此而已。

一九九二年一月十九日
父亲

父亲写的最短的信与我有关。也许是因为着急,甚至没有问候哥哥。

胜烨如晤

我有件事要问你。

小宪吸烟吗?
白天在后院的芋头地前,我看见小宪在吸烟。现在我还心惊肉跳。真希望是我看错了。
我不知道该怎么办才好,先假装没看到吧。

你知道小宪吸烟的事吗?

那是某个夏日,我在城市里百无聊赖,带着书回了J市。包里的书很快就看完了。接连几天都是烈日炎炎,我也看够了院子里绽放的紫茉莉。外出干活的父亲回家后,把上衣扔在廊台,又出去了。烟盒从上衣口袋掉出来。我坐在廊台上,呆呆地望着那个烟盒,抽出一支烟,然后找到火柴,握在手里,看了看前院的动静,朝后院走去。父亲是乡下人,大概无法想象身为女儿的我会吸烟。家里的结构和现在一样,院子敞开,可以绕着走一圈。后院围墙边是比手掌还宽的绿色芋头叶,生长茂盛,像撑开的伞。我没有坐在空空的廊台上,而是蹲在芋头叶前,叼起了烟。我仔细听了听,确定家里没有丝毫动静后,划着了火柴。夏日午后,潮湿的空气中弥漫着硫黄的气味。我对吸烟并不感兴趣。首尔几位朋友吸烟时,我甚至讨厌衣服上沾染烟味。

尽管这样，我还是下意识地拿起烟，坐到芋头前。难道是因为那个夏日的倦怠？我想这样写，却又猛然一惊。有一年，我写完长篇小说后像虚脱一般，无聊感在心底悄悄蔓延。活着就是这样吗？这就是全部吗？几个月过去了，几年过去了，我还是常常想起那一天。如果不是我意识到那天是女儿的生日，如果不是我一反常态开车去辅导班门前，如果不是我把车停在马路对面等女儿，如果不是我在孩子堆中发现女儿后条件反射地打开车内灯，如果不是我放下副驾驶的车窗呼唤她的名字，那么，马路对面的女儿就不会不管不顾地朝我跑来。每当想起那天的那个瞬间，陷入自责时，我都感到全身血液凝固，又沸腾，神情恍惚。全世界都充满了卡车急刹车的声音，继而又被吸入空荡荡的真空之中。然后我想起了某一天，我曾觉得这个世界多么无聊，疑惑这是否就是全部……每当忆起那个瞬间，我就绝望得脊骨欲裂，仿佛那天的事就是对我不负责任的虚脱感施加的惩罚。

很久以前，我嘴里叼着烟，正要用火柴点燃时，不知怎么回事，父亲从右边的侧院绕到了后院，正好与我四目相对。我手里拿着火柴，嘴里叼着烟。父亲不知所措。他应该看见我了，但他转过身，选择原路返回。那时候，烟在我嘴里，火柴在我手里，连辩解的余地都没有，就被抓了个现行。我把烟和火柴扔进芋头地，低下头，浑身直冒冷汗。与其再面对父亲，不如把书啊什么的都弃之脑后，直接逃回首尔。晚饭时，坐在餐桌前，我做好了挨训的心理准备。父亲却什么也没说。第二天、第三天也是，直到现在。对我什么都没说的父亲，却在那天夜里，怀着震惊的心情给远在异国他乡的大哥写了这样一封信。如果那天父亲因为女孩子吸烟而训我,说不定我会毫无顾忌了。也许还会上瘾。

父亲什么也没说。从那之后我再没碰过烟。

雨声迟迟不停。我打开手机查看天气。这样的习惯已经保持很久。凌晨醒来查天气 APP 时,并未看到下雨的预报,现在却下得这么大。我看了看表,午饭时间已过,下午三点了。父亲和国乐院的人顺利见面了吗?吃午饭了吗?我想打电话,又觉得应该先离开老屋,于是把书信收回木箱。我突然感觉不知所措。木箱应该放回原位吗?堆得满满当当的快递箱该怎么办才好?我看了看箱子,心情变得沉重。这些快递箱似乎在告诉我,近来父亲在乡下的家里过得怎么样。雨声里好像传来了牛棚门被推开的声音。透过蜘蛛网,我朝老屋的门看去。读信的时候,蜘蛛又结网了。从房门到箱子堆积的地方,蜘蛛网密密麻麻连接起来。刚才明明还没有,这么快?我觉得不可思议。已经有两只飞虫粘在蜘蛛网上,死了。

为了躲避瓢泼大雨,有人匆忙推开牛棚的门,站在老屋敞开的门前。

是父亲。还是上午外出时的打扮。我来不及惊讶,怀里抱着木箱,和父亲的视线相遇了。这一刻就像很久以前在芋头地,我叼着烟准备点燃的瞬间。父亲看了看我，手上拿着仓库凉床上的那个快递箱。箱子被雨淋湿了。见我抱着木箱，父亲眼里飞快掠过灰心丧气的神色。我不小心弄掉了怀里的木箱，父亲抱着的快递箱也在那一刻掉落在地。装在木箱里的书信哗啦啦掉在满是灰尘的地上。有的甩开了蜘蛛网，有的落在了堆积的快递箱上。父亲弄掉的那个快递箱溅了雨水。他应该是回家就看到了它，这才急忙赶过来，想要放到这儿。父亲没打伞，帽子被雨淋湿，中间凹了下去。

——你在这里啊？

父亲结结巴巴地说。

——偶然间……

我像个偷窥父亲秘密却被发现的人一样，大惊失色，不由得说出些不着边际的话，偶然间……

——我来整理，爸爸。

慌乱之际，竟不知不觉叫了爸爸。

——回去吧，我来。

夜里隐约闻到一股火的气味，我睁开眼睛。

我习惯性地看向父亲的床。父亲不在。我坐起来，喊父亲，边喊边去卫生间、厨房、厨房后面的多功能室，然后又来到客厅，打开小卧室的门。父亲不在，依然能闻到火的气味。我走到窗前，拉开窗帘，朝院子里望去。树木在雨中摇曳，大门紧闭。

父亲？

我冲着下雨的院子喊父亲。空荡荡的回声响起。火的气味令人担心，我出了门。外面依旧下着雨，火的气味却扑面而来。仓库那边。我扶着前门，站在玄关，望着红色火苗跳动的仓库。火苗快要被雨浇灭时，父亲就用扇子扇风，让火苗复燃，里面烧着什么东西。我探头，瞪大眼睛，想看父亲在烧什么。大哥的信？我惊讶不已，想喊父亲，却又住了口。父亲不慌不忙地烧信。一张一张打开，拿在手里，递到火中。手指应该会很烫。白天让我回去时，父亲的语气里带着前所未有的果断，然后大步走进老屋。我避让着走出房间，拿进被雨淋湿的快递箱，看着父亲单独分出了部分书信，没再放回木箱。他想把那些信装进口袋，可能是察觉到我的目光，转头让我快回去。看样子，现在他烧的就是那时收拾出来的书信。

我关上门，背靠门站着，在黑暗中注视着烧信的父亲。妈妈。女儿好像走了过来，站到我身旁。外公在烧什么，妈妈？我们并肩而立，看父亲那边的火苗。雨哗啦啦地下。正在烧信的父亲没留意到我在看他。不仅仅是因为雨声。即使门砰的一声关上，父亲恐怕也听不到。他一直在专心致志地烧信。

究竟是什么信要单独拿出来，还在深更半夜趁我不注意时烧掉？

我感觉自己完全不了解父亲。这样一想，突然觉得靠着的门冷冰冰的，意想不到的孤独汹涌袭来。天一亮，我就去了昨晚父亲烧信的仓库。一堆黑色的灰烬。烧了什么信呢？我用脚拨弄几下灰堆,坐了下来。灰堆里残留着几乎被火烧尽的信封边角。我伸手捡起被烧焦的信封碎片,拿起来前后观察。寄信人的地址已经被火烧得看不清楚。我眯起眼睛,坚持读下去,终于认出两个字,纯玉。纯玉?白饭店家的女儿?她给父亲寄过信?我手里拿着烧焦的信封碎片,呆呆地坐在灰堆前。

第四章　谈论他

次子，洪

让我谈谈父亲，我连续思考了好几天，发现真的很难。我突然意识到自己平时很少谈及父亲。奇怪。关于母亲，可说的很多，想说的也很多，但一提到父亲，我就会有种尴尬的感觉。这是怎么回事？总觉得欲说还休。我一有空就看你短信发来的七个问题，尤其是最后一个。想和父亲一起做的事是什么？我很惊讶。什么也想不起来，应该立刻想起些什么才对，可是脑子里一片空白，好像变成了白痴。这样看来，最近几年好像都没有陪父亲去做他想做的事。从我们兄妹几个每周末轮流回J市开始，好像就这样了。如果父母身体状态良好，我们还会制订这样的规则吗？仔细想想，从那时开始，父亲就只是按照我们的要求去做，不会主动说要做什么了。啊，有一件事，去祖坟。哪怕不是节日，父亲也常去祖坟除草，检查墓碑。有时每天都去，晨练似的。父亲和祖坟怎么能分开呢？我们全部独立之后，父亲花了很多时间打理祖坟，这我们都知道。在自行车流行的年代，他骑着自行车去，到了骑摩托车的时候，就骑摩托车去。要是父亲电话打不通，我们也会想，应该是去祖坟了吧。还记得吗？我们结婚收的礼金，父亲想拿出部分来照看祖坟，为此征求我们的意见。在涉及钱的事上，我们从没见过父亲像通报似的说话，我们稀里糊涂回答"好"的时候，母亲都在旁边气急败坏地说，开始新生活都不够，要多给些钱才对，怎么还要扣一部分，应该全部给孩子。父亲用这些钱把祖坟边的土重新压得严严实实，种上新草，逐一竖起墓碑。我们以为父亲这样做是因为他格外在意祖坟，但这件事一直持续到了小弟结婚，看来，对父亲而言，打理祖坟如同某种仪式。我们全部离开家之后，赶上雨季或台风天，父亲先去的不是稻田，而是祖坟。

心情突然有点落寞。

现在，父亲已经不能独自去祖坟了。终究还是有那么一天，即使周末住在J市的家里，也听不到父亲说"有空去祖坟看看"的声音了。难道接下来的事只会越来越糟吗？父亲说要去祖坟的时候，我不是每次都能满足他的要求。人生就是这样。很多过后都想不起来的事让人忙得脚不沾地，只能一次次地说，下次再去吧。从前步行去祖坟要花很长时间，现在通往那里的路已经修建起来，到那儿用不了多少时间，可总是有很多急事，只能推托下次再去。想起父亲嘴上说好吧，脸上却浮现出阴影的样子，我就深感愧疚。如今看似别无所求的父亲，每次去祖坟都会反复打量衣柜里的衣服，挑选最合适的那件。夏天还要穿袜子，戴帽子，上车时如同要去郊游一般满面红光。父亲在车里说起往事，提到我们小时候中秋节提前去扫墓的事。每到这时，他的记忆总是非常细致。听着父亲讲故事，我常说，父亲，这您也记得啊？无论从前还是现在，每次去扫墓，父亲都有些兴奋，会先站在院子里等我们出来，挨个喊我们的名字，谁也别想漏掉。母亲想留在家里，收拾祭祖后乱糟糟的厨房和屋子，也被父亲叫了出来……我记得，当时叔叔家的堂兄弟们和我们一起走在前面，父亲则走在后面，像检阅什么队伍。我和堂兄弟们说说笑笑地走向祖坟，回头一望，常看到稍微落后、若有所思的父亲。

怎么总是跑题啊。在你提问之前，我从来没有深思过想和父亲做什么，这令我感到无奈又凄凉。每次回J市，我也想带二老去兜兜风，就开车带他们去格浦、来苏寺，不知从什么时候开始，他们只是默默地看着窗外。母亲还会说开花了，这条路还是老样子之类的话，父亲就只是静静望向窗外。好像窗外是哪儿都无所谓。起先我想把我的回答录下来发给你，打开了手机的录音功能，结果却说不出话来。试着写在笔记本上也不容易。说出来会好些吗？

我出生还没满月就得了麻疹。这个病传染性强，必须隔离。现在还有孩子得麻疹吗？好像不多吧？那时候得麻疹的小孩很多，丢了命的也不少。尤其是周岁之前，免疫力差，如果得了麻疹，通常撑不过两天。米粒般的红点遍布全身，高烧不退，哭得喉咙嘶哑。母亲抱着我不知所措，姑姑从她怀里夺过我，放在小卧室的炕梢上。放在炕梢上，就意味着默认死亡。

你要想想老大！姑姑把我包在襁褓里，放在小卧室的炕梢，守在门外，怕别人进去。也许是担心大哥靠近我，还让他去了别的房间。两天后，母亲在小卧室的炕梢掀开襁褓，我静静地睁着眼睛，望着她。我的生日在七月，正值盛夏。那个夏天，抱着高烧的我去医院的是父亲。当时临近祭祀，父亲从外地回来，看到房间里的情形，说，你们这是在干什么？然后他推开试图阻止的姑姑，抱着连头都抬不起来的我连夜赶到了医院。

那是我不满一岁时的事了，完全没有记忆。没有记忆，我就试着去想象那个夜晚：一个孩子被放在炕梢，任何人不许进入房间。一想到那个孩子是我，不知为什么，我就觉得好孤独。有时脑海里会浮现出摇摇晃晃的高大身影，抱着无力哭喊、高烧出疹子的我在夜路上奔跑。赶到医院，父亲用脚踢、用手敲紧闭的门，总算叫醒了人。姑姑常说，你就这样活了下来。要不是你父亲，那时你就死了。说实话，每次听到姑姑这么说，我的心情都怪怪的。把生病的孩子扔在炕梢足足两天。小时候听说这件事，我会感到恐惧和愤怒，有时甚至想要怒吼，这不是盼着我死吗？我不是夹在元气充沛的大哥和弟弟之间的老二嘛，不轻易掺和任何事，袖手旁观，不把事闹大，童年时代的我自然而然领悟了这个道理。身为老二，只要我开口说话，总会分成两派。要是我们兄弟因为什么事闹出裂痕，只会让母亲为难。这也是我不愿看到的。渐渐地，有什么事我都自己消化，并且下意识地观察大哥和老三的情绪。不过有一次，姑姑又说起父亲抱着得了麻疹的我连夜赶到医院的事,我问她,为什么父亲回来之前没想到送我去医院。姑姑的回答很简单。我憋了这么长时间,终于鼓起勇气问出来,颇有点抗争的意思。姑姑却只是说,那时候没有谁家会让得了麻疹的孩子去住院。压根儿就没有治疗的想法,还担心传染给别的孩子,只能把得了麻疹的孩子单独隔开,这很常见。还要在大门上挂线呢,表示这个家有恶灵出没,别人不要进来。要不人们怎么说,麻疹比"虎患嬷嬷"更可怕呢?当时我不明白姑姑说的是什么意思,查了字典。"虎患"是被老虎咬的意思,"嬷嬷"是天花的意思,麻疹比被老虎咬、比患天花更可怕。我还是无法理解。

　　抛下生病的孩子置之不理,哪个孩子能撑过两天呢?麻疹也好,其他病也好,孩子生病了就该去医院,竟然包在襁褓里放到炕梢。如果我不知道这样的事会不会好些?我格外怕冷,大概也是因为这个吧。现在我这么大了,有时还是有独自躺在炕梢的感觉。如果当时父亲没回来,我会怎么样呢?一想到父亲,我就会先冒出这个念头。事情发生时我还没满月,完全不记得,从姑姑和母亲那里听来的这个故事,是我对父亲最初的记忆。

　　每次想起父亲,这些情绪就会不受控制地涌出来。我很犹豫,不知道该不该说,不过这也算采访吧,我决定实话实说。想到父亲,我常常觉得委屈。委屈?我想你肯定会大吃一惊,对不起。我对父亲最初的记忆就是他抱着得了麻疹的我跑过夜路,竟然还会委屈……是啊,对父亲的感情深深浸透我的心底,那就是委屈。我不知道还能怎么表达,就用了这个词,倒不是说父亲做了什么让我委屈的事。以他的人品，怎么可能呢。或许只是因为，从小我就看到家里人都是围着大哥转吧。现在谁还说什么长子次子啊，但在父亲那个年代，对长子还是怀有很多期待，日后也会更多地依赖长子，这都是很自然的事。你可能不记得了，父亲不管去哪里都带着大哥。看看父亲，我们就知道韩国交通工具的发展史。最早用牛车拉着大哥，有了自行车就骑自行车，有了摩托车就让大哥坐摩托车。奇怪吧？大哥和我只差三岁，父亲骑自行车载着大哥的记忆却在我心中保留了这么久。父亲说上车，大哥就很自然地坐到他身后。即使父亲并没有点名让谁上车。每次父亲外出回来，都会在家里扫视一圈。他是在找大哥，兄妹几个谁不知道呢。父亲总是在找大哥。小时候，父亲跟我说的话大部分都与大哥有关。大哥放学回来了吗？大哥在哪儿？大哥上学了吗？你大哥知道吗？听着这些话长大，渐渐地，见到父亲，我也会下意识地说大哥考了第一名，大哥需要帽子，大哥的自行车爆胎了，大哥跑步不行……大哥居然跑步不行，简直太惊人了。从同一起跑线出发，不到五十米大哥就会落后。运动会那天，我知道大哥肯定会得最后一名，所以常常事先告诉父亲，我觉得自己必须这样做。先打了招呼，父亲就不会失望。我不想让父亲对大哥失望。

刚才我从冰箱里拿了罐啤酒。突然口渴了。读了一下刚写完的内容，我笑了，不知道自己究竟想说什么。

我说心底铺满了对父亲的委屈，这应该是全世界老二或多或少都有的共同感受吧。现在都生一个孩子，多的两个，老二的情绪已经很淡薄了。正如长子的心情只有长子知道，老二的心情也只有老二知道。这怎么说得清楚啊。只能越说越卑微，这就是老二的心情。前面也说过，如果把那种委屈感和盘托出，不知为何，会让人觉得很解气。总之，父亲常常优先考虑大哥。母亲也是。这一切都非常自然，以至于后来我想到自己之前也会先想到大哥。所以，大哥应该也很辛苦。他要承受任何情况下都不能出错的压力。家里老大行得正，弟弟妹妹们才会长得直。从我出生起，大哥就常听这句话。你犯了错，弟弟妹妹们也会跟着犯错。这种话哥哥至少听到小弟二十岁的时候。想到这里，我就觉得大哥很可怜。不仅如此。我去陆军第三士官学校上学，在首尔时没和大哥一起住，但你和老三都住在那里。我经常听到父亲对你们说，把大哥当成父亲。那时我没当回事，现在想起来，大哥的压力应该很大很大。他也只有二十几岁。我们只差三岁，我却感觉大哥更像个大人，也许是因为父亲对大哥的态度吧。我到了上小学的年龄，父亲就叫来大哥，对他说，你教洪认字吧，教教数字，再教教怎么写韩文。从此以后，学校里的所有事父亲都让我问大哥。什么都要听大哥的话。一开始我不服气，大哥只比我大三岁，他懂什么，凭什么都要问他。但我也没有别人可问，只好作业都请教大哥，让他检查，后来连成绩单也给大哥看。大哥向父亲告状，说洪不好好学习，成绩单上很多"美"和"良"。那时候的成绩按照"秀、优、美、良、可"的顺序来排。父亲说只要不是"可"就行。父亲本来话就不多，学校的事他更不愿多说。需要跟学校的老师交流时，父亲也不出面。哪怕是需要他到场的情况，也是母亲去。对父亲来说，学校是什么样的地方呢？父亲来学校那天是秋季运动会。操场上撑起遮阳棚，家长们坐着看孩子们跑跑跳跳。父亲只在这时来学校。我事先告诉父亲，大哥跑得不快，怕好不容易来趟学校的他对哥哥失望。这时候，我内心深处也盘踞着某种失落感，我也有擅长的东西……

这并不是说我对父亲和大哥心怀不满。尤其是父亲，我小的时候他就让我什么事都问大哥，大哥也会认真告诉我。后来不用父亲说，我也会经常去找大哥，不知不觉越来越依赖他。因为有大哥，什么事都不需要我自己做决定。大哥会看着办。这样我就可以退到大哥身后了。直到现在，这种想法也没停止。这也是老二的心理吧。不过，偶尔也会有被排斥的感觉。大哥和你、老三、小美谈起过去的时候，你们四个好像被什么拴在了一起。老三说，那会儿大哥……或者你和小美说，当时大哥……这种时候我常常无话可说，像父亲一样。你们共享着不为我所知的岁月。尽管也不是多么美丽和幸福的回忆，大都只是些因为匮乏而不安或不知所措的往事，然而我还是很羡慕。那时我独自远在外地，没能和你们在一起，所以无话可说。

原来我的心里藏着这些回忆。人真的好奇怪。你可能已经忘了，有一次你说……那时候我们住在加里峰洞，洪哥哥去过，他在地铁站前的糖饼店买了糖饼，我们都吃得津津有味……你说起这件事之前，我已经忘得干干净净。听了你的话，回忆却突然涌了上来。当时我是第三士官学校的学生。学校放假，我没回J镇，而是去了你和大哥住的地方。听说要去首尔，我很激动，把制服纽扣擦得闪闪发亮，都能映出车窗外的风景。能在首尔有个地方可去，这本身就让我非常开心。住在首尔的不是别的亲戚，而是我的兄妹，我甚至感到自豪。我在首尔站买了地铁一号线的票，到你们住所附近的车站下车，感觉心满意足。我在地铁站买了刚烤出来的糖饼，在胡同里按照门牌号找到你们住的房间，发现外面的门上了锁。夜深了，你们还没回来。我一直等着你和大哥，直到天黑才看了看四周。大门好像一直敞开，人们进进出出。走廊式的房间，每间外面都用钥匙上了锁。我第一次见。钥匙后面有房间吗？我第一次看到这样的构造，无法想象。人们都去哪儿了，怎么每个房间都上了锁？从大门进去，左边是堆放煤炭的仓库，右边是公共卫生间，卫生间和房间之间有通往楼顶的楼梯，我爬了上去。楼顶放着几口酱缸，未收的衣物在晾衣绳上飘舞。我避开衣物，走到楼顶边缘，工厂的烟囱涌进双眼。顺着高大的工厂烟囱往上看，是辽阔的夜空。虽已入夜，烟囱还是像白天一样冒着白烟，遮盖了夜空。这就是我的兄妹们生活的首尔吗？乘坐火车来到首尔的兴奋心情逐渐平息，开始变得迷茫。我四下张望，只见我刚下车的地铁站拥出好几拨人，我下了楼，房门依然锁着。我摸了摸糖饼袋子，已经凉了。我从洗得干干净净的制服口袋里拿出笔，在糖饼袋子上写道："老二洪，来过"。又等了一会儿，我这才走出长长的胡同，像乐谱上的反复记号似的坐地铁回到首尔站，买了去J镇的火车票。

到 J 镇时已是凌晨。

见我从首尔回来,父亲问大哥过得好不好,又说,我应该去看看,可你大哥不让。我说,父亲,您不要去了,等以后大哥让去,您再去。吃着母亲做的饭,我想起自己留在门前的糖饼。不管是谁,回去时应该会发现吧。里面的糖大概变硬了,外皮变得软塌塌。很久以后,那次的糖饼出现在我们漫不经心的对话里。我离开时已经近午夜,糖饼肯定凉了,你却说很好吃。

是的,那糖饼很好吃。

家人团聚的时候,大哥、老三、你和小美聊起往事,我就闭上嘴,想起深夜里那扇紧锁的房门,以及放在门前的冰冷糖饼。我羡慕你们四个,因为当时在一起,只要听到某个词,你们就能马上心领神会,啊,那时候,是这样的……你能理解吗?我本来也可以和你们在一起……你看看,老二的心理就是这样难以形容。

大哥的情况没有好转。老三上大学后也住到了那里,生活变得更加窘迫。直到那时,父亲都还没去过大哥家。大哥坚持不让他去。大哥连续几年都这样说,后来父亲没打招呼,直接买火车票找到了大哥的房间,还记得吗?父亲默默在房间里坐了会儿,就去了黑石洞的堂叔家,想要回十年前借给堂叔的钱。如果能要回来,父亲打算把这钱给大哥。人生地不熟的,父亲摸索着找到堂叔家,却连要钱的话都没说出口,直接回了 J 市。他去堂叔家一看,房里住着七口人,堂叔不在家,堂婶得了肠炎卧病在床。房间里冷冰冰的,也没有粮食。父亲平生第一次来，先去煤炭店让人给堂叔家送了煤炭，又去米店叫人送米。那时我在J市的家里，父亲筋疲力尽地回来，直接病倒了。当时他满脸的疲惫和悲伤，对我说，你要是有能力，就帮帮你大哥。平时听惯了父亲说"去问你大哥"，"听你大哥的话"，第一次听父亲说让我帮帮大哥，我的膝盖不自觉地颤抖起来。

我想起自己说要去海洋大学时，父亲惊讶的样子。

那时父亲也说，问过你大哥吗？我说没问，父亲很慌乱。他问我从海洋大学毕业后做什么，我也很慌张。其实我也不知道做什么，又不想在父亲面前败下阵来，急忙说我要做海员。

——海员？坐船吗？

为什么？父亲问。为什么要成为坐船的人。父亲问为什么。我又无话可说了。

——不是坐船，海洋大学毕业后也可以当船长，父亲。

直到现在我也不知道，海洋大学毕业后能当船长吗？那是父亲第一次强烈反对我去做想做的事。我想去海洋大学，也是出于老二心理。学费最少，毕业后可以直接工作。学校老师向我推荐了海洋大学。国立大学几乎不需要交学费，而且学校有宿舍，这两点吸引了我。老师推荐之后，我才去查了海洋大学在哪里。原来在釜山。最初是交通部管辖的镇海高等商船学校，后来由国防部管辖，校名也变更为国立海洋大学，再后来又成了韩国海洋大学。

有一次，小美说完什么事后问道，我们家什么时候穷过啊？

我吓了一跳。你和我相差六岁，我比小美大九岁，相差快十岁了，所以感觉不同吧，小美好像真的从没觉得我们家穷。她能有这样的感觉，应该是父母的功劳。还记得每年入冬，父亲最先做的是什么吗？是按家人的尺码买回毛皮靴和内衣，放在自行车后面带回来，摆在廊台上。一双双毛皮靴、一套套内衣，整整齐齐地摆在廊台上，我们各自拿走属于自己的那份。这可不是小事。当时很多孩子带便当都困难，也喝不上自来水。我们整个冬天却都穿着毛皮靴和新内衣。冬天，我和村里的孩子们站在阳光明媚的墙边，发现只有我们每年都穿新毛皮靴。放学时打开鞋柜，里面有六十多双鞋，只有我的鞋新得引人注目。或许因为这样，才有人故意穿走了我的新鞋，留下他的旧鞋。

不论小美是什么感觉，其实我们家很穷。父亲是农民，却梦想把六个孩子都送进大学，怎么可能不穷呢。在首尔，大哥白天去区政府上班，晚上读夜校，孤军奋战。我想读普通大学，可这话的确难以启齿。这也是老二心理。我不能只想自己，还要兼顾各个方面。

直到现在，老二心理还在作怪。家里有活动，父母来首尔，去的都是大哥家。没有人说什么，仿佛这理所当然。大哥觉得如此，父母似乎也这样认为。尤其是父亲。即使所有人都各自成家独立，这种想法也没有改变。真奇怪。我们也觉得父母来首尔，就该在大哥家团聚。不仅如此，父亲要是留在别的子女家，甚至会觉得尴尬。如果我们有谁搬了新家，父亲会去看看，但过夜肯定还是要去大哥那儿。如果大哥不来接，父亲就会不安，让我们送他过去。要是大哥搬家，父亲第一个问题就是，离首尔站近吗？对父亲来说，首尔站就是首尔。大哥家距离首尔站是近是远，非常重要。我住禾谷洞的时候，有一次嫂子的父母先住进了大哥家，父亲就决定住在我们家。夜里，父亲怎么也睡不着。他嘴上没说，可我知道那是因为这里不是大哥家，他觉得自己不该住这儿，感觉尴尬，像在别人家，所以辗转反侧。我有点难过，心里也有些埋怨，难道在我们家睡觉和在大哥家有什么不同吗？我也可以做得很好……还有几分愤愤不平。

报考海洋大学，我落榜了。茫然不知所措。我从没想过自己会考不上，不知道怎么办才好。虽然后来得到了报考第三士官学校的机会……但最初我打算骑自行车穷游。我说要去旅行，父亲慌了神，劝阻说自行车旧了，很危险。考试落榜的子女要独自出门旅行，父亲似乎难以接受。他只从我们口中听到过修学旅行，这次我说要骑自行车旅行，他甚至都没说"问过你大哥了吗"。因为大哥在首尔。我没有屈服。我们兄弟刚上中学就比父亲高了。我一会儿检查自行车轮胎，一会儿找地图和望远镜，忙得不可开交。父亲在我身旁站了会儿，不知如何是好，看上去格外瘦小。走出家门时，父亲跟了出来，往我后兜塞了个信封。离开J镇，进入通往淳昌的山路后，我停好自行车，拿出信封。信封前面写着，不要饿肚子，里面装着皱巴巴的纸币。我想起来在淳昌吃完炸酱面，就是用那些纸币结的账。现在到处都有自行车道，当时却只能在土路和国道上骑车。农田里干活的人直起腰看我骑车经过，我心里有些过意不去。别人都在干活，连直起腰板的时间都没有，只有我一个人在玩。快爬到山脊时，与其说是骑自行车，不如说几乎是推上去的。我把自行车停在山脊，俯视下面弯弯曲曲的小路，忍不住心头一热。密密麻麻的树木、山谷、鸟鸣、呼啸而过的风声……身处大自然，很多东西都会得到涤荡。至少不会再抱怨。不如意的事应该也有其意义吧，我感觉自己的胸怀变宽广了。

不幸的是，我的自行车穷游只坚持了三天就索然无味地结束了。出门去看世界的光头少年，竟然被当成了间谍，真叫人哭笑不得。现在想起来可以一笑而过，当时却把这事看得很严重。我一九七六年高中毕业，那年夏天的事你应该也记得。事情发生在我生日前后，两名美国军官在板门店共同警备区修剪杨树枝时，被朝鲜军人用斧头杀害。美国派出航空母舰和轰炸机编队，引发问题的杨树也被砍伐，场面非常混乱。父亲以为又要发生战争，立刻紧张起来。平时一提方便面，他总说为什么要花钱买这种东西，那次却买了好几箱，把酱缸塞得满满当当。幸好北朝鲜方面表示遗憾，没有闹出更严重的事端，不过当时的气氛一下就变得严峻起来。还记得上学时搞过抓间谍的演习吗？到处都贴着反间谍的主题标语。为了提高反间谍意识，每个村庄都假设真的有间谍出现，进行了举报间谍的活动。如果看到这样的人，可能是间谍，请举报。类似的告示随处可见。比如，清早从山上下来、鞋上粘有泥土的人，帽子压得很低、不停环顾四周的人，商店里不了解商品价格的人……举报间谍有奖励，所以我和同学们都努力参加模拟抓间谍的游戏。集体观看的电影大多是由独孤成、申永均、张东辉、许长江这些人主演。派往南边的间谍试图诱导亲戚歌颂北边、一起投奔北边，结果反被南边的亲戚说服，从而自首。就是这类俗套内容。

穷游中的我大概看起来很像间谍吧。推着破旧的自行车，帽子压得很低，偶尔拿出望远镜观察前山后山，有人觉得我可疑，向派出所举报了我。被抓之后，有人发现我的自行车后面有地图，上面到处都是红色标记，更加断定我是间谍无疑。当时我还没走出J镇多远，正在看地图，寻找途经潭阳、可以骑车去光州的路，突然就被警察带走了。我被拘留之后，J镇警察局很快得到消息，便衣警察立刻闯进我们家。他们冲进大门，穿着鞋子踏上廊台，把每个房间都翻了个遍。用现在的标准来看，简直不可思议，可笑又悲惨，在当时却是家常便饭。

后来父亲到潭阳警察局接我。为了证明我不是间谍，而是他刚刚高中毕业的儿子，他手里拿着全家福和一堆文件，还带来了我的学生证、笔记本和书包。父亲说我不是间谍，是他的二儿子，名字叫洪……直到现在，我还记得父亲说的话。他说我心地善良、乖巧，见母亲很累，就自己背着妹妹。夹在哥哥和弟弟中间，什么也说不出来，总是谦让，被压着长大，怎么会是间谍？报考学费便宜的海洋大学，没考上，心里难受，就出来骑自行车旅行，怎么会是间谍？父亲一条一条地说。那是我第一次看到父亲以如此快的速度说那么多话。我很吃惊。原来父亲都知道，包括我报考海洋大学的原因，以及左右为难的老二心理。

那天从警察局出来后，父亲看着垂头丧气闷闷不乐的我和自行车说，现在不能继续穷游了，你还是载我回家吧。听说我被警察带走，父亲很着急，叫了辆出租车就赶来了潭阳。骑车从潭阳回J市的家要花一天时间。我们走出警察局时已经是晚上，如果要骑车回去，得在当地过个夜。我们在一家庭院里种着茂盛竹子的旅馆订了房间。父亲说，我们去洗澡吧，然后去了旅馆附带的浴池。我们在入口处拿了衣物存储柜的钥匙和毛巾，进去一看，休息室里竟挂着总统紧闭嘴巴的照片，真叫人哭笑不得。这是浴池老板的爱好吗？总统严肃地俯视着赤身裸体的人们，我忍不住笑出声，这才感觉被当作间谍的事就像一场闹剧。父亲提议洗澡是有原因的。身体泡在热水荡漾的浴池，紧张感得到了缓解。在热气腾腾的浴池里，父亲给我搓背，我也帮他搓背。父亲个子比我矮，后背也窄，右手手指被砍掉一截，我虽然平日就常常注意到，但在浴池里看到时，感觉却不同。父亲的胳膊肘凹了下去，脖子下面有缝针的痕迹，膝盖骨前有烧伤……他往伤口上抹肥皂、揉搓，我的心情很奇怪。那时我好像就下定了决心，以后不要再让父亲操心。算起来，那是我和父亲唯一一次单独旅行。夜里，我和父亲坐在旅馆庭院的凉床上喝啤酒，看星星，安安静静地坐着。我突然跟父亲说，我去买啤酒。父亲说啤酒贵，喝烧酒吧。我却坚持要买啤酒。还记得吗，父亲开店的时候，每到夏天就会接一桶水，把啤酒瓶放在里面。那时候没有冰箱。一个炎热的夏日，我去店里找父亲，看见他的一个熟人从镇上来，和朋友点了啤酒。父亲拿出水桶里的啤酒，打开，在他们面前放了两个杯子。他身上的衬衫被汗水浸湿了，紧贴后背，额头和脖子上也挂着汗珠。他们往杯子里倒酒，碰杯，喝酒。年幼的我心想，如果父亲也喝一杯，就会凉快了。这么想着，我好像忘了自己为什么来店里。那两个人喝着啤酒，父亲却只是看着他们，这让我感到难过。没有放进冰箱，只是泡在水中的啤酒能有多凉爽？我却觉得只有父亲一个人站在烈日下。当时我就想，将来我一定要请父亲喝凉爽的啤酒。那天在淳昌，我想起了这件事。那天不是盛夏，而是暮春时节。我寄托在啤酒上的心意父亲不可能知道。看我固执地要买啤酒，父亲只好同意。我往父亲的杯里倒酒，听见哗哗的声音，心情也变得愉快。父亲又要了一个杯子，让我陪他喝，往我的杯里也倒了啤酒。庭院围墙边有棵梨树，风一吹来，梨花就会飘落到凉床上。

父亲咽了口啤酒，叫我，洪。

——你怎么想那么多？

——我？

——你要按照自己想要的方式去生活，不要看别人脸色。

——……

——我希望你做自己想做的事。

——父亲想做什么？

——……

——您想做的事情是什么，父亲？

——我想像你一样骑自行车穷游。

我再次追问，父亲就说想像你一样……边说边洒脱地笑了。父亲也想骑自行车穷游吗？我很吃惊，又觉得新奇。父亲说，他想和某个人一起骑自行车去远方。那天夜里，父亲跟我说的话和我了解的父亲完全不相符。我想象不出。虽然父亲经常不在家，但我从来没觉得他是出去旅行了，只觉得他是去某个地方赚钱。事实应该也是如此。有点奇怪。我们只要心情稍微郁闷一点，就想去哪儿旅行，却从没想过父亲也会这样。父亲喝着啤酒，问，今天是几号？

——马上就五月了，今天是四月二十九号。

父亲深深叹了口气。大概是白天的事太累人，他只喝了一杯就醉了。他说要想活得像个人样，首先要多学习。一定要上大学。像父亲这样生活怎么能行？当时我什么也没说，只是望着旅馆围墙边的竹林。我后悔了一辈子。那时我为什么不说话呢，为什么不问，父亲您怎么不好了？父亲说摆脱农村贫困生活的路只有一条，就是读大学。走出这个贫苦山村的路只有这一条。也许是洗完澡又喝了啤酒的缘故，父亲还说起了他在首尔的事。那些事我是第一次听说。父亲说首尔有个地方叫南大门，往里走是市场，里面有家辣焖带鱼店，他就在那儿工作。老板是笠岩人，对父亲很好，后来却被当成间谍，辣焖带鱼店支离破碎。间谍？我问。父亲说，他不是，他家读大学的女儿偶尔会在店里和朋友们聚会，也许是这件事引起了误会。你不也是因为骑自行车旅行被当成间谍了吗？他们家的女儿很乖巧，放学就来店里，挽起袖子帮忙做事。父亲说那家的女儿是有学问的人。有学问，帮店里干完活，还会带父亲参观首尔。世宗路有多宽，南山路有多陡……父亲对南大门附近了如指掌，就像活地图。夜里，他和有学问的人走在明洞街头，同乘有轨电车。父亲说，那时他对首尔很失望。看到首尔站那么脏，很受打击。市场里有人卖用剩菜剩饭煮出来的粥，像猪食似的，人们居然排着长队去买，父亲对此也感到震惊。他和那个人一起坐电车去麻浦终点站，那里都是棚户村，孩子们光着身子在电车轨道上玩耍。他们也去了弥阿里，见到很多占卜屋。首尔怎么会是这个样子。聚集在清溪川的窑洞村和前面的河水都脏兮兮的，原来首尔也是个穷地方。不过，父亲说他还和那个人一起去茶馆喝过咖啡。父亲喝咖啡？他跟我说了从未对任何人说过的话，我想的却是，父亲和大学生一起喝咖啡？在奖忠洞吧，他们一起看着白色的总统铜像被推倒。父亲说，有一次，他在电影院所在的山坡看到她和几个朋友说说笑笑着走来。她从父亲面前径直走过，明明和父亲的目光相遇了，却还是和朋友们相谈甚欢地走了过去。前一晚饭店关门后，她还和父亲一起走在南大门市场，第二天却在朋友们面前避开父亲的视线。我这个傻子还在问，哎呀，为什么呢？父亲回答，可能是羞于在朋友们面前提起我吧。父亲能教她的只有自行车。晚上，他推着自行车去南山，教她怎么骑。骑得飞快的时候，她说，我们骑车远走高飞吧。

——您为什么没有去？

——我不能走。

——为什么？

——因为我得回家。

父亲望着残留泡沫的啤酒杯，眼神空洞地笑了。偶尔，我会想起那个时候，想起我问为什么时父亲回答"因为我要回家"的样子。也会怀念我坐在自行车后座，父亲毫不费力往前蹬脚踏板的时刻。我只是比父亲块头大而已，载着父亲不到三十分钟就累了。父亲，我们拦辆路过的卡车吧。听到我这么说，父亲和我换了位置，让我坐到他身后，一路骑回J市的家。现在，父亲变成了连借助拐杖走路都吃力的虚弱老人，有时我难以相信这个事实。谢谢你。多亏了你，我才有机会思考父亲的事。

如果父亲恢复健康，可以骑自行车了，我想和他一起骑车去旅行。哪怕只有一天也好。如今已经不需要地图之类的东西了。手机导航很好用。要是有望远镜也不错。现在总不至于再因为陌生人在村子后山用望远镜看世界，就把人当成间谍吧。我喜欢看父亲把鼓放在身前，拿着鼓槌边敲边唱"这道山那道山……"的样子。那好像是父亲为数不多的乐趣之一。有时候，他坐在空荡荡的客厅里唱完《四季歌》，看着他的样子，我会感到心痛。父亲藏起了这些才华。母亲说父亲离家最久的一次就是去首尔，回家时带回了鼓。每次出门回来，父亲都会带些农村里见不到的新玩意儿，那次却只带了鼓。如果把父亲的鼓放在自行车后面，再去趟潭阳可以吗？要不要打听一下那家旅馆还在不在？如果那里还有竹林，我要把凉床摆在前面，让父亲打鼓唱《四季歌》，我录视频。父亲一边打鼓一边唱，这道山那道山，花儿盛开，春天来了。春天来了，世界却荒凉……好希望能像从前一样，再听到父亲的歌声。

还会有这样的时光吗？

母亲，郑棉桃

我不知道你想让我说什么。我没想到我会把你父亲留在家里，自己却在首尔住了这么久。打电话的时候，我也不敢相信你回家了。我在家的时候你回来就好了，我给你做你喜欢的红豆粥、腌红薯叶泡菜。我已经好了，刚出院就被你三哥带回了他家，不送我回自己的家。你们兄妹几个好像商量好了似的，不让我回去。我在这里，家人们也都来了。我说送我回家吧……你们大家像约好了一样，说现在还不行。起先他们说半个月后还要来复查，到时候需要有人开车去接什么的，说我老老实实待在这里就是帮他们忙。半个月过去了，也去医院复查了，他们又说一个月后还要再来，就是不肯送我回家……过了一个月，他们说做全身健康检查的日子也定了，还是不送我回去……总是找各种前言不搭后语的借口阻止我回家。我在这里倒是很轻松。首先，不用被你父亲吵醒，可是轻松有什么用呢？我想去田里看看，还要去老年活动站。你三嫂做饭，我吃。你三哥上班，你嫂子也有事出门的话，家里就空了，我坐一会儿又站起来，就这样。

现在你应该也知道了，你父亲有时候睡着睡着就不见了，去哪儿了呢？他把自己藏起来了。也不知道是不是有什么东西现在还忘不掉。已经很长时间了。自从你父亲因为脑梗塞病倒之后，好像就这样了。你小弟上大学那年，你父亲晕倒了五次，当时我以为要失去他了。挺过那年后，他睡着睡着，也不知道做了什么梦，两手乱动，发出痛苦的声音，然后猛地站起来，藏到某个地方去了。醒来之后又什么都不记得。他自己想不起来，一开始还说我冤枉他，千叮咛万嘱咐不让我告诉你们……你父亲得的是我从来没听过也没见过的病，好像发作似的浑身颤抖，突然力气大增，会推开旁人，你姑姑说别人要是知道了，可能会以为是癫痫，传出去就不好了，让我不要跟别人说。听你姑姑的意思，如果引起误会，你们结婚的时候说不定会惹来不必要的麻烦，所以你父亲深更半夜睡着睡着会藏起来这件事，我跟谁都没说。开始吃药后，他就没再晕倒过，这已经是不幸中的万幸了。说着梦话藏起来，自己却不记得，而且只持续那么一会儿，过后就什么事都没有了……本来这件事只有我知道，现在你应该也知道了。吓了一跳吧。我也是。一觉醒来发现你父亲不见了，以为他去厕所小便，等了半天却不见他回来，我觉得奇怪，就出去喊，小宪父亲，小宪父亲……你父亲藏在廊台下面，一见我就把手放在嘴边，让我安静，让我快点逃跑……那是最开始的时候，那种惊讶的心情我现在还记得清清楚楚。到了早上，他完全不记得自己藏在廊台下的事。他藏在大酱缸里那次，我找不到他，就在家里转来转去，结果摔倒了，膝盖破了，还流了血。你父亲从酱缸里出来，冲我大喊，你在这里干什么，快躲起来，我在这里挡着，你快点从小门出去。我很害怕。我说我们再去医院看看吧，不然我就告诉孩子们。在我的威胁下，去了好多次医院，也没什么效果。可能是脑梗塞的药物造成的吧，那种药能固定脑子里像斑点似的石灰质，不让它们在脑髓里流动，如果停了药，石灰质移动，就会引起昏睡……药不能停，一直吃到现在。瞒着你们拍了无数次脑部CT。可只要过了那个时候，就又什么事都没有了……渐渐地，你父亲的气力越来越衰弱，后来夜里醒来的频率降低，强度减弱，我也已经慢慢适应……结果你还是知道了。这就是为什么我每次去首尔看你们，不到两三天就说要喂狗，必须回家。不用太吃惊，第二天带你父亲去输营养液就行。为了躲藏耗尽浑身力气，第二天整整一天都要卧床。镇上有家林哲洙内科，可以为你父亲输营养液。有三万元的、五万元的、七万元的，挑好的吧。这样好几天都有力气。

哪怕什么都不做，黑夜也会来，早晨也是。年轻时睡不够，躺下就能睡着，现在能睡觉的时间越来越多，反而总是很清醒。以前你父亲说我怎么睡得那么沉，让人背走了都不知道，现在我睡得不沉了，什么动静都听得见。老三去晨练的开门声，你嫂子在卫生间洗手的声音，我都听得见。你嫂子一点也没变。老人在家里住那么久多讨厌啊，可是她从来没表露过不满。每次出去学《圣经》时都会问，母亲有什么想吃的吗？我回来时买给您。什么事都不用做，也就没什么想吃的。有时我白天打开门往外看，想着要不要出去走走，可如果门一关，我就没有信心再回来打开，只好静静关上门退回去。我住不惯公寓这种地方。开个门都很难，好不容易才学会。每家每户的房子都一模一样，分不清哪儿是哪儿。打开前门，我呆呆地看电梯和楼梯。我从来没自己坐过电梯，害怕。没有助行器，我也走不好路，何况上下楼梯呢？最后就会想，出去干什么，再把门关上，一天过去了，又开门看看。没事可做，躺一会儿再起来，真的变成废人了。感觉自己好像活了太久，心情不好。我想回家。听说你在，就更想回去了。我女儿好几年没回家了，我却只能待在这里。你从小就更喜欢你父亲。我这么说，你肯定又会反问,是吗?我什么时候更喜欢父亲了?我这么说不是因为失落。有什么可失落的?你从小就喜欢父亲,总爱跟着他,这是事实。很多女儿都和父亲很生疏,你却愿意跟随父亲,这也是我的福气。

从去年冬天开始,很奇怪,只要一吃饭胃里就不舒服。去镇上药店买了药,吃了也没有好转,就去银行旁边的医院拍片子。起先医生说没什么事,年纪大了消化不好,容易这里疼那里疼。不知从什么时候开始,医生们老说些我早就知道了的话。如果不消化,就咀嚼三十次再吞咽食物。饭后不要立刻躺下,每天走路三十分钟。大声笑,或者拍手……这些我都知道,却没按医生说的去做。很多时候都觉得麻烦。吃了医院配的药,也吃了小美特意寄来的营养品,还是没有好转。我又去了医院拍片子。医生说我胃里有什么东西,让我去大医院看看。我说你们现在才让我去大医院。他们还是不肯痛快点告诉我,只让我和监护人一起来。监护人……你父亲是比我还大两岁的老人,而且他也不会告诉我的,不能跟他说。我就告诉了每天早上都打电话过来的老三。老三名字里有个"孝"字,大概是这个缘故吧,真的是个孝子。每天早上一上班就给你父亲打电话,也没什么特别的事。我在旁边听着,说的都是父亲您睡得好吗,母亲没事吧,你们二位都要小心,别感冒……即使早晨有事要出门,也担心老三会来电,要等着接完电话再出去,结果迟到了。急性子的老三在你父亲面前像只温顺的小羊……我能在这里接受治疗,也都是因为老三。好像是老三高中那会儿吧,你父亲和苏城那位吵起来。苏城那位喝醉了,说起战争时的事,讽刺你父亲为了不上战场切掉手指，最后两个人大打出手。你父亲断了两颗里侧的牙。老三性子急，他要是知道了，肯定会找上门逼着苏城那位向你父亲道歉，所以你父亲让我什么都不要说，事情就这么过去了。那时候断了的牙一直坚持到现在。前天我把这件事跟老三说了，他很吃惊，闹了一通。他没告诉你吧？老三每天从公司给家里打电话，公司知道吗？我要是老板，就让老三单独交电话费。老三每天早上都打电话，所以很难保守秘密。你父亲和我不管是谁去镇上住院，总会被你们发现，都是因为老三。

你父亲上山下田去捕鸟。想带猎枪，得先参加个什么考试，还要受个什么教育。从来没考过试的人，也不嫌麻烦，坚持把这事完成了。你还记得吗，家里曾经有过猎枪。你们说，家里怎么有这种东西，危险，交上去吧。你父亲也只是假装听听。周围山上有很多野猪，在规定时间内可以去打猎，还可以从政府那儿借枪。不过你父亲没有抓到野猪。别说野猪了，连只野鸡都没抓到过。尽管这样，他还是常常背着猎枪上山下田，转悠大半天才回来。问他怎么什么都没抓到，空手回来了，他就说，抓鸟干什么……这像话吗？既然这样为什么要出去？背着猎枪去抓鸟，空手而归，还说抓鸟干什么。有一次，你父亲带上猎枪去抓鸟，在公路上，锦山两班要看看你父亲的猎枪，问，这里面真有子弹吗？说着扣上了扳机。你父亲没来得及阻止，眨眼间枪就响了，用来抓鸟、打野猪的子弹击中他的大腿。现在想起来，多吓人啊。锦山两班差点被你姑姑打死。你知道你姑姑的，只要是你父亲的事，她都很重视，这件事对她来说无异于晴天霹雳。要是我弟弟腿废了不能走路,我就废掉锦山两班两条腿……哎哟,你姑姑真的是,因为这件事,她到死都不和锦山两班说话。你父亲倒是和锦山两班相处得毫无嫌隙。那位两班的确不怎么样。你看看你父亲的右腿,现在还有手术的痕迹。腿上压根儿没有劲,应该是当时中枪受的影响。

当时要去医院,做手术取出腿上的子弹。路上,你父亲说千万不能让你们知道。好事还行,坏事就不想让在首尔忙碌的你们知道,这种心情我也一样。不知从什么时候开始,我们之间说得最多的话就是不要告诉孩子们。瞒了几天,老三还是每天早晨都打电话,连续几天都是我接。有一天,老三说,让我父亲接电话。我吓了一跳,说你父亲出去了。去哪儿了?我结结巴巴说不出来,老三刨根问底,我只好说了实话。隐瞒也得有个限度,这种事能瞒吗……老三狠狠批评了我。原来子女也会这样批评父母啊。我感觉很奇妙,又觉得心里很踏实。老三回了家,去镇医院见了医生,回来跟我说没什么大事,只是胃里长了个小瘤子,用内窥镜取出来就行了。他说要回首尔和兄弟姐妹们商量一下,定个日期,到时候去首尔就可以。他们告诉我不是手术,只是微创。禁食之后去医院做了各种检查,做睡眠胃镜,可是我睡不着。年纪大了,只稍微用点药是睡不着的,后来加大药量,我还是很清醒。所有声音都听得见,有什么东西进了嘴巴,在胃里搅来搅去,很疼……听说在农村做胃镜都不疼,怎么在大医院会这么疼呢。我胡乱挥手,推开医生,听见医生说要让我安静下来。这时小美进来了。妈妈,小美叫我，紧紧握住我的手。妈妈，疼是疼，但必须快点做才能结束啊。妈妈这样反抗，只会拖延时间。我躺在那里，心里一片茫然。我是得了重病吗？不是的，胃里有块眼屎大的息肉，取出来就行了。息肉又是什么东西。小美说什么事都没有，胃很敏感，要摘下粘在上面的东西，不疼才怪呢。妈妈，你想想生我的时候，相比之下这就跟抠鼻屎差不多，不是吗？听小美说到鼻屎，我忍不住想笑。她真的很会说话。我就在门外，您什么都不用担心，快点做完，我们就能见面了。我闭上眼，是死是活随它去吧。等再睁眼一看，到处都是床，床上躺着人。我胃里恶心，眼前晕乎乎的，旁边的床被谁推走了，我问这是什么地方？恢复室。我这才知道自己是刚从睡眠状态中醒来。请郑棉桃女士的监护人到恢复室。广播响了，小美立刻出现，叫了声妈妈。听到监护人，小美就来了。啊，这孩子是我郑棉桃的监护人。我说现在结束了吧，小美说手术很成功，再住两天就出院，一周后来复查就可以了。我说想回家，他们说半个月后还要来，回家干什么。我以为过了半个月就可以回家……结果还是不肯送我回去。胃里那个什么息肉已经摘除了，为什么还不让我回去？只要老三家有别人来，我就让他们送我回家。上周日，我听到你大哥和老幺的对话。那会儿刚吃完午饭，我有点犯懒，就躺下了。他们以为我睡着了，开始聊天，我才知道从我胃里摘除的是四厘米的恶性肿瘤。老幺说，再长大一厘米就不能做内窥镜手术了。他们小心翼翼道，先看看结果再说。我得了癌症？我不知道怎么办才好，浑身没了力气。你们都说什么事都没有，只是胃里长了个疙瘩，切除就好。我彻底被骗了。老幺说，母亲现在这个状态，绝对不能让她回家。原来我得了癌症。难怪，如果不是癌症，怎么会每次吃饭胃里都翻江倒海、恶心疼痛呢？我以为能用胃镜切除已是万幸，不过好像是因为我年纪大了。小美说，上了年纪的身体，癌细胞扩散也慢。希望如此吧。你大哥说，母亲好可怜，这可怎么办呢……他们像召开秘密会议似的小声说话，我都听见了。

早上老三上班时说，母亲，小宪想听您讲父亲的事。这是录音机，您说上一整天都没问题。您想说什么尽管说，像这样就打开了，说完之后，看到这里了吧？把这个按下去。说完，老三就去上班了。

你怎么突然想知道你父亲的事呢？你父亲是个死脑筋的人……日子久了，我们好像被这个世界遗忘了。你在你父亲身边，我很放心。如果我也在就更好了。

如果我知道自己身上的东西是癌，可能不会让你们给我治疗。我见过有的人因为治疗而扩散得更快，受了很多苦还是走了。我都多大岁数了？不想把剩余的时间浪费在跑医院上。如果说我还有什么心愿，那就是不给你们添麻烦，不去医院，就住在家里。这算不算贪心呢？我希望自己可以先送走你父亲。但这不是我能决定的。听你们说完后好几天，我的心情都很沉重，我竟然得了癌症？可是现在想想，得了癌症又怎么样？我都这么大岁数了，癌症算什么。就按你们说的做吧，让我待在这里我就待在这里，让我待在那里我就待在那里。我还能怎么样？只是有一件事让我后悔。我应该教会你父亲怎么做饭的，他一个人的时候才好给自己做饭吃。现在做饭不像以前那么难了，淘洗干净大米，加上适量的水，按下菜单键就行，可是我没有告诉他。我也应该教他怎么榨番茄汁，但他不想学。如果教他，很快就可以学会。

从前，你父亲做过两件让我吃惊的事，一是买拖拉机。零件都是单独买的，需要自己组装，起先我很担心，买这些东西到底想干什么啊？你父亲在院子里铺上席子，坐在上面反复看说明书，半天时间就把拖拉机装好了，叫我出来看。我没有表现得太明显，不过说实话，当时真的很惊讶。车体、轮胎、车斗都是单独买的，边装边检查，错了就重新来，再检查，终于组装成了结结实实的拖拉机。我大吃一惊，这人竟然还有这么一手。你也知道，我不会把东西排列整齐。连酱缸我都放不齐，所以我才不摆成一排，而是摆成一圈。盖子也总是盖得歪歪扭扭。每次感觉信不过你父亲了，我就会想想他把零件组装成完整的拖拉机，叫我去看的时刻。也不光这些，以前我没见过你父亲开拖拉机，他看完说明书，这么试试，那么试试，没多久就得意扬扬地开着出了大门。我很满意，很骄傲。你父亲就是这样的人。别看现在他不会在网上买火车票，以前村里的新农具可都是他先买来组装，示范驾驶的。插秧机、精选机、拖拉机也全是你父亲最先买来，再传开的。大概十年前，你父亲想学开车，我还打电话让你劝阻。你说，哎呀，就算父亲想学，怎么可能拿到驾照呢，那么大岁数？可我知道，你父亲要拿驾照非常容易……那个什么笔试可能会难点。你听了我的话去劝你父亲，他放弃了。后来我想想，觉得有点对不起他。如果当时学会了，就可以开着车在这个世界来来回回跑，多好啊，我却阻止了他。

你父亲还做过一件让我惊讶的事，那是在他离开家的时候。这件事连你姑姑都不知道。你父亲出门不吱声，也不说要去哪儿。我在放米缸的仓库里看到插在天棚角落的信封，才能知道你父亲离开了家。信封有时是黄色的，有时是白色，要是你父亲晚上没回来，我就去仓库看看有没有信封。信封里面装着钱，不是很多。他让我在他回来之前用这些钱。在农村生活，需要花钱的地方不多，他一般只留下供你们上学和应急用的钱就走了。

有一次，信封里装着很多钱。你不知道当时我有多惊讶。钱太多了，我总觉得你父亲是不打算回来了。我拿着信封去找你姑姑，把信封扔到她面前，哭着说你父亲又出门了，让你姑姑去找回来。那段时间总有人给你父亲写信。我以前从没见过你父亲读信时会露出那种表情。我问他是什么信，他吞吞吐吐，这更让我疑惑。我差不多快忘了的时候，新的信又来了。这也让我心生怀疑。那些信也不知道藏到哪里去了，怎么找也找不到，这就更奇怪了。

有一回，收到信之前，我正在井边洗白菜，有人推开大门，往院子里探头张望。谁啊？原本要进门的那个人马上退了回去。会是谁呢？我用衣角擦干手上的水，走出大门，见到一张在村里镇上都没见过的面孔。过膝的连衣裙和古铜色的外套，里面穿了件黄衬衫，直到现在我都记得。我问她找谁，她说她搬到了笠岩，还说出了你父亲的名字，说是路过，顺便来看看他是不是住这里。从笠岩到这里要走一个小时，竟然说是路过。这个借口太容易被戳穿了。我觉得奇怪，就反复追问她是谁，她没说自己的名字，只搪塞说在首尔见过你父亲，他帮过她大忙。

首尔？

我想起你父亲去首尔的那次，也是离家时间最长的一次。离家最久，却没像从前那样带钱回来，也没买运动鞋或自行车，在城市里看到的想要送给你们的新东西都没买，只出人意料地带回了鼓和鼓槌。那是你父亲第一次带回对我和孩子们都没用的东西。而且那次回家之后，你父亲卧病在床将近半个月。

我说，孩子父亲不在家，你是谁，我转告他。那个人转身想走，我拦住她，追问了一遍：总要告诉我名字，我才好转告啊，不是吗？她这才说她叫金纯玉。之前还很温顺的神情，突然变得犀利，让我转告你父亲，说金纯玉来过。傍晚我问你父亲，金纯玉是谁？你父亲吓得差点从自行车上摔下来。只是听到名字就这样了。她说她搬到笠岩了。你父亲说，纯玉君的父亲是车天子的追随者，在笠岩住了一段时间，后来去了首尔，又因为什么事坐了牢，在那边无法继续生活，就回到了笠岩。我说，我问的不是纯玉君的父亲，我问纯玉君是谁？你父亲就闭嘴不说话了。我第一次听你父亲对一个人称呼"君"，还是个女人。纯玉君说你帮过她大忙，你帮她什么了？你父亲还是不肯说话。他是个不会说谎的人。自从发生了这件事，哪怕正干着活儿，我也会想起你父亲叫的那声"纯玉君"，对此耿耿于怀。纯玉君？

213

想起来就会莫名地不安，手上的活儿也做得乱七八糟。看到信封里装着比以往更多的钱，我马上想到那个纯玉君。白皙的脸蛋、乌黑的眼睛，还有裙子下面的小腿。仿佛有什么东西即将闯进来，像道雷一样。我害怕了，最先想到的是你姑姑，就跑去找她。只有你姑姑能把你父亲带回来。你姑姑力气真的很大。不完全是因为听了我的话，你姑姑之前也听到过传言。在首尔卖辣焖带鱼赚了很多钱的人破产后回到了笠岩，都是因为女儿。读大学的女儿被认定是左翼分子，学上不成了，还进了监狱，只好卖掉辣焖带鱼店，救出女儿，回到笠岩，打算躲起来生活。那个女儿好像又逃到哪里去了。我没确认过，无论当时还是现在，我都觉得那个女儿就是金纯玉。小地方就是这样，谁家的狗生了几个崽子，大家都清清楚楚。总之，就在你父亲离家十天左右后，你姑姑真的把他带回来了。还没等你姑姑说出从哪儿找回你父亲的，她就去世了。真是个厉害的人。

那天我从田里回来，看到你父亲坐在廊台上，你姑姑坐在台阶上。两个人沉默相对。我摘掉头巾，拿在手里，坐在柿子树下。

——你要是想看我死，就看着办吧。

突然，你姑姑一阵风似的站了起来。她生气的时候有个习惯，就是一把抓起裙子或衣角，像拧什么东西似的扯一扯。当时你姑姑穿的不是裙子，是件宽松的衣服。她把衣服猛地拽到前面，然后松开，冷冰冰地瞪了你父亲一眼，从大门出去了。我第一次看到你姑姑对你父亲露出那么凶狠的表情。姐姐！你父亲叫了一声，想跟着你姑姑出去，很快又坐了回来。我从柿子树下站起来，把仓库里的信封扔到你父亲面前。

——我不需要这个！

我也恶狠狠地吐出这句话，像你姑姑那样一阵风似的去了厨房。傍晚了，要做饭，我去仓库取粮食，去井边提水，还要到宅旁地摘南瓜，忙得不可开交。一个小时过去了，你父亲还在原地纹丝不动。你大哥放学回来，叫了声父亲，坐在他身旁。父子俩一句话也不说，就那么坐在廊台上。老二也回来了，见大哥坐在那里，也过去坐到他身边。接着，老三也去坐到二哥边上……不知道你当时去了哪里。周围都黑了。我做好晚饭，摆在廊台上。你大哥说，父亲，吃饭吧。你父亲说，嗯，吃吧……说着坐到了饭桌前。我们一家像什么事都没发生过一样一起吃晚饭。闻到大酱汤的味道，听着你们勺子碰撞的声音，我忍不住想流泪。这回要不要我离开家，丢下你父亲呢？我好不容易忍住了这个想法。

从那以后，你父亲再也没有不打招呼就离开家。

有时我去首尔看你们，往家里打电话，你父亲嘴上说让我再待几天，声音却有气无力，像一头生病的牛，吃不下草料、垫着腿坐在地上。后来听你姑姑说，你父亲耷拉着肩膀，一副找不到生活乐趣的样子，只是拿出鼓，抓起鼓槌。你父亲绝对是打鼓的高手，附近没人能比得上。唱歌也好听，能让人听得着迷。虽然我不清楚，不过我猜你父亲第一次给自己花钱就是买那个鼓。那个鼓陪伴你父亲的时间比我还长。等我回去，应该帮他修修那个鼓。底下的皮革已经磨得破烂不堪了。我这么久不在家，你父亲还能坚持住，也挺神奇。也是，有你在呢。我不在的时候，你姑姑过去给你父亲做饭，说很多时候你父亲连上顿的饭菜都没动。当时我的心咯噔了一下。夜里，你父亲睡着睡着藏起来，要是没人找，说不定会整夜藏着不动。我就急忙说要喂狗，然后赶回家。喂狗是借口。其实在喂狗这件事上，你父亲做得比我好。

自从不再离家外出后，你父亲做农活真的很卖力。如今到处都是空旷的旱田和水田，以前可不是这样。你父亲专心务农后，稻田里就没有一个空角落。这边种黄豆，那边种南瓜，他还学了很多关于水稻品种的知识。那时候，每年大米产量都不够，需要买外国米，比起味道，人们更倾向于买产量高的品种。真正味道好的像麦租这类传统品种，殖民时期后就绝种了。我刚才说的是麦租吗？我竟然还记得这个品种的名字，看来还没到要死的地步。那个叫什么"农村振兴厅"的地方大力研发水稻品种。你父亲认真听了那些人说的话，还成了开拓新品种的先驱呢。即使春天在苗圃里播种、培育、再移苗，经过雨季和台风天，不抗病的稻种也会被吹倒，枯死，所以最好选择抗病能力强的稻种。"统一稻"刚出现的时候，我还记得人们并不喜欢。种过一次就知道了，那根本不是饭的味道。但普通水稻一患上稻瘟病就完了，所以政府大力推行新政策，鼓励人们种植能抗稻瘟病的"统一稻"。那是吃不饱的年代，政府的目标不是美味，而是高产。哪怕没有余粮，能自给自足也好，产量高的"统一稻"正好符合这个标准。想起那时候我就忍不住笑。浸泡稻种时，来出差的公务员检查泡种容器，发现不是"统一稻"就捞出去，换上"统一稻"的种子。要是用现在的标准看，会觉得怎么能这样？但当时就是这样。说实话，我也不喜欢"统一稻"。米没有黏性，做出的饭米粒都是散的，像放的水量不对一样，米吃起来应该有甜味才对啊，可是什么味道都没有。我把你父亲浸泡的"统一稻"种子换成了普通稻的种子，被振兴厅入户访问的人换了回去。他们走后，我急忙又换上普通稻的种子，这回换成"统一稻"的是你父亲。我跟他吵了一架，结果被你那不善言谈的父亲说服了。我说"统一稻"植株矮，你父亲说正因为植株矮，才不会被风吹倒。我说他喜欢软米饭，"统一稻"做出的饭松松散散，你父亲却说从现在开始不喜欢软米饭了。我说用镰刀收割的时候，有很多稻粒掉下来。你父亲说，就算这样，"统一稻"的产量也是普通稻的三倍……我没法反驳。你父亲说得没错。就像他说的，"统一稻"很矮，都分不清是水稻还是草，可也正因如此，台风来了也不会倒伏。最重要的是，跟以前的品种相比，产量高出很多。自从有了"统一稻"，我们就再没缺过米。不过我也没有说错。味道真的太差了。总而言之，高产品种就是从"统一稻"开始的。味道不好的评价传开之后，人们又研发出了新品种。这个也是你父亲最先学会种，在苗圃里播种、培育后再教给别人的。品种有很多，万石稻、太白稻、龙舟稻、南营稻、华城稻……简直就没有没种过的。后来生活水平提高了，人们开始重视米的味道胜过产量，开始种植一品稻。

自从研发出比那个什么越光米更美味的大米，你父亲就开始专心种田。他说，应该继续研发我们的传统品种，找出适合我们土地的品种，可我们的土地沦为殖民地后，根脉中断太久，传统品种的芽也被切断了。

我总觉得你父亲不像是干农活的人。他说一颗稻谷的成熟需要经过十八次打理，还要老天帮忙才能丰收。要是老天不帮忙，就会被全部冲走，白忙活一场。收购的时候要评等级，从特级到等外级，哪怕被评为二级，他也会难过得睡不着觉。稻米只有被收购才能赚钱，一旦确定收购日期，大清早就要晾晒稻谷，天黑再收回去，忙得直不起腰。你父亲非要拿到特级才行。哪怕是遇到台风或干旱，村里别人家的稻谷都被列为等外级了，你父亲至少也能评到二级。因为种田，他还得过很多奖。那些丰收奖可以挂满整面墙呢。种田的岂止一两家，能被选中评奖，多难得啊。不仅如此，评审也相当严格。同一片农田，这边种得好，那边可能种得差。被审查的农民当然希望展示种得好的那边，不想让人看到差的地方。折腾来折腾去。凡是受到推荐的稻田，评委们要去掉特别好的和特别差的区域，选出平均区域，拉上线，数水稻的株数、稻穗的数量，连稻谷粒数都要数清楚呢。这样合起来计算稻田的整体产量，确定获奖对象，哪儿是什么简单的事啊。每次拿到丰收奖，我就挂上墙，你父亲马上又摘掉，有时我们还因为这事吵架呢。我说上面虽然没写我的名字，但我从头到尾都参与了劳动，这奖也算是给我的，我想挂起来。可你父亲还是把我的话当成耳旁风，像没听见似的。你父亲好像更喜欢奖金,觉得这算什么奖?说学校里得的奖状才是奖状,你大哥得的优秀奖、全勤奖都挂起来了……你学习不好,没奖状可挂,还总是迟到,连全勤奖都没有。迟到三次就算旷课了吧?你们兄弟姐妹几个好像就你没得过优秀奖?以前是没有奖状可挂,现在是你不肯寄学士帽的照片,挂不了……

有一次我因为小美被你父亲训。好像是小美读小学二年级的时候吧?确切时间不记得了,大概就是那个时候。记不清。难道这些事都要忘了吗?还记得的事好像迟早要忘记,这让我很难过。要是全部都忘掉,还能留下什么呢?都说空手而去,看来是真的。秋天,秋收季节,常常在田里忙到天黑。干完活儿还得回家做饭,深夜吃饭是常有的事。有一次从地里回来,小美已经做好了饭。为了让饭更柔软,她还用石臼舂了大麦。不知道小美还记不记得。那是她第一次做饭,做得很好。切好的辣椒放在搪瓷碗里,米饭上面放了用酱油调好味的鳀鱼,然后蒸熟。我大吃一惊,连忙问年幼的小美,你是怎么做到的?小美说,看妈妈做过,就学着做了。你比小美大三岁,还不会做饭呢,比你小的小美自己就做了饭。她觉得妈妈在地里干活回来得晚,再做晚饭太辛苦,而且吃饭时间也太晚,就自己试了试,没想到做得那么好。我还想着赶紧做饭呢,走进大门,家里却飘出饭菜的香味,不知道有多开心。加了少量大米的大麦饭非常好吃,我挺直腰板,开心极了,像收到一大堆礼物似的喜不自禁,哎哟,你都会做饭了……我边说边摸小美的头。你父亲看了却大发雷霆,说居然支使这么小的孩子做饭。是我支使的吗？是她自己做的。小美做好了饭，不但没得到你父亲的表扬，还被呵斥道，不要做饭！小美都要哭了。当时你还没放学回家。怎么了？孩子心疼妈妈做顿饭而已……我反问。你父亲说，不要让小孩子做饭。当时我真是无话可说。把女儿像宝贝一样疼爱……看她做顿饭都心疼，我在地里干活儿回来，马不停蹄地做饭就是理所当然？我质问他的时候，你父亲一声没吭。后来他跟我道歉，说想起了你姑姑小时候为了给他做饭而忙乱的情景，不自觉冒出了那番话。看着年幼的小美做好饭，你父亲想起了你姑姑，担心这孩子万一像自己的姐姐那样，那可怎么办啊。总之，因为你父亲，我后来没让你和小美做过饭。既然那么不想让女儿做饭，倒是自己去做啊。我应该教你父亲做饭的，这样我不在家时他也能自己做饭吃，可是我没教。你父亲也会做很多食物。你们小的时候，还没到春天，就因为整个冬天没沾荤腥而头晕，你父亲从镇上的肉铺买了一大块排骨，拿调料腌好，在柿子树下支起火炉，放上宽大的烧烤箅子，给你们烤排骨吃。加了猪排和大块泡菜的汤饭也放在火炉上煮。熬的时间久了，汤变成奶白色，味道香醇。但你父亲就是不会煮米饭，不知道该放多少水。又不是像从前那样在灶坑烧火做饭，可他就是不会。真奇怪。刚有压力锅的时候，村里第一个用的人就是我。我连压力锅是什么都不知道，你父亲就买回来了。那个锅真厉害。做出来的米饭怎么那么有黏性啊。不过锅盖不好盖，水量也和普通的锅不一样，不会也情有可原。可用现在的电饭锅，只要放好米，按下按键，饭就做好了，有的锅做好饭后还会说话。就算这样，你父亲还是不会。现在说起来，我都分不清他是不会还是不想,是不是?他可是半天就能安装好拖拉机,开出大门的人。男人啊,有时候真是搞不懂。衣食住行,一个人只要解决了吃饭问题,就能拥有很多很多自由。只要学会做饭,就不用看人脸色,去问什么时候吃饭。想吃就吃,不想吃就不吃……但我要是教你父亲做饭,说不定会被你姑姑赶出家门。

虽然不会做饭,但你父亲后来一直很努力地种田。插秧的时候,你父亲抓着秧绳,唱歌给人们助兴。为了比别人更早地浇灌稻田,天还没亮,他就扛着铁锹下地,掘开水渠口。性格那么温和的人,竟然也会和别人家抢水。秋收结束,他就去稻田捡拾掉在地上的稻穗。农闲时节,便把农具擦得闪闪发亮,挂起来。春天还没到,他就开始堆肥,比别人提前好几天。夏天,把草割下留作肥料。为了加培客土提高肥力,他去高敞拉回优质黄土,倒进稻田里。你父亲种出来的稻田真的很好看,路过的人一眼就能认出来,说那应该是冷庙两班种的……

朴武陵

谁找我?

谁?

啊……

这个箱子里装的是什么?

是书吗?

你父亲让你把这个带给我？现在我的眼睛不大看得见，不能继续读书了啊。你父亲还好吗？好久没见，身体没有不舒服吧？他以前至少每个月来一次的。没想到他的女儿会来找我。听说他有个作家女儿，就是你吗？如果是，你父亲会很开心的。他一直因为见不到女儿而焦急呢。

该怎么称呼你呢？初次见面，总不能随便直呼姓名，说"这位"也不合适，那就叫"作家女士"吧？我从来没这么称呼过谁，有点尴尬。直接用"你"可以吗？我们这里对年纪小的晚辈都称"你"。

你说随便怎样都行？

那怎么可以呢。初次见面，你又是作家。即使不太满意"你"这个称呼，但我们以后也不会再见面，就先这样吧。也许是因为读过你写的书吧，我没觉得你像陌生人。你知道吗，你父亲经常跟我说起你的事。哪怕我不情愿，只要你出了新书，你父亲就会给我送过来。还有签名版呢，不记得了吗？也是，找你签名的人肯定不少。怎么这个表情？啊，你好像才想起我的名字。如果你想记着，应该能记住的。每次带来的都是签了名的书，你不可能事先就知道，肯定是你父亲让你签的。写我名字的时候，至少会有一次好奇吧，这个人是谁呢？

啊……突然笑了，对不起。我想起了从前的事。我问你父亲，女儿是做什么的。你父亲说是写字的。起先我还以为你真的是写字的书法家。用砚台磨墨，用毛笔蘸墨汁写字那种。听说二女儿是药剂师，大女儿却写字，我觉得很特别。我这话听起来好像在歧视什么，其实只是我没见识，还没见过女人写书法呢，所以无法想象。不过一听说是写字的，我就这样猜测了，没有多想。有一次，你父亲从裤兜里掏出一张折叠的报纸，打开，说女儿上报纸了。我一看，是你，惊讶地问：

——这个人是你女儿吗？

你父亲说是的。那份报纸是J市发行的地方报，会刊登类似作家访谈的报道。这里是你的故乡，记者多次问到你在J镇的成长经历。关于在J镇上学的事，关于记忆中的老师，关于童年时代，关于如今还生活在这里的父母……那时你本不想接受采访，不得已才同意的吧？记者的问题有点俗，你的回答也和路人说的话没多大区别。我记得你说你小时候在仓库里一边赶飞虫一边读书。记者问你为什么去仓库读书，你说家里兄弟姐妹多，没有单独的房间，去仓库读书的话，不会有人打扰。

自从身体变成这个样子后，我就看到什么读什么。

现在连看书都很吃力，几年前就不再读了。有一段时间，我在这个山村里订阅了三份报纸。只订一份的话，不好意思让人家送过来，我就把那个配送站负责配送的报纸都订了。读报是种享受，这么说没有错。对我来说，明天的意义就在于有报纸要送达。有时我半夜会醒来，焦急地等报纸等到天亮。我好几次在报纸上看到你。不过你父亲带来的不是中央发行的报纸，而是J市的。他给我看完，又叠好放回裤兜。我跟你父亲说，你大女儿不是写字的，是作家，以后有人问，你就说是作家。你父亲有点蒙，好像不明白这两者有什么区别。每次你一出新书，你父亲就会带给我看。也许是因为我经常看书，他觉得对我有帮助。又或者是他觉得我和他不一样，能理解你。你父亲好像没怎么读过你写的书。我说，哪怕速度慢点，也可以慢慢读啊，毕竟是女儿写的书，还是读读吧。你父亲说，越是你写的书，感觉离自己越远，所以决定不读。也许他觉得你在说谎。他说女儿不会说谎啊，可是看了你写的书，发现里面有很多谎话。我说那不是谎话，是想象力。我说得对吗？

你说书架上有很多书？

这是我要的书，托你父亲买的，算是我的书吧。自从你开始往家里寄书，你父亲就会带书给我。我问是什么书，他说女儿要去国外生活两年，收拾了一下房间，书没地方放，就用卡车送回了这里，还说女儿首尔书房的书全都运回了J市。那些书被你父亲一箱一箱地送到我这里来。读着读着，感觉书里又提到了别的书，我就记下来，让你父亲帮着买。你父亲把我的纸条转交给镇上的书店，几天后再去书店取书，带给我。二十多年过去了，就积攒了这么多书。

别在那儿站着，过来坐下好不好？你也看见了，我走不了路，也懒得用假肢。战争结束后，我就和经常出没于这栋房子的猫一起住。这么说你会觉得奇怪吗？虽然不能确定，不过我想那只猫应该延续几十代了吧。在这里出出进进，生下幼崽，带着幼崽生活，不知从何时起，猫妈妈不再出现，也许是死了，然后新的幼崽又来了。有的猫断了尾巴，有的长了六个脚趾。家里不时会有很多毛，到处都能看见猫的身影，不过因为食物不够，渐渐地它们就不来了，唯独特意找上门的那只还会出现。我的身体这副样子，还能做什么呢？想来想去，也只有看书和听东西了。我的见识不高，看的东西也有限。战争过后，我不时听人说，下面科桥洞有个人只要一听说谁从长城郡来，或者住在长城郡，就问有没有见过我，朴武陵。每次我说我的名字叫朴武陵，别人就会说，朴武陵？好像在哪儿听过，啊……战争之后，科桥洞的那个人一直在问有没有人见过朴武陵。我无数次听到你父亲打听我的下落。仅此而已，他本人没来找我。也是，换成我也会这样。我还活着，如果你父亲找上门，就可以见到我。你也看到了，以我这样的身体，不管是从前还是现在，都没法去找你父亲。除非你父亲来找我，否则我们不可能见面。我知道他想了解我的下落，也明白他不愿亲自来找我的心情。我也一样。如果我是你父亲，只怕也会这么想。两个没能互相拯救的人，见面做什么呢。你别被吓到。这都是战时的事了。一想起从前，我就会想，等我在这里活完这一生，会留下些什么呢。都说应该想一想怎样活着才能少些后悔。这句话也适用于我这样的人吗？有人说，时代和境遇决定未来……我应该想些什么？因为不能懵懵懂懂地就被莫名其妙的浪潮卷走，所以我要不停地思考？可就算知道了是什么样的浪潮，又有什么用呢……反正也不能改变任何事。你父亲只打听我的消息，却没来找我的那段时间，我是理解的。时间就这么流逝，我能说什么呢。可是有一年，你父亲带着上大学的三儿子来找我了。那时，你父亲和我都老了，一切都不再是问题。为什么那么久都不肯见面，我们都觉得很荒唐。你父亲出现的时候,我说,你来了。之前我并没意识到,原来我一直都觉得你父亲会来找我,甚至在等待着他的出现啊。我好像在说别人的事。有些事就是那么晚才明白。见到你父亲,更多的是心结解开的感觉,而不是思念和喜悦。

三儿子是谁?
我怎么知道。
你应该比我更清楚。
你父亲说的三儿子,应该是你三哥吧。
那时候人心惶惶。我和你父亲经历过战争中的生生死死,后来即使社会再乱,我们也会想,还能比那时更乱吗?我们始终是社会底层的人,能改变得了什么呢?就算每天都对现在的年轻人诉说这种心情,又有什么用?发动军事政变当上总统的人,在那个位置上坐了二十年,我以为他会永远当总统呢,没想到最后被手下枪杀离世。[1] 大概就在那之后,国家采取紧急措施,学校停课,普通人也不能举行超过五人的集会。你父亲带来的那个儿子好像在首尔读大学,像是被什么追赶似的回到老家,被你父亲带到了我这里。儿子的腰一直弯着。也许是疼得厉害,眉头紧皱,不过五官清秀,个子比你父亲高。你父亲几乎是半背半扶着他出现在我面前。战争期间在苇沟分别,二十多年后才见面,却又好像昨天、前天才刚刚见过似的。你父亲

---

[1] 韩国第三任总统朴正熙于1961年5月16日发动军事政变夺取政权,1979年10月26日被情报部长金载圭枪杀。

像从前一样叫我大哥，要把儿子直接交给我。不，准确地说，是让我藏起对方。血气方刚、不谙世事的家伙恣意妄为，被人抓到，受到拷打，腰都断了，现在还有人在搜捕他。如果再被抓到，可能连命都保不住了。

这孩子过得怎么样了？

我问是什么罪被通缉，你父亲说是游行示威罪。当时，那孩子在我这里生活了半年左右。后来他说，他不是自己回家的，被搜捕时他藏在学校里，没想到父亲找到学校来了。他偷偷分发印刷物的时候，发现了在校园里东张西望的父亲，于是翻过连着古宫①的学校围墙，不料一不小心被瓦片刮到衣角，掉回学校，印刷物散落在地，混乱中被你父亲抓住。我听那孩子说了很多每天认真看报也无法了解的事。首尔的什么南营洞有个地方，专门对移交过去的游行示威大学生进行严刑拷打。他在那里被打伤了腰，又摔下围墙，再次受伤，动弹不得，只好被你父亲拖回家。每天早晨，你父亲把饭盒和装有汤菜的餐盒放在自行车后面，带到这里来。三天带一次新盐，放在锅里烧热，装进袋子，敷在儿子腰下。也不知道他从哪儿听说热盐有助于腰部恢复，看起来没什么效果。奇怪的是，现在我腰疼的时候，也会把盐烧热。父子俩都不说话。你父亲在儿子面前几乎不开口。儿子要说什么，你父亲起身就走。有一次我问你父亲，为什么不和儿子说话。你父亲说，儿子长大了，说也说不过。一听儿子说话，就感觉他对社会充满怒气，气愤得要死。你父亲说他不想听懂，只有这样自己才能撑下去。战争都过去了，这段时

---

① 景福宫，朝鲜王朝时代的正宫，首尔五大宫之首，现开辟为韩国国立古宫博物馆。

间还挺不过去吗？在这之前，他说他只想保护好儿子。

可是，你打听我们的事干什么？
啊……你是作家。
现在是在采访吗？
不是的话，那要做什么？
你想要了解父亲？
嗯？
你说你父亲的大脑不肯休息？

总之，见到你很开心。我都不记得上次见人是什么时候了。昨天我拨打了119。没什么事，也没有着火。不是因为着火才打的。这是能让人出现在这里最快的方法。如果消防车不来，我会经常打这个电话。但他们开着消防车赶来，我觉得很内疚，所以不能经常打。到昨天为止，我已经一个月没和人说过话了，忍了又忍才打的电话。我对消防员说，请帮我点一碗炸酱面，过来陪我吃，钱由我来付。我不知道会不会有那么一天，炸酱面也可以送到我这里。就在你站的地方，我们一起吃了炸酱面。消防员还点了糖醋肉。青年消防员嘴角沾上炸酱，把我逗笑了。吃完炸酱面，消防员走了，临走时说以后不要再打这样的电话了。我看他嘴角还沾着炸酱，想帮他擦掉，叫他靠近点，结果他直接走了，还留下了炸酱面的钱。这是昨天的事，今天你又来找我，如果明天还能见到人，那就是连续三天见到人了，我会这么幸运吗？

我和你父亲是战争前认识的。

铁路厅发布公告，招募修铁路的人。报名者要去J镇火车站的办公室领取资料填写。我并不想成为铁道员，又不是什么行政职位，只是临时工，在没有火车通行的时候检修铁轨、固定连接处，哪里出了故障就去修理一下。我和父亲关系不好。我有个哥哥，家里供他上学已经很吃力，父亲不喜欢我学习。那时我还年轻，不想听父亲的话，看到公告就去了火车站。递交材料后，还要参加笔试。当时仅靠种田很难养家糊口，所以报名者很多。我去火车站办公室领取资料时，见一个稚气未脱的年轻人呆呆地站在那儿。是你父亲。他看上去精心打扮过，白衬衫塞在黑裤子里，手里拿着文件袋。看来和我一样，也是为了找工作来这儿领取资料的。直到我出来，他还站在那里，然后跟在我身后。我以为我们回去的路在同一个方向，结果好像不是，他跟着我走了好长时间。我转头问他为什么跟着我。他说，一起填资料可以吗？表情恳切，我无法拒绝。反正都要填，就这样吧。没地方可坐，我们就又回到火车站，坐在散发着难闻气味的候车室里，很不舒服地填写资料。你父亲叫我武陵大哥。我问他怎么知道我的名字，他说他怎么会不知道J镇最有学问的人。我是J镇最有学问的人？这话听起来倒不赖。我真心想学习。如果不是因为父亲，我会离开这个地方，那样的话，我就会在别的地方经历战争，说不定人生也将有所不同。身为农民的父亲忧心忡忡，生怕我也像哥哥那样想上学。既然没条件让两个孩子都上学，干脆让我从小就别抱有上学的梦想。学习这条路上有哥哥就够了，你留在家里继承家业。我从小就经常听到这句话。一大清早，父亲就带我去稻田除草，上山砍木头背回家。我很气愤，每天在父亲身旁看书。让我砍木头，我就拿着斧头上山，咣当把斧头砍进树桩，然后坐在旁边看书。跟着父亲赶牛车去镇上的时候，尽管牛车颠簸，我也直挺挺地坐在后面看书，好像故意做给前面的父亲看似的。你父亲大概看到过我那个样子。每次见到我，我都在看书，所以才说我是最有学问的人。填写资料的时候，我发现你父亲的汉字写得很豪放，夸他字写得好，他说是跟他父亲学的，相反，韩文只会发音，不明白准确的意思。我把他的资料反复检查了好几遍，还帮他把空着的地方填好。那天，我们填完资料，交了之后出来，你父亲想回报我，提出一起准备笔试。

准备笔试？

都不知道会出什么题，怎么准备呢？我无奈地笑了笑。你父亲很难为情，涨红了脸，恳切地说，武陵大哥读过很多书，很有学问，应该能猜到考试会出哪些题吧？我们一起准备吧。我的心动摇了。你父亲的样子就像我在我父亲面前一般。而且在你父亲提出这个建议之前，我还从没想过要预测笔试的考题，他的话听起来很新鲜。竟然有人缠着我一起学习，而不是玩耍。

为什么一直站在那棵树下？

我长得很凶很可怕吗？我这个样子，谁会愿意靠近呢……你说想听你父亲的故事，可离得也太远了。你旁边那棵树叫三花楸。三花楸这个名字，你听说过吗？有的地方也叫马梨光。三花楸边上是桂花树。你是作家，一定要看看三花楸和桂花的颜色，哪怕不是在这里。身体成了这样，我只能靠看东西和听东西来消磨时间，以为该看的都看了，该听的也听了，可是从没在哪本书里读到过对三花楸和桂花树变红变黄的描写。写作的人真是太懒了。三花楸的叶子变红时，真叫人叹为观止。我的身体动不了，夏天最难熬，想死的心都有过，可还想再看看三花楸变红的样子……它就是如此美丽。红叶闪闪发光，像动物幼崽的眼睛。其他黄叶和红叶都比不了。你是作家，赶在三花楸叶子变红的时候去树林里看看吧。哪怕不是作家，看到叶子转红时三花楸的姿态，闻到桂花树散发的甜蜜气息，至少在那个瞬间，你可以挣脱一切束缚。三花楸叶子变红的模样，哪怕只是远远看一眼，也能认出来。闪亮耀眼。它在炫耀呢，炫耀自己是三花楸。人们都说它狂傲。狂傲是什么意思？作家居然还来问我这个问题？字典上的解释是令人厌恶、自高自大。说三花楸狂傲，应该是指它太出色了，出色得让人讨厌。旁边的桂花树不管在哪儿都生长得很快。叶子变成彩色的时候美得夺目。还没等这姿态引人关注，香味就散发出来了。那香味不知该如何形容才好。你是作家，一定要闻一闻，描述出来。随着叶子的颜色发生变化，甜美的气味弥漫四周。香味是从哪儿来的呢？追随着它寻去，目光就会停留在桂花树前。

你打算继续站在那里吗？我又过不去，真是的……

你父亲对学习的热情非同寻常。面对不起眼的考试都两眼放光。我说的话他一句也不落，每个字都全盘吸收、背熟，我比不过他。你父亲总是走一个半小时的夜路来这里。就是那个地方,在那张凉床上摆好桌子,我们面对面学习,虽然也没什么可学的。每次你父亲都会带些东西,比如土豆、鸡蛋……啊,土豆、鸡蛋!你父亲总在某个阶段往我家里带东西。你父亲带着三儿子藏到我这儿时,是我时隔二十多年后和他再见面。后来我才知道,那些年他经常在我附近出没。战争过后,得知我还活着,你父亲经常瞒着我来我家。秋收结束,他会送大米来,挖完土豆也会带一袋子。过节了,他就用报纸包着一块肉送过来。冬天降临之前,又拿来厚厚的内衣和毛皮手套……我以为是哪个亲戚觉得我过得不好送来的,后来才知道是你父亲。三儿子住在这里的时候,冬天快到了,你父亲给他送来内衣和毛皮靴,我才知道真相。他也给我带了内衣。那一年,再没别人给我送过内衣。我什么都明白了,这些年往我家门口放东西的就是这个人。多么漫长的岁月啊。我们说是一起学习,但当时我也不懂什么,是听了你父亲的话,才开始思考会出哪些题,编了些题目一起解答。你父亲却如此感谢我,没有一次空手来。哪怕只是带几个红薯。你父亲说,怎么能免费学习呢。后来我想不到别的题目了,就说不用再学了。你父亲却说,是不是因为他不够努力,还说他一定会好好学……哎呀,你父亲学得那么用功,不幸的是考试那天还没到,战争就爆发了,我们白忙活一场。如果没有战争,我们会不会一起成为铁道员?从这里往下看,就能看见开往天安方向的火车,偶尔我会想起从前。人生是个未知数,即使没有发生战争,说不定也会被别的事卷跑。应该不会是现在这个样子。

那件事发生在苇沟。

说"芦岭"你可能更熟悉。每个地方都有自己的故事,苇沟死了很多人,现在还有人说看见过鬼魂出没。你看那边,那是笠岩山,那是方丈山,山势险峻,藏了很多游击队,每个峡谷都有无数的人死去。无力反抗的村民们有的死于山这边,有的死于山那边。人们只是翻过苇沟去解手,藏在那里的人却担心自己位置暴露,就把他们杀死,丢进峡谷。他们也遭到了国军的猛烈攻击。双方都不想失去苇沟,它是南道和北道之间的警戒线,去南道的路只有这一条……如果苇沟落入游击队之手,通往南道的路就堵住了。这场仗打得异常激烈。

嗯?

车友赫?

你怎么知道这个人?

不是友赫,是一赫。

那可不是普通人。有人说他来自洪城,有人说他出生于金堤,还有人说他是车天子的庶子。这个人我永远忘不了。正因为有了他这样的人,我才能在战争中也听得到歌声。战争爆发那年,春天来时,苇沟的游击队气势汹汹。领导另一边警察的人就是车一赫。当时,不肯让我上学的父亲是村中的里长。啊,就相当于现在的村长。我们都以为哥哥去C市上学了,没想到他成了"左翼分子",完全出乎父亲意料。哥哥那群人拿着竹矛和棍棒,带着村里的小孩上山，说是进行礼仪教育，但只有我被排除在外。我竟然愚蠢地以为是受了当村长的父亲的影响。后来一打听，才知道原来是从事左翼活动的哥哥做的手脚。局势随时都在变化。冲村民瞪眼的人一会儿是游击队，一会儿是国军。游击队势力强大的时候，协助国军的人被杀光；国军势力强大的时候，另一边的帮手被赶尽杀绝……苇沟的山谷里真是惨绝人寰。现在想来有些可笑，当时父亲想了个办法，既然哥哥是左翼，我就应该加入另一边的警察阵营，于是把我塞进了车一赫的部队。

你问这怎么可能？

当时就没有不可能的事。我刚从蚕业中学毕业，就成了学校的老师。

全国兴起学徒兵的热潮。

我就这样成了车一赫的士兵，加入了苇沟的战斗。你父亲的征兵问题没有解决好，不能在家过夜，只能露宿街头。找不到藏身之处，他就来找我。一听说我成了车一赫的士兵，他就让我帮他加入车一赫的部队。他的手指都成那样了，开不了枪，根本不可能。每次你父亲来，我就让他藏到离家稍微有点距离的仓库，然后给他送吃的。你父亲就在我们部队周围转来转去，总是偷偷跟着我。我们在山上通宵不睡，承受风吹雨打，你父亲也藏在树林里。我找到他，让他下山。他坚持说与其藏在仓库里，还不如这样安心。有一天，我们部队要营救歌剧团。

战争期间哪来的歌剧团？

是啊，现在看起来荒唐得不可思议，但当时就是有。也许正因为在打仗，才更需要歌声吧，可以鼓舞士气，也能缓解愁绪。那个歌剧团叫什么名字来着？想不起来了，当时非常著名，谁都想看。歌剧团里有位悲剧演员被称为"眼泪女王"，也是团长。高福寿、黄琴心……都是那个歌剧团的团员，可见名气之大。我竟然把剧团名字忘了，好像是某种鸟的名字。当时他们非常活跃。那是个贫困和衰落的时代，歌剧团一来，人们蜂拥而至。认识的人接连死去，不计其数，谁都不知道何时何地又会发生什么事，胆战心惊，苟延残喘。在这样的情况下听到歌剧团的歌声，现场经常变成哭泣的海洋。结束了光州的演出，歌剧团又启程去全州，路过苇沟时遭到游击队袭击。如果没有车一赫，整个团都会被杀害，或者被游击队带走。带走会怎么样呢？因为车一赫部队的反击，游击队又退回山里。经历了袭击和命悬一线的恐惧之后，团员们吓得瑟瑟发抖。这时，车一赫找到被称为"眼泪女王"的团长，请求歌剧团为士兵们演出，鼓舞士气。让刚刚经历过枪林弹雨的人演出？这像话吗？团员们不知所措，车一赫继续恳求，看似笑脸相迎，其实跟命令没什么两样。他是个怪人，性格暴躁，说话爽快，直切要害，我没见过谁能在口头功夫上压倒他。讨伐游击队是他的任务，守护南道华严寺的可以说也是他。游击队大多藏在深山里，等到树木茂盛的季节，要扫荡就难了，部队受命毁所有尼姑庵和寺庙。我不知道车一赫是不是佛教徒，他好像很想保护华严寺，只让士兵们摘掉华严寺的门板，在大雄殿里烧毁。没了门，游击队无法藏身，开枪也没了遮挡，也就没必要焚烧寺庙了。既完成了任务，又保护了想保护的寺庙。

歌剧团的团员们面露难色,这种情况怎么演出?车一赫一改严肃的态度,恳请他们振作起来,安慰随时有可能死在山里的士兵。看到平日凶狠粗鲁的车队长如此诚恳,士兵们很惊讶,甚至有人笑了起来。车队长的请求终于有了回应。在刚才还子弹乱飞的苇沟,歌剧团的表演就这么荒唐地开始了。我哭了又哭。如果连你都不能理解这么悲伤的故事,谁还能理解呢。黄琴心的歌声在山谷里回荡。也许你无法相信,但这千真万确。士兵们纷纷跟着唱起来,山里回响着水声和歌声。"细心的你呀,细心的你呀,为什么要故作不知。"歌声和战争毫不搭调,却响彻山间。游击队战败后,退到别的山谷,远远听见歌声,也跟着唱了起来。事情就是这样。直到现在我还经常哼唱《细心的你》。不时情不自禁地唱起来,一个人唱,一个人听,唱着唱着也会觉得遗憾。同族之间为什么要你死我活地互相开枪、撕咬,杀死对方,挖坑抛尸呢?日本侵略时期,明明还并肩参加过独立运动。众人的跟唱没能继续,因为演出过程中遭到了游击队的袭击。战斗又开始了。起初因为恐惧不愿演出的团员们,却在战斗中继续歌唱。

这是我做的菜板。这是木枕。这是醉鱼草,可以装进枕头,也可以当除臭剂。这是侧柏木做的蒸笼,做起来比较复杂,但很有意思。菜板和木枕已经用了很长时间,蒸笼才开始做没多久。听说饭店就用这种侧柏蒸笼蒸食物。把绿豆芽铺在下面,上面放牛腩等食材,然后再摆上蔬菜。谁能想到侧柏还能派上这个用场呢?还是你父亲让我做的。他说,你总要糊口不是吗?和你父亲重逢后，我就靠做这个维持生计。起先你父亲让我做菜板，给我送来了木材厂处理过一轮的侧柏木。做菜板的第一天，我发现侧柏遇水会散发出更浓的香气，便把木料放进水里，再拿出来搁在床头……我坐在这里切割、打磨侧柏木板，就这么过了些日子。你父亲还联系了镇上的商店，让我做的东西能卖出去。最开始只做菜板，见我有兴趣，他又张罗着让我做别的。我做了颈椎木枕，你父亲带到镇上的店铺，卖掉后把钱给我。侧柏不易燃烧。这点很好，不过也不容易切割，加工比较困难。即便是木材贵重的时候，也很少有人使用。现在侧柏木备受欢迎，它的杀菌效果广为人知，渐渐得到重视。社会标准从来不会停留在某个地方，总是根据需求变化。这不是理所当然的吗？所以说啊，信念是多么没意义的事。

随后的战斗，我们这边大获全胜。双方实力悬殊，游击队主力彻底败退，连同伴的尸体都不管了，直接放弃苇沟，向侧面撤退。这让士兵们比以往任何时候都士气高涨，我们在山里煮鸡，做饭团，喝酒。这样大吃大喝的日子很少见。想起你父亲还藏在树林里，我偷偷地把分给我的鸡肉和饭团带走了。我想你父亲肯定很饿，打算快点给他后回来。不料还没走到你父亲所在的地方，几个出来偷食物的游击队员就将我包围了。他们夺过我手里的东西，风卷残云般吃得干干净净。他们应该是掉了队。我不知道他们几天没吃东西了，吃的速度那么快，我都害怕他们会连我也吃掉。吃完后，他们把枪口抵在我耳后，问我深更半夜带着吃的去找谁。我说不是想给谁，是怕被别的士兵抢走，打算藏起来自己吃。他们怎么会相信我这愚笨的谎言呢，用枪口指着我的下巴。现在想来，不知道里面到底有没有子弹……当时为了节省子弹，杀人必须残酷无情。可这又不是在战斗，我只是拿着装了饭团和鸡肉的袋子赶路，有必要动用子弹杀这样一个人吗……不过这些都是后来的念头了，当时我以为自己就要死在那里。你父亲从茂密的树丛中见我遭遇危机，无法继续藏身，跑了出来。他只能那样。那些人带着我，朝你父亲藏身的地方走去。就这样，我们成了俘虏。他们把你父亲的双手绑到我身后，把我的双手绑到你父亲身后。我们反绑着双手，照他们的命令走在深夜的树林里。从被他们发现起，已经过了很长时间，我们都不知道自己走到哪里去了。在山路上摔倒，被树枝刮伤，越过溪谷，爬上爬下。不清楚他们要带我们去什么地方。这时，不知从哪里飘来阵阵恶臭，那些在后面拿枪指着我们、催促我们快走的人先捂住鼻子后退。我马上就判断出那是尸体腐烂的味道。听说在牛岭里还是南昌谷，游击队被彻底扫荡，尸体堆满一个又一个坑，我哥哥也在那里遭到处决。我和慌张到连鞋都没穿好的父亲去找哥哥，那时闻到的就是这种刺鼻的气味。天亮时有警察看守，我们就藏在附近等天黑。夜一深，我跟随父亲走向尸体遍布的山谷。天太黑了，看不见路，每移动一步鸟群都会扑棱飞起。我们怕被人发现，小心翼翼地穿过黑乎乎的树林。那时闻到的就是这个气味。当我意识到那是尸体腐烂的气味时，便无法再向前迈步。一方面是恐惧，一方面是无法忍受。父亲穿过尸体的腐烂味，径直走向山谷，执意要找到哥哥的尸体。我没有跟上去，瘫坐在地。

眼睛、鼻子、耳朵，七窍仿佛都在汩汩地渗出脓水。我只顾用袖子擦脸。那时候闻到的气味我怎么能忘记。我听到身后那些人压低声音问，这是不是我们挖坑的地方？他们协助讨伐队干活，选出几十个人处以极刑，看来这就是抛尸之处了。有些尸体都没时间挖坑埋葬，直接扔进山谷。因为是深夜，只能闻到气味，眼睛看不见，这是多么值得庆幸的事。气味如此难闻，尸体肯定已经分辨不出形态，尸骨四散。为了不让人看出死者是谁，他们或许还用草丛或泥土做了遮挡，却无论如何也挡不住气味。我直接瘫倒在地。你父亲也一样，明明什么都没吃，却在黑暗中抱着树不停地呕吐。

比起山谷里涌出的气味，呕吐物闻起来简直算是清新。那股令人作呕的气味让我和你父亲无法遵从他们的命令，跟不上他们的脚步，拖累得他们也不能继续赶路。那天把我们当成俘虏的是三个游击队员，其中一个让你父亲朝着散发腐味的方向跑，说往那边跑，就可以饶他不死。你父亲不停呕吐，在黑暗中寻找我，但他们威胁他说再不快点跑就开枪，你父亲这才转过身去。一路上都是树木、岩石和陡坡，跑不起来，你父亲在黑暗中徘徊不定。一个游击队员解开我捆在背后的双手，把枪递过来，让我朝正向山谷方向逃跑的你父亲开枪。另外两个家伙则在旁边瞄准我。我对他们说，如果我在这里开枪，枪声会暴露你们的位置。他们犹豫了。我抓住这个机会，告诉他们我是车一赫队长的士兵。车一赫和他的队伍就在附近。车一赫？他们反问，迟疑了片刻，不肯相信我是车一赫手下的人，再次命令我冲你父亲开枪。见我不听话，他们就让你父亲回来，威

239

胁说如果不回来，就冲我开枪。你父亲已经消失在黑暗中了，他真的会因为这句话回来吗？过了片刻，山谷里传来你父亲慢吞吞往回走的声音。战争之痛让人生不如死，但那也是个纯朴的时代，人们也还保留着单纯的一面。我告诉他们车一赫队长在附近，是想说服他们。当时，车一赫跟其他讨伐队长不太一样。他讨伐游击队立了大功，却不仅限于讨伐，而是会劝说藏在树林里的游击队员投降。他对着扩音器说出来的话滔滔不绝，也兑现了自己的承诺。对于中弹的游击队员，还按照礼仪埋葬他们的尸体。因此，车一赫这个名字在游击队中间迅速流传开来。他们觉得如果遇到的是车一赫，说不定还能活下来。然而，我提到了车一赫，那些人却没有妥协。如果想杀死我们，他们可以直接开枪。可他们并没有这样做。我以为他们不是非要置我们于死地不可。要是能说服他们让我回到部队，那么我们俩都可以免于一死。你父亲回来了。他们又把我的手捆到背后，将我推向恶臭熏天的山谷方向，把枪递给你父亲，命令他朝我开枪。黑暗中，你父亲说他开不了枪，还让他们看自己断了的手指。这场闹剧发生在黑夜里。一个家伙走过来，拿枪托打我，猛烈的毒打和践踏让我变得意识模糊，朝前栽了下去。另一个家伙开始用脚踢我。剧痛袭来，我感觉肺都要吐出来了，浑身是血，倒在地上。他们让你父亲把我推到山谷下面，还说，不然就开枪打死你父亲。

你父亲会怎么对我呢？会按照他们的指令把我推向堆满尸体的山谷吗？我不得而知。我只记得，比他们的话语更恐怖的是山谷下飘散上来的气味。那气味使我精神恍惚，再加上暴打，我的意识更加模糊。全身被打得伤痕累累，犹如烂泥，然而我的心还在呼喊，不能，决不能被扔到下面。咔嗒一声，我的脑子陷入一片黑暗，什么都不知道了。后来再次见到你父亲，我没有问当时的情形。在山谷的尸体坑里，我被我父亲发现了。他没能找到哥哥，却找到了我。父亲说，多亏他送我去车一赫部队时，在我肩上刻了"朴武陵"几个字。横陈的尸体中，父亲没能找到没有任何标识的哥哥，送我去部队时便在我的肩膀上刻了名字。就这样，他得以在腐尸堆积如山的坑里找到我，不知道这算不算好事。我血肉模糊的身体已经腐烂了一半，最后只能把腿截掉。

从你父亲第一次带来的书里，我读到了法国地名沃斯农。你送回老家的书我几乎都读过，一直到你父亲没有书可拿给我了。

你去过沃斯农吗？

没去过？

你问那是什么地方？

你真的不知道？

真让人惊讶。我读了你书架上的那本书，对那个村庄非常好奇。如果可以，我真想去看看，到底是什么样的村庄，才会让两个人度过那样的人生。你竟然完全不知道吗？那是你书架上的书，我以为你肯定知道。你还记得是高兹写的吗？很薄，却让我思考了很多。我猜沃斯农应该和这里很像。那个叫高兹的人八十三岁，他的妻子好像叫多莉娜，八十二岁，两人并排躺在沃斯农的床上死去。还记得这本书吗？两个人不想孤零零死去，于是选择了这样的死亡方式，震惊了全世界。以前我对那些人一无所知。最先知道的是他们的遗书，内容是请求将他们埋在两人共同生活了二十多年、位于沃斯农的院子里。我至今忘不了那封遗书，两个死了都想埋在一起的人，到底是什么样的呢？有段时间我发疯似的想要了解。高兹是出生在奥地利的犹太人，是位深入分析过资本主义、社会主义和生态主义的哲学家、媒体人。多莉娜也是知识分子，甚至比丈夫的学识更渊博。每个人的生命中都会有安定的岁月，他们也一样。两人定居法国，在写作和其他活动最活跃的阶段，多莉娜因脊椎手术罹患重病。你应该也想起这本书来了。是的，得知妻子生病后，高兹选择了这样的生活，不是每个人都能轻而易举地做出同样的选择。高兹停止了所有社会活动，结束在巴黎的生活，跟妻子多莉娜去了沃斯农，在那里陪她与病魔抗争。二十三年啊。他在沃斯农照顾生病的妻子，过上了新的生活。为了妻子，他钻研替代疗法；为了让她吃上有利于身体的食物，他还亲自种植有机农产品，成为了环保主义者。对他而言，生态主义不是理论，而是生活方式。高兹为了生病的多莉娜来到农村，反而收获了省察的空间和时间，得以专注于本质。高兹这样写道：归根到底，只有一件事对我来说是最主要的，那就是和你在一起。我阅读这本书时意识到，如果没有遭遇战争，如果我可以拥有我想要的人生，那么这就是我向往的生活。他们携手辞世的一年前，高兹给多莉娜写了一封信，是这样开头的：

很快你就八十二岁了。身高缩短了六厘米，体重只有四十五公斤。但你一如既往地美丽、优雅、令我心动。我们已经在一起度过了五十八个年头，而我对你的爱愈发浓烈。①

这样的句子美得荒唐，大概不适合我这种什么都做不了的人背诵吧？沃斯农的生活并非总是一帆风顺。为了给多莉娜治疗，他们把在沃斯农住的第一栋房子设计成了冥想屋，却只住了三年。附近建了原子能发电厂，他们像被驱赶似的搬了家，重新买了栋旧房子，修建新篱笆，在草地上种树。我在新房子的地上种了两百棵树，他这样写道。他们把饥饿生病的流浪猫带回家，给它们喂食、治病。多莉娜稍有恢复，他们就尽可能地去旅行，能去哪里去哪里。他们不能走得太远。汽车颠簸，多莉娜不仅会头痛，全身也会感到疼。多莉娜接受了这种痛苦，渐渐放下了自己喜欢的东西，而高兹仍在多莉娜的鼓励下继续写作。这就是他们在沃斯农的生活。专注于彼此，充实地过日子。还记得他们的遗书吗？遗书算是那本书里最后的话了。世界是空的，我不想长寿。我们都不愿意在对方去了以后，一个人继续孤独地活下去。② 读到这本书是我的幸运，由此我产生了继续读书的念头。读了他们的遗书之后，比起看报纸，我更喜欢读你父亲带给我的书了。读书帮我抵挡了眼前的暗淡时光。我没见过你们家小卧室的书架，但摆在里面的书我都看过。正因如此，我在这个山村继续生活，没想到是以这样的方式表达我的谢意。我有一个问题，《钓鱼的方法》《养鸟的方法》……你为什么会

---

① 《致D》，[法] 安德烈·高兹著，袁筱一译，南京大学出版社，2010。
② 同上。

读这些书？有一次，你父亲带来的书箱里掉出很多这类书，还有介绍养鳖方法的，这些书我也读了。书里你画线的地方格外多。为什么在这些地方画线呢？我想了很久，看了很久，还是不明白。

嗯？

读这些书，是出于写小说的需要？

是吗？啊……我总算明白了。你写的书我读过，偶尔会有错误，影响阅读。我记得你早期的作品里写过播撒百合花种子的情节。百合是球根植物，球根植物是种植而不是播种出来的。我不是在指责你，只是看书时遇到这样的描写，阅读乐趣会大打折扣。我猜你可能喜欢百合，但没有自己养过。你为了写百合读过相关的书？这么说，你也写过有鳖出场的小说了？总而言之，读书时我的心情大体上很平静。如果我说我因为读书接纳了自己，你能理解吗？我通过书了解人，了解了人是多么脆弱，又是多么强大。无比善良，又无比暴力。那些人生不如意、在与不幸的对抗中走完一生的人们留下了他们的足迹。那些克服了残忍现状的痕迹啊。也许我读书就是为了寻找这些痕迹。

我最近眼睛疼，看不了书，只读了钢琴家白建宇的归国访谈。他住在法国巴黎，这次回国演奏舒曼的作品。我不了解舒曼，用白建宇的话说，舒曼的人生非常复杂，是一位人生充满苦涩的作曲家。他说他年轻时不理解舒曼，甚至排斥演奏他的曲目，现在则能够理解舒曼晚年带着行李住进精神病院的行为了。这部分我读了好几遍，边读边思考，主动收拾行囊住进精神病院的人，到底是怎样的人呢？白建宇说他后来才理解舒曼，当时他已是孤身一人，曾经厮守的妻子无法陪在身边，曾经每一次演奏都与他同行的妻子不再出现，只剩他自己。如果身体行动自由，我很想去听听白建宇演奏舒曼的作品。毕竟现在我还可以听音乐……可是我去不了。眼睛已经这样了，耳朵还会一直安然无恙吗？很快就会听不见的。没关系。尽管不能说过得很好，不过也算坚持得不错了。吃了很多苦头，终于有了这样的想法。

听我说了这么多，你能不能答应我一个请求？听你父亲说，你不肯回J市。你女儿放学后看到路边的你，冲你跑了过去，这让你失去了她……你父亲很悲痛，觉得自己什么都不能为你做。我读过你的第一本书，内容都忘了，只记得一句话。生活中有突袭。读到这句话，我翻开了书的扉页。年轻的你紧闭嘴巴，凝视着某个地方。我盯着这张照片看了很久，年纪轻轻的人怎么会写出这样的句子。人生在世，的确总有突袭。有些人的人生完全由突袭构成。有时真想扯开胸口，冲着天空放肆大喊，为什么这种事会发生在我身上。可结果什么也说不出来……还是要活下去，这就是人生，不是吗？你父亲很想静静地陪伴在你身边，你却不让他靠近。他很痛苦。他焦急地说，你安静得像个死人。我和你同是天涯沦落人。你刚走进这栋房子，我就看出来了，你是死过一次的人。还是要活下去啊，所以你肯定很辛苦。生而为人，我生命中唯一的同伴就是你父亲。让他陪在你身边吧。让他看到你的痛苦，和他一起晒太阳，一起摘果子，一起扫雪。和他说说你的事，也听你父亲说说他的事。除此之外，还能做什么呢？

还有个请求，我就直说了吧。走进这栋房子，你有没有闻到臭味？为什么不说呢？你以为是我身上的味道吧？嗯，我的确满身臭味。除了你旁边的三花槭，绕到后院前，还有一棵树……看见了吗？那是侧柏。你到那棵树下看看，有一只黄色带白色斑点的猫，那是和我一起生活的同伴，应该已经死了好几天了。它穿过树林，翻越围墙，走过庭院，来到我的膝下，是唯一有动静的生命，现在却先走了。我给你讲了那么多故事，作为回报，你帮我埋葬了我的猫吧，不然会生蛆的……

不论是人还是动物，死后都只会留下腐烂分解的肉体。我这辈子都被那种难闻的气味折磨着。不管时间过去多久、时代如何变化，那股讨厌的气味始终不肯消散，顽固地追在我身后，跟在我身边……所以请你帮我埋葬那个可怜的生命。

儿子的儿子

姑姑。

您在J市过得好吗？我知道姑姑去了J市，却是昨天才知道您一直待在那儿，是父亲告诉我的。我太不关心姑姑了，对不起。您是坐火车去的J市吗？如果您给我打电话，我可以送您去。您还记得几年前您给我打电话，说想去J市，让我开车的事吗？起先我是因为姑姑拜托我而不得不同意，不过在去J市的车上和姑姑聊天，真的让我很开心。我根本不记得小时候的事了，听姑姑说起来，我总是心情愉快。尤其是关于拉屉屉的事。

每次听说我小时候最感兴趣的东西是屁屁，我都忍不住笑出声。坐在儿童坐便器上拉完屁屁，我总会喊父亲。爸爸，我拉屁屁了。后来才知道，我小时候拉屁屁的事都是父亲在负责。他会走过来看看，然后说，哎哟，屁屁拉得真漂亮。小小的我就会笑得小脸鼓鼓的。是啊，年幼的我为什么对屁屁那么感兴趣呢？我想了想，好像纯粹是因为父亲。与其说我是对屁屁感兴趣，倒不如说是父亲对我的屁屁格外关注。拉得稀了，他担心我肚子疼；量少了，就问我肚子胀不胀……父亲会通过我的屁屁判断我的健康状况，见我的屁屁正常，他就笑得一脸灿烂，让我感到既新奇又开心。年幼的我以为，想让父亲笑，就要拉好屁屁。每当拉出值得称赞的屁屁，我就会喊父亲来看，期待他露出灿烂的笑容。

爷爷好吗？我小时候，父亲在C市工作。C市和J市离得近，我经常去爷爷家。那时爷爷还年轻。我有时会想起他穿着皮夹克，骑着自行车的样子，头发还会用发胶固定到后面。每次去爷爷家，我都兴高采烈，因为爷爷很听我的话，会让我坐在自行车后座，载我去镇上，给我买迷你游戏机，买足球。父母不许我碰游戏机，爷爷却说同龄的孩子都玩，不让我玩的话，我没法交朋友，还会产生逆反心理。幼小的我心想，啊，爷爷站在我这边。有一次，我的一本书的封面粘上了脏东西，爷爷就把我书包里的教科书都拿了出来，撕下厚厚的挂历，一本一本帮我包起来。包好书皮后，又写上"自然""数学"。爷爷说，这样包上书皮，书就不会脏了。学期结束，我拆掉爷爷包在书外的挂历纸，书就像

247

新的一样，还能留给弟弟用。有一次我被母亲批评，就自己坐巴士去了爷爷家。见我自己来了，爷爷就问我是不是被妈妈骂了？我哭了。那时爷爷家没有电话。爷爷让我坐到自行车后座，载我去镇邮局打电话，告诉妈妈，小东在我这里，不用担心。让我哭笑不得的是，我满腹委屈、一声不吭地来到J市的爷爷家，家里却没发觉。我自以为离家出走，却没人发现我不在家，这让我感到不可思议，也很失落，在邮局里又哭了一回。爷爷骑车带我去了中餐馆。那是我第一次跟着爷爷去中餐馆，也是第一次吃到煎饺和炸酱面。爷爷把煎饺和炸酱面推到我面前，连声问我好吃吗？好吃吗？好吃的，爷爷……我一边哭，一边津津有味地吃炸酱面，还沾到了嘴角上。我还记得爷爷当时的声音，他说会消化不良，让我慢点吃。也许是第一次吃炸酱面的缘故吧，直到现在，每次吃炸酱面，我都会想起爷爷。陪着姑姑去爷爷家的时候，我们也去镇上吃炸酱面了吧？那家中餐馆居然还在，我很惊讶。姑姑想给爷爷点五香酱肉和八宝菜，爷爷却说只要炸酱面就够了，姑姑还很失望来着。我觉得我应该时不时陪姑姑去爷爷家的，可是姑姑好几年都没再提回J市的事。

姑姑。

一周前，老二出生了。我在家庭群里发了消息，姑姑应该已经知道了吧？老二好像是个急性子，竟然比预产期提前两周出生。两个月前，妻子突然子宫收缩，急忙住进了医院。医生说，如果子宫持续收缩，可能会早产，让我们做好提前迎接新生儿的准备。幸好住院一周后，妻子恢复正常出院了。如果早产，孩子出生后就要进保温箱，好在避免了这种情况。出院回家后，妻子一直对肚子里的孩子说，谢谢你坚持住了，谢谢。好像孩子能听懂似的。

或许是因为提前了两周出生，孩子真的很小，体重只有二点四公斤。才二点四公斤，就包含了头、脸、身体和手脚，太神奇了。脸也很小。那么小的脸上竟然紧凑地长着眼睛、鼻子和嘴巴。虽说是小婴儿，头发却不少，眉毛也很明显。蠕动的手指和脚趾都只有一点点，放在我的手心，显得手心像宽阔的操场。也许姑姑会说，新生儿当然小啦……可如果看到我家老二，您一定会说，真是太小了。有时我会这样想，老二这么小，老大当时是什么样呢？记忆已经模糊了。不过，看到第一个孩子的时候我好像没有觉得小，只觉得老二小，每个动作都慢吞吞的。我一直都在谈论老二小这件事啊。

妻子告诉我孩子要生了的时候，我还在工作，急忙从厚浦赶回首尔。我的眼前已经清晰浮现出姑姑难以置信的表情了——妻子即将分娩，还待在厚浦？反正事情就是这样。厚浦是位于东海岸的港口，姑姑不知道吧？我没听姑姑说起过这个地方。今年我去了厚浦两次。年初我去那儿写过剧本，现在已经完成。当时顺便策划好了新的工作，准备写网络电视剧的剧本。孩子出生后，恐怕短期内不能工作，所以我想把它提前做完。

厚浦是策划网络电视剧的导演大哥的故乡，他的父母在厚浦经营家庭旅馆，我们就住在那里。眼看我的工作没什么进展，大哥好像有些担心，就让我在孩子出生前专心把工作做完，又把我送到厚浦，独自回了首尔。待在厚浦的日子里，我新写了三部网剧剧本。本来打算再写两部，不过我还是回来了。姑姑可能会惊讶我写了三部，其实那不过是五到七分钟的短剧，相互之间还有关联。目前看来，大概马上就能投入制作了。如果真是如此那就太好了，不过这种事常常是今天还很顺利，明天就会出差错……

　　住在厚浦的时候，我经常想起姑姑，想着要是姑姑能来这里休息就好了。姑姑和我都在内陆长大，对大海很陌生。姑姑曾在作品中写过，即使去了很远的地方看山，也没有旅行的感觉；而就算去了很近的海边，也觉得自己走了很远。第一次去始于束草、被称为七号国道的海滨路时，我觉得非常陌生，这是我出生的国家的土地吗？竟然还有这么美丽的地方。厚浦就在这条线上。浦项、盈德、蔚珍，听到这些地名，您会联想到秋刀鱼之类的东西吗？跟后辈和朋友通电话时，我一说我在厚浦，他们就问厚浦是哪里。大家都不知道厚浦呢。厚浦在蔚珍南面，在我们国家的渔村中，算是富人比较多的地方。有的一家就有两辆汽车，在村里或港口开老式卡车；外出去蔚珍或盈德就开吉普车。厚浦港有客船码头，可以乘坐去往郁陵岛的船。如果不是工作在身，我也想去趟郁陵岛呢。当然我只是想想，没能去成。写到这里，我突然想，等老二长大了，就带他去厚浦，然后乘船去郁陵岛。像我退伍时，父亲带我去南道旅行那样。

　　东海的大部分海滨都不错，厚浦的村庄与大海同在，让人感觉，啊，原来这才是渔村。或许因为距首尔很远，这里悠闲而宁静。每一处都和海边相连，最适合看海、散步或跑步。导演大哥的母亲经营的家庭旅馆也直通海滨。哪怕没有特意下决心，只要早晨起床后走出房间，也能马上抵达海边。我想象着每天早晨和黄昏，姑姑走向厚浦岩石边的情景。水是那么清澈，心情都跟着舒畅起来。最重要的是，厚浦的饭菜很美味。尤其是导演大哥的母亲做的饭，真的超级好吃。每天吃饭我都得努力少吃点。与其说是大哥母亲的厨艺特别高，倒不如说是因为食材都是刚从大海里打捞出来的。鲽鱼、红螃蟹……姑姑喜欢的这些厚浦都有。也许正因如此，我才总是想起姑姑。由于我没有像游客那样匆匆离开，而是长期生活在这里，所以和当地人渐渐熟悉，也会听他们讲述自己的人生故事。这时候我也想起了姑姑。很多故事我都想让姑姑一起听听。这里富人很多，年轻人却很少，跟我们国家的其他地方没什么不同。年轻人都去了首尔，本地只剩下老年人。如果没有外国工人，船上的活儿就没有人做。不少居民都有船，从海里捕获的鱼量也不少，只要努力工作，还是可以攒到钱的。我曾考虑，这里能做的事情很多，要不要搬来住呢？厚浦的船员大多来自印度尼西亚。这样的风景让人印象深刻，我盘算着要不要拍摄下来。年初去厚浦，我陪他们吃饭，帮他们做了些事。他们皮肤黝黑、生活朴素，年龄从二十五到三十五岁不等。通过交谈我得知，他们每个人在祖国都有三四个孩子，拿到工资后都要寄回家。偶尔他们会回印度尼西亚看看家人，然后又得告别渐渐长大的孩子，回来的脚步都变得沉重。我问他们想不想孩子，他们不回答，只是嘿嘿笑着看向大海。他们当中有位三十五岁的朋友，来厚浦已经七年了，韩语说得特别好，当地人和外国船员交谈，碰到说不通的地方都会去问他。他和我也很快熟了起来，炫耀自己用在厚浦赚的钱回印尼买了房子和土地。他说打算再干几年，多买些地，然后回去种田，还列举了很多想种植的粮食、水果。妻子在他买的土地上种椰子，他担心椰子种得太顺利，价格会被压低。每到丰收年就卖不上应得的价钱——看来这种情况哪儿都不例外。跟他熟了之后，我从这些到陌生国家赚钱的贫苦工人身上看到了不曾了解的另一面。几十年前，我们的父辈应该就是这样的吧。记得大伯去利比亚的时候，我们还一起去机场送行。第二次去厚浦，迎接我的是来自印度尼西亚的这些人。他们为和我再次相见而开心，犹如家人重逢，这让我为自己回到首尔就忘了他们而愧疚。我想过曝光他们的生活，希望有机会拍摄以厚浦为背景的电影，趁着吃饭或休息时，我便抽空和他们交谈。他们和我们有很大的不同。我们一有空就会制订孩子的教育计划，他们常聊的却都是买房购地的话题，似乎对孩子的教育没有太大兴趣……这点很特别。

我很想多带孩子们去旅行，不知能否如愿。至今，退伍时和父亲一起旅行的记忆仍然深深烙印在我的脑海里，那段有父亲陪伴的时光太开心了。每每说到旅行，我就会想起那个时候。前天，我盯着老二的脸蛋看了会儿，然后去了银行。我在存钱，打算等老二长到六七岁时买辆房车。现在连生活费都紧巴巴的，还梦想存款买房车……有点好笑，我都没告诉妻子。从银行回来后，我的心情好多了。我开始第一次认认真真地回想，当时和父亲的旅行是怎样促成的。记得是父亲先提出来，等我退伍就去旅行，接着拿出笔记本制订旅行计划，这些都比想象中更有趣。退伍那天，父亲开车到部队门前，我和他轮流开车去南道，一路上无比轻松。多亏了父亲，让我感觉自己是个特别的人。丽水、木浦、海南、康津、高兴……我们每天变换住所，看海，逛寺庙，吃毛蛤、章鱼……特别开心。一周像一天一样转瞬即逝。那是我第一次以成人的身份面对父亲。他问了很多有关我就读的数字传媒专业的问题，还问我毕业后去哪里工作。我很不懂事地回答，毕业后不找工作，想拍电影。我还想继续学习电影，我兴奋地说，在数字传媒专业学到的东西对电影制作很有帮助。我自顾自地说了那么多，大部分父亲应该都没听懂，但他还是说，就应该做自己想做的事。后来我才意识到，当时父亲应该很为我和弟弟发愁。我选择了他根本不懂的数字传媒专业，然后入伍，弟弟准备报考美术大学，补习班的费用接近他一个月的工资。尽管这样，父亲还是来到海边的马铃薯地，陪着我抽烟，在深夜的海边同我一起喝啤酒……

那次旅行的最后，我们去了爷爷家。在南道的最后一天，父亲提出到J市接上爷爷奶奶去泡温泉，说爷爷喜欢泡在热乎乎的温泉水里。我们没有提前通知他们，到了J市，家里只有爷爷在，奶奶跟别人去了内藏山，参加村里妇女们的素食午餐聚会。我们很遗憾，只带爷爷去了边山附近的温泉。路上我开着车，爷爷递给父亲一个信封。父亲看出信封里装的是钱，摆了摆手。爷爷坚持要给，父亲不肯收。透过后视镜，我看着他们争执。爷爷不肯退让,父亲发火了,说,父亲您为什么非要这样!可爷爷还是不肯放弃。

——这是卖水稻赚的钱。

——……

——我总是让你受苦,没为你做过什么。

——……

——你去读第三士官学校,不就是因为我交不上学费才去的吗!

——……

——那时候我没能给你交学费,这个钱就给小东交学费吧。

我的学费?

爷爷平时沉默寡言,总在听别人说话,在他说出"这个钱就给小东交学费吧"这样的话后,信封问题不知不觉地演变成了关于我的问题。我一边开车,一边透过后视镜观察父亲和爷爷,心情有些起伏不定。两个人推来搡去,浓重的沉默流过他们中间。去温泉的路上,爷爷看向一边的窗外,父亲看另一边。我心想,至于这样吗?抵达温泉,泡进热乎乎的水里之前,两人都没怎么说话。父亲仔细帮爷爷搓着背说,父亲,您瘦了好多。他给爷爷搓了很长时间的背。我也帮父亲搓了背。我不知道父亲有没有接受爷爷给的钱为我交学费,但旅行尾声的这个场景却清晰地留在我的心底。

我想起结婚的时候。听说我要结婚,连姑姑都面带担忧地看着我。那是姑姑第一次用那种表情看我。不管我做什么,姑姑一直都很支持,说我肯定能做好。可知道了我要结婚,姑姑却不说话,只是木然地注视着我。你怎么过日子?尽管这话没有问出口,我还是从姑姑的神情里看出了这个意思。只拍了三部短片,没有固定收入,却说要结婚……尽管如此,我还是结婚了,现在已经是两个孩子的父亲。这样看来,我好像是个天不怕地不怕的家伙。是啊,我哪儿来的信心结婚,还生了两个孩子呢?要是妻子听到我这么说,她会伤心的。姑姑,我是在拍短片时遇到的她,她很清楚我们家的情况。妻子喜欢我做的事,相信我,认为明天会比今天更好。真庆幸她是这样的人。我是相信妻子的心意才结婚的,可是妻子看中了我什么呢……我想问,却总是忍住。姑姑您也知道,老大特别能吃,吃什么都津津有味,能自己吃掉一个大苹果,一口气吃掉好几片奶酪……有的孩子不爱吃饭,父母追着喂,我们家从来没有这样过。反而我们哪怕没胃口,因为孩子吃得香,也跟着想吃东西了。我和妻子两个人点一只炸鸡就足够,有时还吃不完。可随着孩子渐渐长大,一只就不够了。孩子想吃炸鸡的时候,我总要犹豫是不是该多点一只。有一次,我们只点了一只炸鸡,我吃了一块就假装有事出门了,在外面走了好久才回去。我什么时候才能毫无压力、毫不犹豫地点两只炸鸡呢?还是要努力赚钱才行……会产生这样的心情,看来我也在当父亲的道路上成长。

我结婚的时候,爷爷因为腿部手术住进了江南的整形医院。

我去探病，爷爷趁病房里没人，招手叫我到他跟前。我以为爷爷有话要说，走了过去，爷爷却从病号服的口袋里掏出一张支票，塞进我手里。我慌了神，说，爷爷，我也赚钱了。爷爷说，没给别的孩子，只给你，什么都别说，用在要紧的地方。然后就躺回了病床上，像完成任务似的紧紧闭上眼，生怕我说什么，再也不肯把眼睛睁开。走出医院，我看了看爷爷给我的东西，是J市农协发行的一百万元支票。听说我要结婚，爷爷在来首尔住院的路上去农协办了支票，准备送给我。直到现在，尽管我说自己赚了钱了，爷爷还是一见我就想给我钱。也许是怕伤到我的自尊心，他总是千方百计不让别人看见。他的用心我都看在眼里。

姑姑。

前天，我给姑姑寄了张我抱着老二的照片。您发短信问我，你怎么带着那种表情？仔细看了看照片，我发现身为两个孩子父亲的自己，脸上写满愁绪，照片确实反映出我最近的心情。别人看到照片后都在谈论新生儿，姑姑看的却是我。我为自己的表情感到惭愧。姑姑，当得知有了老大的消息时，我根本不明白发生了什么事，只剩时间乱糟糟地流逝。第一次听说妻子怀孕，说实话，我有点晕头转向，不知该怎么办，便只是说，什么？妻子说自己怀孕了，丈夫居然一脸落寞地问"什么"。看到妻子眼泪汪汪，我才回过神来。回想起那个瞬间，我至今觉得毛骨悚然，不经意间伤害了妻子，我真是内疚无比。

过了些时日，老大出生了，护士把我带到婴儿所在的房间。

小婴儿又红又细的手腕上戴着黄色标签，身子动来动去。护士戴着消毒手套，抚摸着孩子的脑袋和头发让我确认，您看这里，头皮很干净，这是眼睛、鼻子、嘴巴。接着逐一展开孩子紧握的手指说，手指一、二、三、四、五……看见了吧？看这里，是男孩，看见了吧？又摸着婴儿红通通的小脚趾说，看这里，脚趾也是一、二、三、四、五……看见了吧？让我这个父亲逐一查看，确认他是健健康康地来到了这个世界。小婴儿摇晃着手脚，猛烈地哭了起来。您看，孩子哭得很响亮吧？是的，是的，是的，我回答着护士的话，突然心头一热。护士的每句话都咣当一声砸落在我心上。原来是这样，我的孩子头皮干干净净，眼睛、鼻子、嘴巴都没问题，手指脚趾都很健康地来到了我身边。这些一直被我视作理所当然的事，通过护士的"请看这里"得以一一确认。我这才明白，啊，原来不是理所当然。谢谢你毫无差错、平安顺遂地来到我身边。站在蹬着小脚丫放声大哭的婴儿边上，我跟着流下了眼泪。

只有一个孩子和有了两个孩子，心境是如此不同。现在，我感觉自己真的成了父亲。新生儿躺在面前，我每天每夜都不知所措，有时心里还会感到酸痛。昨天，在妻子照顾老二时，老大来到我的房间，看了会儿书睡着了，他把手垫在额头下，左腿弯曲，面朝右熟睡，简直和爷爷午睡的姿势一模一样。父亲也是这样睡午觉，妻子说我也这样。太像了，我这样想着，注视着孩子酣睡的模样，又想，怎样才能养好这两个孩子呢？思及此处，又感到茫然、焦虑。我一定要……做得很好。

有一次，姑姑提起您熟悉的公司新成立了传媒部，主要业务是制作宣传视频，正在招聘员工。您说和我做的事差不多，问我愿不愿意去，是吧？姑姑开口跟我说这些应该很艰难吧，我却马上回答，我只想拍电影，会千方百计在这个领域活下去。当时我是不是表现得还挺酷？称自己只想留在电影身边，不假思索、扬扬得意地回绝了。姑姑呆呆地看着我说，嗯，好吧……无论当时还是现在，我对电影的感情都没有变，但是，如果现在再遇到同样的情况，即使我仍会给出同样的回答，也不会像当时那样反抗似的马上说出口了。

老大长大了很多。突然有了弟弟，原本集中在自己身上的注意力被分走，我还担心小孩子怎么克服呢。神奇的是，他很快就表现得像个哥哥了。虽然没有学过，他却会抚摸弟弟的头，看到弟弟哭了，就拿着奶瓶让妈妈喂弟弟，弟弟睡着了也会轻轻地拍，帮弟弟盖被子，还会翻开书读给弟弟听。老大还变得爱上厕所，也许是因为当了哥哥，压力大了吧。以前他才是中心，自从新生儿诞生之后，即使家里来了客人，也多半是关心小婴儿，而不是他，他应该会受到些许刺激，有失落感。但他没有表露出来，只是经常去卫生间。妻子对他说，过来，让妈妈抱抱。换作以前，他会立刻扑进她怀里，现在则会先看一眼小婴儿。委屈吗？不要忍着，有什么想说的尽管说出来。每次被这么问，他都回答，没有，没有……看着老大这个样子，我的心情很微妙，也忍不住自言自语道，我会努力挺过去的。感觉不是我在养孩子，反而是孩子在培养我这个父亲。很久以前，爷爷和父亲在汽车后座为了装钱的信封而争执时，我还不理解为什么要那样。现在，我明白他们的心意了，情不自禁鼻尖发酸。

姑姑。

我说得太多了。家人们向姑姑转达我家老二出生的消息时，都是小心翼翼的。但我想和姑姑一起庆祝，庆祝老二头皮干干净净，庆祝眼睛、鼻子、嘴巴都健全，庆祝手指脚趾全部正常。好吗，姑姑？

第五章 即使一切已结束

南方，洪水涌来，被冲走的几头牛爬上淹没在水里的牛棚屋顶避难，这样的夏天正在过去。父亲紧盯着电视上吊车救出棚顶上的牛的画面，说这样牛肚子会很疼……喃喃自语，深深叹息。

没回J市的那几年，我经常丢东西。路上还拿在手里的物品时常没能带回家。鞋店买的拖鞋、水产店买的牡蛎、打印纸用完后去文具店买的A4纸，都放哪儿去了？我也不知道。回到家时，我两手空空。我将空无一物的手握紧又摊开，然后打开水龙头，洗了很久。进门的钥匙也丢了，只剩最后一把的时候，我拿着它去了社区的钥匙铺。钥匙铺夹在手机店和狭窄的胡同之间，连门都没安，只是个又窄又长的空间。像以前买电影票那样，我隔着窗口把钥匙递给钥匙铺的男人，要求配六把。男人接过钥匙，透过眼镜看了看我，问我过得好不好。这个人认识我吗？我下意识地打量了一下自己。没洗的头发、衣领拉长的衬衫、趿在脚上发皱的运动鞋……早知道洗漱好再出来了。我没有回答，只是笑了笑。我问需要多长时间，他说二三十分钟就够。我说那我二三十分钟后再来。我在附近走了走，再去时，男人说我的钥匙是法国货，沟槽精巧复杂，不光很难找到图样，还不好复制。我的家门钥匙是法国货吗？我尴尬地站在那里，男人则亲切地说，安装这样的锁就是为了不让人轻易把门打开，要不要借机换上便利的自动门锁？以前带女儿外出回来，我还在包里找钥匙，她就已经迅速地开了门。妈妈总是找不到钥匙，要是没有我，妈妈可怎么办啊！女儿边说边把我推进门。好怀念和女儿站在门前的瞬间。我问钥匙铺的男人，能不能找到这样的钥匙。男人说需要时间，但应该可以。我说哪怕要花些时间，也请帮我找到一模一样的，让我能继续用下去。他说，一把钥匙四万元，共二十四万，价格可以吗。一把四万？我觉得有点过分。可要想继续使用，也没别的办法。我说那就减少一把，配五把就行，然后从钱包里拿出十万元作为预付金，又留下了我的手机号码。唯一的钥匙留在了钥匙铺，收到取钥匙的短信之前，我不能锁门。收到短信后，我直接去了钥匙铺，付了剩下的十万元，紧紧抱着包，生怕弄丢里面的钥匙。到家后，我试了试新配的钥匙，门却打不开。五把钥匙都打不开。连续试了三次都没用。我返回钥匙铺，说门打不开，男人说不可能。他说自己在这里配了二十年钥匙了，还从来没听谁说过他配的钥匙开不了门。我站在钥匙铺窗外，男人在窗内。我隔着玻璃窗反复说自己试了三次都打不开，男人反复说不可能，还气呼呼道，要是自己去试了，打开了怎么办。我坚持说打不开，男人便说，一起去看看吧。男人也没能用自己配的钥匙成功开门。他接过原来的钥匙和配好的钥匙走了，两天后发短信让我去取。取回来一试，结果还是一样。我又去了店里，说还是不行。男人把钱从窗口推出来，说了句，倒霉。起先我以为自己听错了，但男人刚刚吐出的那句"倒霉"紧紧贴在我的耳边，不肯散去。我是用一万元面值的纸币支付的二十万元，男人却只递给了我三张五万元的纸币，我突然有种流鼻血的感觉。您还得再给我五万才对，我平复了一下自己激动的心情，镇静地说。男人说一把三万，五把十五万，不对吗？我说明明是一把四万，总共二十万。悬挂在男人身后的无数把锁和钥匙仿佛在不停地呼叫。我本来没想让他退钱，只想拿到能开门的钥匙，还希望他再想想办法，没想到他嘴里蹦出了一句"倒霉"。那个瞬间，我紧紧闭上了嘴。男人说，你知道我为了找这把钥匙吃了多少苦头吗？我已经听不进去了。我冷静地说明当时的情况。你说安装新的自动门锁只要十五万，配五把钥匙，每把四万，总共二十万，费用更贵。尽管这样，我还是想配钥匙，你忘了吗？男人听了我的解释，态度突然一变，跳出窗口，扯着嗓子说，我什么时候说过这种话？那架势好像马上要抓住我的衣领一样。男人大声嚷嚷道，听说你是小说家，竟然面不改色地说谎，就因为你心术不正，女儿才会遭遇意外，你以为我不知道吗？全世界的人都知道。路过的人瞟着钥匙铺的男人和我，街对面的人等着信号灯变绿，过了马路，索性站在旁边看起了热闹。我心跳加速，面红耳赤，脑子里漆黑一片，手里拿着男人配的打不开门的钥匙，

265

一把扔掉，大声喊道，你一辈子就在这里配钥匙吧！当时的心情就像自己用手接住了流下来的鼻血，然后使劲洒了出去。人们交头接耳，议论纷纷。我红着脸推开男人，推开窃窃私语的路人朝前走去，下意识地呼唤着父亲。我朝钥匙铺男人嚷出的话反过来刺伤了我。我经常被自己脱口而出的话深深刺痛，睡着睡着就会醒来，坐着发呆。我用双手揉搓脸颊，日益粗糙的手掌划疼了整张脸。

这是我紧挨在父亲身边写下的文字，我不想删除。已经在删了，这让我感到不安。我祈祷有些话即使删除也会保留下来。

第一场台风到来的夜晚，啪啪的雨声似乎要把房顶掀翻。我躺在父亲床边的地板上睡觉，被风雨声吵醒，望着天花板。雨越下越大，一会儿被风席卷而来，一会儿又席卷而去，大门摇摇晃晃，前院的冬柏树枝断了，后院的芋头倒了，声音传到耳边。我怕吵醒父亲，静静地躺着没有翻身。不知什么时候，父亲从床上起身，呆呆地坐了很长时间然后往我这边看了看，悄悄下了床。看得出他的动作十分小心，生怕把我惊醒。我这才坐起来说，父亲您醒了？怎么不多睡会儿？伸手开了灯。父亲此时正在开电视机下面的茶几门，突然亮起的光似乎刺激到了眼睛，他眨着眼，在抽屉里翻找，找了很久。也许是没找到，就把里面的东西全部拿了出来，地上堆满了早晚要吃的药的盒子、电池筒、妹妹带来的拼图箱子。妹妹说，要是去掉两块拼图，父亲拼起来就太难了，所以一开始只去掉一块，以后再去掉两块。

父亲把手伸进茶几更深处，掏出一块方形的白棉布包袱。四个角拉起来打了个结。父亲解开结，露出一本黄底、书脊用黄线装订的旧书。从天花板流泻下来的黄色灯光照出封面上的汉字书名，《小学》。上面手垢斑驳，封面又黑又亮。

——是《小学》啊。

——……

——这本书您一直保留到现在吗？

父亲用厚厚的手摸了摸自己的脸，元亨利贞，天道之常[①]……清晰地背出《小学》的题辞。他忘了东西放在哪里，有些不知所措，我说，您好好想想。"行有余力，诵诗读书，咏歌舞蹈，思罔或逾"……父亲继续找东西，同时用我能听见的声音喃喃背诵，应该是想证明自己没事。遗憾的是，他最终也没能找到想找的东西。从多次翻看并背诵、早已破旧的书里，父亲拿出一个黄色信封，又从里面拿出文件和一张折叠的旧信纸，跟父亲给远在利比亚的大哥写信用的一样，信纸已经泛黄，上面按顺序写着从大哥到小弟的姓名、出生年月日和确切的出生时辰。我怔怔地看着父亲写的字。汉字与韩文混杂。大哥出生在傍晚，二哥出生在白天，三哥出生在黄昏时分，老四，也就是我，出生在冬天的卯时，清晨。妹妹的生日是四月初八，生于佛祖诞辰日的寅时，太阳升起之际。我留意到了写在最后的小弟的名字，这才知道小弟名字中间的"益"字表示"更加"的意思。我想象着某一天，父亲弯着腰，打开信纸，写下我们兄妹几个的姓名、

[①] 此处为中国朱熹《小学题辞》的内容，韩国版《小学题辞》将"元亨利贞"四字译为"春生夏长，秋收冬藏"。

出生年月日和确切出生时辰的情景，心头掠过一丝忧伤。

——我记得这个是放在这里了。

父亲拿出的另一样东西，竟是位于大兴里笠岩面的土地登记权利证。

——土地文书吗？

——车天子说这座山是新世界的基础，可以看见中央总部的位置。

——……？

——我是趁价格低的时候买下来的……明知道车天子毁了很多人，可还是想给自己一个心灵的寄托之地……

父亲的声音里混杂着我小时候听到的姑姑的说话声。东学变成废墟，国家被人夺走，人们无所依靠……姑姑像亲眼所见似的说，那些人蜂拥到车天子身边，梦想着崭新的世界。父亲折起信纸和土地文书，放回信封，又夹到了《小学》中间。

——我做了件没有用的事。

父亲含含糊糊地说。我失神般地望着他。据我了解，父亲不是那种会对自己没有做过的事期待收获的人。如果春天没有播下种子，秋天自然不会有收成。连一个锄头、一把镰刀都要放回原位，如此细致的父亲也会有这样的一面吗？

那晚之后，父亲经常在做某件事时对我说，这个在这里。有时是从相框后面取出农协存折，有时走过去一看，他正拿开井盖，往井里张望。见我走过来，就说，你看，还有水涌出来呢。真像父亲所说，深深的井里还冒着清水。现在已经没有人喝井水了，井水却依然默默在那里映照着天空。父亲说，我死后也不要填井。房子重新翻盖了，井还在原来的位置。父亲的语气仿佛是在把井托付给我。"我死后"这句话让我难以释怀，茫然无措，于是我闷闷不乐地说，这种话不要跟我说，跟大哥说吧。父亲回答，我注意过你做事，哪怕没用的东西你也很爱惜，所以……这番话让我记起，有一天妈妈不在家，父亲打开卧室衣柜的门，拿出挂在衣架上的冬季外套，站在那里。那是父亲从初秋到入春一直穿在身上的纯毛旧外套，肘部已经破损，用皮革打了补丁，穿在身上很暖和。看到父亲拿着发霉的外套坐立不安，我从他手里接过外套说，没关系，我这就拿到干洗店去。父亲这才眉开眼笑。我说我走了，刚出门，父亲却叫住我，说，干洗店？等一下。也不知道是什么时候准备的，他直接拿了挂在衣架上的纸袋走出来，说，市中心入口处有家干洗店，干洗店旁边是大雄的相框店，你把这个转交给他。上次见到大雄的时候，他的头发已经掉光了，给他这个，他用得上。大雄？很久没听过这个名字了。我试图回想大雄，首先想起的不是他的模样，而是很久以前挂在小牛脖子上、写有"大雄的小牛"的木牌，还有让大雄砍柴、锯木头，把凿子放在他手里让他刻字的年轻父亲。

　　站在公路边等公交车时，我往父亲给的纸袋里看了看，里头有四顶帽子。是父亲春夏秋冬都戴过的帽子。我把外套交给干洗店后，出门环顾四周，果然看到了父亲所说的相框店，玻璃窗上用蓝字写着"定制相框"，店门紧闭。我往玻璃门里看了看。墙上整齐地挂着看似怀旧风的空相框，聚丙烯相框里是手绘图画、小狗照片或刺绣。桌上还放了写着"花曲柳木相框"的纸标签，相框底下则写着照片尺寸：5×7、6×8、8×10。原来大雄在这里开了一家这样的店，我的心里荡漾着喜悦。那个会突然把烤熟的鸟递到我面前、吓我一跳的大雄，除了父亲谁的话都不听、爬到房顶睡觉的大雄，这样的他年纪大了竟然秃了头，让我难以想象。以后大雄要戴上父亲的帽子了，我这样想着，把纸袋挂在紧闭的门上。也许大雄会纳闷是谁挂的，要不要留个纸条？不过，他应该一眼就能认出父亲的帽子。最终，我只是确认了一下纸袋是否安全地挂在了门上。

去干洗店之前，看见父亲从衣柜里拿衣服时，我以为他只是要拿出夏天发霉的衣服晾晒，不料等我回到家，却看到父亲的衣服正堆在院子角落一个细长的桶里焚烧着。那个桶是用来烧杂物或垃圾的，现在竟烧起了父亲的衣服。我吓得叫了声父亲，他则无所谓地注视着桶里冒出的烟说，都是穿过的。见他如此平淡地说出"都是穿过的"这句话，我只能静静地站在他身边，望着噼里啪啦的残火。焚烧衣服的气味弥漫整个家。父亲问，你记得乐天吗？乐天叔叔？我反问。不知道他在哪里游荡，父亲说。乐天叔叔一声不吭离开牛棚后，父亲想给他办贫民卡，但怎么都找不到人，很是遗憾。只要有人说在哪里见过他，父亲第二天就会去那个地方找，可最终也没能找到。小宪啊，父亲恳切地呼唤我，要是听到乐天死在哪里的消息，要帮他收尸，给他举行葬礼。我吗？父亲看了看我，怎么了？做不到吗？您做不就行了。父亲深深地叹了口气。我那时就不在了……父亲话音渐弱，拍了拍我的肩膀继续说，因为我觉得我做不到，因为这是我应该做的，我以为你会听我的话……见我不回答，父亲又说，乐天走的时候留下了"乐天的黄牛"，我们该为他举行葬礼才对，否则就是亏欠他。某个阳光灿烂的日子，父亲用纱布蘸上酒精，擦掉旧鼓皮革上沾染的污垢，将鼓上方的圆形不锈钢装饰擦得闪闪发光。还清理干净了出现裂缝的鼓槌尖，抹了好几遍油。有一天，他和我一起去J市，在五岔口的钟表店停下脚步，摘下手表，对钟表店的男人说，这是我用了多年的手表，一直很爱惜，请帮忙清理一下内部，顺便换块新电池。钟表店的男人仔细打量着父亲的手表说，虽然旧了，但这表很好，应该很值钱。父亲笑着说这个不清楚，儿子送的，不能弄丢。回到家后，父亲没有再戴手表，而是放进拉链包里，从隔板的某处找到了装手表的盒子。昨天明明连拿在手里的扇子放在哪里都不知道，现在却找出了很久以前手表的包装盒。父亲？父亲说，老三第三次考试落榜后，去公司上班时哭了，他说他想改变我这个时代遗留下来的不合理现象。如今对父亲最好的三哥，从前经常反抗父亲，我说不出口的话，他随口就能对父亲说出来：不是这样的。那是老一套了。父亲您要改变才行……父亲赶着牛参加游行，也许是受了三哥的影响。父亲把手表放入蒙尘的旧盒子。整个夏天他都在整理物品，挨个打开放在牛棚边大门紧闭的空房子里的快递箱，移到宅旁地，喊来穗子，让他看看，有什么需要的就全都拿走。穗子看了看从箱子里拆出来的刀具套装、平底锅和洗衣网，瞪大眼睛问，这些都是新的吗？撕开了包装的过期乳酸菌和生食，被一一埋在地里。地上还摆着锅和勺子套装……我把餐具装进篮子，挪到妈妈的厨房，问父亲到底为什么要订这些东西。想起你的女儿，太想念她了，感到虚脱……父亲像是在自言自语。我惊讶地挺直了后背。清洁用品和各种除锈剂被我送到了附近的超市——父亲的店铺多年前就没了，那块地上架起了高架桥。之后，父亲摘下墨镜镜片，擦干净镜框内侧的灰尘，放回眼镜盒，又拿下鞋架上的鞋子，每个季节留一双，按照要烧毁的和不要烧毁的进行分类。我发现木箱的那一晚，父亲偷偷烧了谁的信呢。我帮他烧鞋时，问他当时烧的是谁的信。父亲不吭声。医生说要尽可能让父亲多说话，说什么都行。让他说出封闭在心里的事，也是一种心理治疗，说出尘封的往事有助于状态好转。谁的信，为什么要偷偷烧毁，父亲？我追问了好几遍。父亲闷闷不乐地说，是金纯玉的信。金纯玉是谁？父亲没回答，拿起水壶往闪烁的残火上浇水。金纯玉是谁，给父亲写信了吗？父亲放下水壶，目光幽深地望着我。大哥的信里好像夹着金纯玉的信吧？早知道那封信在木箱里，我就先看了。父亲，您说说金纯玉是谁吧，我好好听。父亲又闭口不语了。信上究竟写了什么，为什么要瞒着我烧掉，父亲？是个如果赶上好时代，应该会过得很好的人……每次看到父亲时我脑海中冒出的这个想法，却被父亲用来形容金纯玉。如果赶上好时代，应该会过得很好的人。父亲的脸上浮现出悲伤的神色。我不能再问下去了。过了两天，空气中依然飘浮着烧鞋子的气味。

——雨一直下到凌晨吗？
吃早饭的时候，父亲问我。

——夜里开始下的,凌晨才停。听说明天有台风。

——都刮几次台风了?

——谁说不是呢。

以往夏天过后,要快到中秋才开始刮台风,今年却已经刮第四次了。昨天下了一夜的雨,我从睡梦中惊醒,翻来覆去睡不着,每次翻身都往床上的父亲那边看一眼。也许是妹妹寄来的药发挥了效用,也许是因为白天就开始下雨,父亲担心祖坟,看了很长时间的新闻,终于看累了,昨夜那么大的雨声都没有吵醒他。第二天早晨,风雨过后,父亲说要去祖坟看看,我也跟着去了。这对父亲来说不是什么特别的事,一看就经常做。我随父亲前往祖坟,到处都被泥石流冲下的红土堵住了路。新闻说南部雨水泛滥,房子被淹没,人们慌忙躲避,鸡鸭狗都被雨水冲走了,伸着脖子挣扎。父亲管理的祖坟安然无恙。我默默注视着父亲拍打草皮,清理被暴风雨卷到墓前的树叶,能猜出台风来临时,父亲过的是什么样的日子了。

——春天连续五十多天没下一滴雨,现在的雨对农田毫无意义,却下了这么多。

——……

——因为台风,今年穗子种的地很难有好收成了。

——……

——以前我种的家族稻田都交给穗子了。

——……

——所有人都走了,不在了。

——……

——现在至少穗子留了下来,还有人种家族的稻田,将来不知道会怎么样,真担心。

——……

——柿子都落了。

我没有回答。直到父亲说柿子都落了,我才应了一声,是啊。父亲的声音平淡而舒缓,表达着对毫无意义的过量雨水的担忧,对台风、穗子和柿子的担忧,又仿佛什么事都没发生。担忧于昨夜风雨中掉落的柿子时,父亲还说,你妈妈很喜欢柿子……夜里下过雨的第二天,我和父亲在村里转了一圈,每家的柿子树下都落了一堆尚未成熟的青柿子。J市盛产柿子,每家每户都种着三四棵柿子树。J市长大的孩子,童年缺少零食,便常常注视着柿子树。春天,柿子树冒出汁液,长出新芽,叶子间开出柿子花。花一落,孩子们就哧溜溜围坐到树下,捡柿子花吃。柿子花的甜味在嘴里弥漫。女孩子用线穿起柿子花,挂在脖子上或系在手腕上,肚子饿了就取下来吃。短头发的我也是其中一员。风雨打落的岂止柿子?父亲却偏偏只为柿子担心,应该是下意识的反应。整个夏天,只要青柿子在大雨或台风中掉落,孩子们就捡起来装进小坛子,倒入水,撒上盐,等待青柿子的涩味消失后再一个个拿出来吃。有时没到秋天,就有很大的柿子落下来。孩子们一起床就跑到树下,希望最先捡到落地的柿子。我们家的柿子树叫作宽柿树,虽是隔年结果,却也名副其实,总能结满大柿子。如果我无意间发现树上的柿子变红,就会每天都盯着看。因为担心夜里有柿子掉落,也会一早起床,先到柿子树底下张望。秋收完,到了刚入冬的时节,就是摘柿子的时候了。早晨,父亲劈开长棍的顶端,给哥哥们一人分一根,自己则爬上树,抓住树枝摘柿子,扔给站在树下的我和妈妈。我们接到柿子,一个个装起来,不知不觉装满了篮子。望着篮子里满满的橘红色大柿子,心情会很畅快,仿佛自己变成了富有的人。妈妈会取出一部分柿子,削皮后做成柿饼,柿子皮放在笤筐里晒干。剩余的柿子则放进米缸,变红后拿给我们吃。漫长的冬日,我们经常拿出晒干的柿子皮嚼着吃。摘柿子那天,最后要做的一件事就是留下些东西给鸟吃。哥哥们喜欢上了摘柿子,把结在枝头的柿子蒂夹在劈开的长棍中间,试图摘下最高处的柿子。父亲却不让他们摘了。

——留给喜鹊吃吧。

那些留在最高处的橘红色柿子有没有被喜鹊吃掉,我不得而知,父亲的那句话却一直留在我心里,多年后的今天也未曾忘记。当我搬家到可以种树的地方时,我选择种下柿子树,或许也是因为童年的记忆。第一次从那棵树上摘柿子,是和女儿一起。看到女儿因为够不到枝头的柿子而焦急,我对她说,留给喜鹊吃吧。

某个早上,没有什么特别的事,只有平静的对话,某个瞬间,父亲脸上突然浮现出愁绪。你姑姑今天早上没有动静,是因为下雨吗?父亲说。我拿着筷子,呆望着餐桌对面的他。

——是不是哪里不舒服?

我往父亲手里的饭勺上放了块酱牛肉。花了几个月时间治好牙齿的父亲，现在嚼得动酱牛肉了。

——先吃吧，父亲，吃完饭我们去姑姑家看看。

父亲把放了酱牛肉的饭勺递到嘴边。他经常寻找早已不在世上的存在，每次都会想到姑姑和真真。前天吃早饭，父亲问我为什么不把女儿带来，然后坐在那里发呆。过了一会儿，又像想起什么似的问我，你怎么在这里，还不去上学？上学？我问。父亲有气无力地答道，不能旷课，快去上学吧。

每天吃完早饭后，三哥都会打来电话，现在正是那个时间。平时父亲会坐在电话旁说，你三哥要来电话了，今天却戴上帽子，站在门口看着我，意思是让我快点出门。

——三哥要来电话了，接完电话再走吧，父亲。

父亲还是站在门口。目光相交时，我指了指电话，他这才明白我的意思，朝我这边走来，坐到床边。刚坐下，电话铃就响了。父亲拿起听筒。

——父亲，我是老三。

——……

——您睡得好吗？

父亲一声不吭，只是把听筒贴在耳边。我坐在一旁，听见听筒那边的三哥叫着，父亲，父亲。父亲只是听了会儿，将听筒递给了我。

——电话好像断了，什么都听不见。

我接过父亲递来的听筒解释。父亲，父亲？三哥呼唤道，听不见我的声音吗？他问。我又把听筒还给父亲。

——听得很清楚啊,父亲?

父亲只是盯着我递过去的听筒,没有接,似乎不打算和三哥通话。总不能一直这样下去啊,我冲着听筒应了一声,哥哥。

——父亲怎么不说话?

我看了看低垂着头坐在床边的父亲,不知该说什么才好。正在犹豫不决的时候,我看到了卫生间的门。

——父亲急着去卫生间。

——啊……

——该去上班了吧?

——嗯……父亲没事吧?

——没事。

——让你操心了。

——快去工作吧,哥哥。

——好……明天我再打电话。

——嗯。

放下电话,我坐在父亲身边。

——父亲您怎么了?

——……

——不想和哥哥通话吗?

父亲一句话也没说。我从床上下来,坐到了地板上。父亲坐在床边,我坐在地上,自然而然地握住了他放在膝盖上的双手,和他十指相扣。被切断的短秃手指露了出来,我抚摸着父亲没有指甲的短秃手指,他蜷缩了一下,试图收回手。我抓着不放,他放弃了,重重地叹了口气。我们就这样坐了许久。

——要不要给妈妈打个电话？我帮您拨？
　　——不用。
　　——也不想和妈妈说话吗？
　　——想。
　　——那我帮您打。
　　——不用。
　　——为什么，父亲？
　　——听不见。
　　——……？
　　父亲好像忘了要出门的事，抽出手指，想回床上躺着。
　　——我们本来打算出门的，不去了吗？
　　父亲又坐了起来。
　　——我们要去哪儿？
　　难道父亲忘了我们要去姑姑家吗？
　　——去祖坟吗？
　　——好，可是父亲，您说听不见是什么意思？
　　——听不见电话的声音。

　　我凝视着父亲。这是什么意思？明明昨天早上还和三哥通过电话，傍晚也跟妈妈打了电话。父亲还反复叮嘱三哥，小心开车，如果戒不掉烟，就每天只抽三支，在家最好不要喝酒。和妈妈通话时，大都是妈妈在那边长篇大论，她的声音传到听筒外，充满生机，父亲大多闷闷不乐地回，嗯，嗯……然后说，我跟小宪学会用电饭锅做饭了，就算小宪现在回首尔，我也能自己做饭吃，你不用担心，等彻底恢复了再回来。跟父亲通完电话后，妈妈又给我打电话问，你教你父亲做饭了吗？我说，学会了多好啊。结果妈妈大声说，又没让你教，你为什么要教？现在你父亲没做过的事只有做饭了，我不想让他连这个也学会。妈妈的语气里透着固执，她已经好多年没这样随便地跟我说话了。自从我不回J市，我们就不再说心里话，只是小心翼翼地重复着同样的内容，没什么事吧，小心别感冒了，吃饭了吗，好好睡觉……生怕引出关于女儿的话题。我回答不上来，怔怔地听着妈妈说话，然后喊了声妈妈，做饭也不是什么大不了的事，把米洗干净放进锅里，按下开关就行，是父亲让我教他的。是啊，妈妈说，没什么大不了的，我做了一辈子！说完就挂断了电话。我不知道妈妈为什么会说这些话，听那语气，好像变回了原来那个不看我脸色的妈妈。我说了刺激她的话，她提前把电话挂断，这种情况我应该再打回去把话说完才对，然而我没有这么做。妈妈急了，又打电话来问我，明明是你错了，为什么不打电话给我？我只好说，妈妈这不是打过来了吗？女儿也是这样对我的。不一会儿，我又打电话给先挂断的妈妈，她没有接。这是昨天的事。

——从什么时候开始听不见的？

——有几天了……

——听不见是怎么打电话的？昨天不是还打电话了？

——这个嘛……反正都是经常听的话，我都知道是什么，就按经验回答了，想说的话直接说就好。

接电话听不见声音，手机落在家里也不知道，我连续几天拿着父亲的手机到每个他可能去的地方找他。我去过村里的会馆给父亲送手机，也去过牛棚旁的地里，他有时会去摘妈妈种的茄子，我会把手机放进他的口袋。前天雨停后，我又拿着父亲落下的手机去了J市国乐院，父亲和国乐院的人拿着鼓槌，一起盯着我看。我抱怨说，这个不能忘带，要能让人联系得上才行啊。说着便把手机塞进父亲的衬衫口袋，走出国乐院。我在夏日的阳光里静静地站了片刻，然后独自在J市街头漫步。我想起我读过的中学离国乐院很近，于是朝那边走去。一个骑自行车的学生连声大喊，让一下，让一下。我吓得连忙让到一边。学生骑着车转头对我说，对不起，车铃坏了！接着踩着脚踏板，一阵风似的消失了。我望着学生消失的方向，伫立良久。很久以前，我也是在这条路上骑自行车上学。一想起那个时候，膝盖就不自觉开始用力。每次摔倒，我都会摔破膝盖，摔破的部位凝结着血珠。有时膝盖不能很快愈合，还会发炎。本来快要愈合的伤疤只要碰到水，皮就会脱落。我想起父亲为我涂抹药膏的手，以及在我想要放弃学骑自行车时，他鼓励我的声音。他说，只要学会一次，一辈子都不会忘记。难道是身体记住了吗？正如父亲所说，那时学会了骑自行车，直到现在我都没有忘记。以前，我会骑着刚刚学会的自行车去J市中学，现在校门位置已经发生变化，进不去了。我站在旧校门的位置往校园里看了看，转身走了。一个长长的花坛通往音乐室，教务室门前挂着钟，上课下课会有钟声响起，每次敲钟的人都是谁呢？即使已经离开，可不管走到哪里，只要一听见钟声，我仍会想起在这里听过的钟声。布拉格查理大桥对面有座教堂，名字我忘记了，彩色玻璃刺得眼睛发酸。教堂的钟声一响，我就会想起在这个小镇中学听过的钟声。如果可以进去，我会去看看挂在红色砖墙上的钟是否还在；停放学生和教职工自行车的主楼后面，藤树是不是还在。我喜欢坐在开紫花的藤树下的椅子上看书。这都是被我遗忘太久的往事。我自己都变了这么多，我离开的地方还会保持原样吗？我没想过要去寻找新校门。离开学校，我在J市街头走来走去，到了大兴里桥。很久以前，就是在这座桥上，迎面走来的父亲看起来疲惫而渺小，我不由得想要回避。我站在桥上，俯视桥下，呆站了一会儿，后退一步。荡起漩涡的白色泡沫朝我扑来，仿佛在冲我大喊，你打算继续像从前那样生活下去吗？我的心剧烈跳动，恐惧感油然而生。回到J市后，眼前第一次清晰地浮现出女儿的面孔。没回来的那几年，我都无法清楚地回忆起女儿的脸，我只能想起看见我后朝我跑来的女儿，但她的脸总是被碾碎。我担心我的痛苦会让女儿的脸无法恢复、永远是被碾碎的样子，就在家里的门牌地址旁刻上了女儿的名字，还从女儿小时候用过的素描本上找到蜥蜴的图案，仿制了一份贴在门上。从那以后，我常去工坊消磨时间，练习仿制女儿留下的东西。可越执着于旧痕，女儿离我越远，脸越破碎。这样下去，我恐怕连女儿的脸都记不住了。我深陷恐惧，常在深夜坐起，打开笔记本电脑，找出女儿的照片看。梦里从未出现过的女儿，却在J市河流的白色泡沫里清晰地浮现出来。我的女儿，我来J市了。泡沫荡起漩涡，女儿的脸却如此明晰。在白色的泡沫里，她仿佛站起身来，呼唤着妈妈，可很快又消失了。本来准备回家的我，再次转身走向父亲打鼓的国乐院方向。

父亲以为我先回家了，没想到在国乐院走廊里看到了我。是你吗，小宪？我急忙走到父亲身边，挽住他的胳膊。这是前天的事。

我第一次明白失眠的巨大痛苦，是在乘坐了九个小时飞机后到达的芬兰赫尔辛基。当地出版社出了我的书，邀请我去访问。编辑说，这是韩国图书首次在当地翻译出版。我用略带疲惫的目光怔怔地注视着编辑递给我的书。那本虽然出自我手，我却一个字也读不懂的书似乎也在怔怔地看着我。书和我就这样别别扭扭地彼此面对。原来只是因为乘坐飞机而感到疲劳的眼睛，从抵达赫尔辛基那天起就开始因为失眠而充血变红。原因是极昼。那时我才知道，每年五月下旬到七月中旬，该国会出现极昼现象。极昼，顾名思义，就是即便入夜外面也不黑，依然是白昼继续。以前我只在文章里读过或在别处听说过，也在电影里见过，谁能想到我能亲自迎来极昼的夜晚呢。在陌生城市的酒店房间里，我躺上床准备睡觉，可是总觉得浑身不自在，又坐了起来。起先不知道是哪里不对劲，为了安抚敏感的神经，我在房间里走来走去，拉开窗帘。窗外不是黑夜，而是白天。我看了看表，夜间十一点。为什么这么亮？我站在窗前，出神地俯视着极昼的街头。发生了什么事？望着视野里的白色街头，我勉强想到有可能是夏令时。午夜过去，凌晨两点，夜晚依旧呈白色。凌晨三点往窗外看，天仍旧很亮，四点也是，五点依然。因为白夜，我睁着眼睛熬了通宵。就算吃了为尽快适应时差而准备的褪黑素和布洛芬，还是不能入睡，第二天也是如此。酒店窗户挂的是遮光窗帘，一拉上房间就变暗了。为了防止光从缝隙透进来,我把两片窗帘用夹子夹住,可还是辗转难眠。我躺在床上努力入睡,然而只要一想到窗外一片明亮,顿时睡意全无。我再次起身,透过窗帘中间的缝隙往窗外看。没有变黑的白色街头,陌生城市的大厦、路灯、关门的饭店和食品店仿佛都不是现实,而是梦幻般的风景。竟然有黑不了的夜——我越是不愿去想,就越是深陷于这样的想法,正如越是努力要忘记什么时,越是忘不掉。如果不愿想就可以不想,那该多好。可当你不愿想起某件事之际,反而会不停地被拉扯过去,直到什么也想不起来为止。无论何事,只有到了该忘的时候才能忘。我努力不去想窗外有多明亮,但越是如此,这样的念头就越强烈。就这样,我连续几晚没能入眠,经常在白天睡觉、看书或写作,过着黑白颠倒的生活。我不明白为什么遇到极昼会失眠。晚上,出版社举办的活动结束后,我回到酒店,双脚常常肿胀。明明累得倒下就能睡,不料刚躺下就清醒了。必须睡觉,明天才能好好工作——我这样劝说自己,可无济于事。住在芬兰的一周里,我因为睡不好觉总是眼睛泛红,一旦和别人对视,就会不好意思地赶快转移视线。睡眠不足导致了我脚下常常踩空,上楼梯时会因头晕抓着栏杆。后脑勺闷闷的,头痛来袭,脑袋像是要粉碎了似的。睁着充血的双眼吃午饭,叉子常不小心掉落在地。过了三天,连对方在说什么都听不到。认知力下降,神情恍惚,甚至无法判断和理解采访问题的意思。我终于真切地意识到,白天工作累了,晚上能睡个好觉是多么重要的事。太阳落山,天色变暗,如此自然的事情是那么宝贵。我的书第一次在那个国家出版,我相当于新人作家。谁会知道我,谁会来书店见我呢。但当我被带到访谈场地时，却发现准备的椅子竟都不够，很多人席地而坐或站着。我在他们面前朗读书上的内容，读着读着就打起了瞌睡，可他们还是在认真听我读书，让我惊讶万分。因为瞌睡而有所中断之时，他们以为是朗读当中必要的停顿。出生国家不同、语言不同、社会文化体验也不同的人们，因为我的书而聚集起来。我必须打起精神，和困意展开殊死搏斗，控制好自己。他们专心致志地倾听我的声音，某个瞬间，我的精神变得清爽。我全身心投入其中，心里的痛苦似乎得到了治愈。原计划一个小时的朗读和对谈时间延长到了两个小时。我头昏脑涨，仿佛眼睛都要掉出来。可晚餐不能缺席，我一边打盹儿一边吃饭，回到酒店已是十一点。

——什么时候天黑？

就好像是芬兰出版社的编辑施了魔法不让天变黑似的，而我的语气仿佛在要求解除魔法。编辑本来没什么可抱歉的。不过她笑了，脸上带着稍许歉意。

——这里的太阳毕竟还会落。如果再往东走，有的地方即使到了半夜太阳也会浮在天上，凌晨一点也这样。

凌晨一点，太阳依然浮在天上，那儿会是哪儿呢？那里的人怎么睡觉？回想起来，我在芬兰的那段时间，晚上回到酒店房间从来没有洗漱过。手放进凉水里洗完，睡意就会逃跑了。我不洗漱，而是认真拉好窗帘，赶紧拖着疲惫的身体躺到床上，以为这么累一定能入睡，然而拉窗帘时看见的窗外光芒在眼前闪烁，粉碎了我的睡意。对我来说，天不黑的夜晚是这么大的刺激吗？总这样睡不着，说不定会死。我自言自语着在床边铺上床单躺下。还去卫生间把地板擦干净，躺在冰冷的地板上，可还是睡不着。酒店房间里最暗的地方是哪儿？我找了找，往床下看了会儿。床很低，容不下我的身体。随后，我发现了衣柜，钻进去关上了门，蹲在里面，想起了父亲。那时我第一次听妹妹说父亲患有睡眠障碍。睡眠障碍？我不以为然。妹妹说，相当于父亲睡觉的时候，大脑却睁着眼睛。当时我只是将其理解为妹妹为了说明父亲的状态而打的比方。应该是父亲的脑梗塞造成的影响吧，这样想着，我没把他的睡眠障碍当回事。直到来了极昼国家，我才想起这件当初被我忽略的事。人们专心听我说话的样子如同亮光一般闪过我的脑海，此时此刻，那些通过翻译才能听懂却又认真听我讲书的人睡得好吗？在黑暗的衣柜里，我惭愧得涨红了脸。我有努力听过父亲讲的事吗，哪怕一次也好？遥远异国的人们都能耐心倾听我的故事，我却从未真正聆听过父亲说的话。父亲的悲伤和痛苦只留存在他的脑海里。虽然他不爱说话，可如果我是个愿意坦诚交谈的女儿，也许他就不会遭遇睡眠障碍之类的痛苦。当我来到陌生的国家，因极昼而失眠，红着眼睛不知所措，最后钻进衣柜时，我才明白父亲患上的睡眠障碍是怎样的痛苦。我说要去芬兰时，后辈说，那个国家有二十多万个湖泊。从数量上来看，相当于每四户人家就有一家拥有湖泊。桦树之类的针叶林无边无际，大大小小的湖泊闪烁其间。后辈说，既然是乘飞机去，就好好看看芬兰的湖吧。可睡不安稳的我别说湖泊，连酒店旁边的岩石教堂都没去过。我藏在入夜都黑不下来的国家的酒店衣柜里，下意识地喃喃自语，父亲，昨天晚上睡得好吗？工作一结束我就回到了首尔。我只想快点回家睡觉。

来到J市后,不知不觉间,我每天早晨都问父亲,昨天夜里睡得好吗?大部分时候父亲都会点头。哪怕昨晚其实是在仓库坐着,他也会坐在小卧室里点头说睡得很好。明明睡眠障碍越来越严重,可当我问他昨天夜里睡得好不好,他也只是点头。年轻时的父亲干完一天的活后,顶着晒黑的脸推开大门回来,和家人围坐在饭桌边吃完晚饭,早早就打起了呼噜酣睡。父亲熟睡的家,是我们全家人的安乐窝,什么都不用羡慕,什么都不用害怕。父亲睡得舒服、深沉的家坚实而有力。可不知从何时开始,父亲睡不好了,像梦游患者似的在家里四处徘徊,疲惫到昏厥,我却一无所知。妹妹劝说父亲跟她一起去首尔,父亲拒绝了,说妈妈已经因为生病住到子女身边,他不能再去了。我说父亲您也应该去首尔好好检查,接受治疗。父亲却一反常态地对我大发雷霆。

——我只是睡不好觉,你就把我当病人吗?

——……

我对父亲说,不想去首尔的话,至少去趟C市的医院看看吧。我想让父亲拍个脑部CT。C市是J市所属的道政府所在地,父亲去过那里的耶稣医院。小时候,J市的人得了重病或需要住院时,就会那这家医院,所以至今我仍以为它是C市最大的医院。父亲坚决拒绝去首尔,我说那就去C市的耶稣医院。妹妹说现在这家医院已经过气,让我带父亲去以C市市名命名的大学附属医院。C市有大学附属医院了?妹妹笑着说,你还不知道吗?

多多关心自己出生的地方吧。我连J市的变化都不知道，又怎么可能知道C市发生的事呢。妹妹说，姐姐对曼哈顿了解得可不少呢。你连切尔西市场在哪里都知道，还知道叫什么艾米丽还是艾尔美的面包店呢。我是这样的吗？我对父亲说，不要想着是去医院，就当好久没出去玩了，陪我去C市转转怎么样？父亲没有回答。一有空我就劝父亲和我去C市。最后父亲不得不同意，只是要求我不能告诉家人。

——为什么不能告诉家人，父亲？

——不想让他们担心。

我无话可说。以前我也是不想让家人担心，才一直阻止父亲来我家。

我和父亲去了C市，那儿的街头变得都认不出来了。下了大巴，我目瞪口呆地站着不动。走在前面的父亲说，我们打出租车过去吧。我在出租车里望着有了许多变化的C市街头，满脸茫然。父亲告诉我，那是殿洞天主教堂，那是新建的韩屋村。这样向我解释的他真的很像在带我出来玩。虽然预约过，我们还是等了两个小时才开始做睡眠障碍的检查。检查前，医生要详细记录父亲的情况和病史。每当这时，我都要给妹妹打电话，哪怕只是填写很简单的内容。有的问题只有和患者睡在一起的人才知道，我只能给妈妈打电话询问父亲的睡眠习惯。问着问着，我感觉有些恍惚。据妈妈回忆，父亲夜里会睡着睡着突然醒来，然后坐着发呆，已经持续三十多年了。严重说梦话的情况也已有二十多年。睡到一半起身到院子里走来走去，再去仓库，这是十五年前开始的。

——您为什么现在才说？

——是你现在才知道……

我知道自己对父亲了解得很少，然而当我发现自己连一张问卷都填不出来的时候，还是心乱如麻。父亲认为睡不好觉不算什么，其实这个问题并不简单。做完睡眠障碍的检查后，过了四天，我独自去C市取检查结果。医生仔细看了看检查单，说，你父亲的身体想要休息，部分大脑却不肯进入睡眠状态。跟J市医院的医生说的差不多。J市的医生和C市的医生像约好了似的，都说父亲的身体处于衰老和疲惫的状态，太阳落山就想睡觉，脑子却很清醒。妹妹也说过类似的话。C市医生还说，因为睡眠障碍长期被忽视，父亲患上了抑郁症。抑郁症、焦虑症、恐慌症同时出现在父亲身上。现在去了解哪个是最先出现的已经没有意义。如果是初期，还可以观察到底是某种病症引发了睡眠障碍，还是恰恰相反，从而寻找治疗方法。可现在几种症状相互牵扯，分离观察已经毫无意义。医生说不可能在短时间内治愈，需要耐心。

——是什么引起的呢？

对于我的提问，医生没有给出明确的回答。这是个愚蠢的问题。正如每个人都有不同的过去，失眠的理由也各不相同。

从C市医院回来后，再面对父亲，我的心情常常变得暗淡，有时还会想象他的大脑里是什么样。深夜，我坐在餐桌旁，打开笔记本电脑，搜索大脑结构，仔细观察状如核桃的大脑的额叶、松果体以及储存记忆的部位。父亲的大脑记住了些什么？有什么东西忘不掉，导致无法彻底入睡，只能保持清醒？父亲的大脑知道他经常哭吗？和J市的医生一样，C市的医生也建议同时进行心理治疗。医生说，父亲这个年龄睡不好觉，免疫力会急剧下降，导致老年痴呆症的发病率升高。医生想要联系医院内部的心理治疗室，我暂时没有同意。我不知道父亲会怎么看待这件事。我把药方发给妹妹，问她认为父亲会不会接受心理治疗。妹妹说很难。她说很久以前就劝过父亲，也见过医生。可面对医生，父亲一句话也不说。

——还有这种事？你怎么不告诉我？

我把对妈妈说过的话原封不动送给了妹妹。

——姐姐听过就忘了。我说过的，姐姐。

我感到一阵落寞，紧紧闭上了眼睛。我究竟过的是什么样的日子啊，妈妈跟我说，是你现在才知道，妹妹则对我说，姐姐听过就忘了。

我待在J市的这段时间，除了三哥在家照顾生病的妈妈，每到周末，其他几个兄弟姐妹会轮流来看望父亲。他们回来时，父亲不但睡得好，也很有活力。嘴上说着，这么忙还回来干什么，脸色却比平时更温和。尤其小弟回来时，父亲甚至会露出灿烂的笑容。小弟来之前，我让他去我家帮忙看看，书房后面是不是有我戴学士帽的照片，如果找到就带过来。小弟找出照片带到J市。兄妹几个把它挂在空缺的位置，问我明明都裱好了，怎么就是不肯寄给父亲。我搪塞说忘记了，尴尬地去了厨房。父亲像翻看旧相册一样深情地注视着墙上的照片。我不好意思站在他身旁。周末小弟在家，父亲修补了家里出故障的地方。修好关不严的大门。摘下松松垮垮的仓库门把手，换上新的。为了撤掉废置不用的狗窝上的铁丝网，父亲和小弟在狗窝前度过了整个周末。父亲，还有哪里？小弟问。父亲和他走向连接小门的围墙，重新砌好了即将倒塌的砖。小弟要回去了，父亲陪着他走到公路旁。

——父亲，再走下去，您要陪我走到车站了……

小弟让父亲回去，可是父亲固执地站在路边，直到出租车到达。小弟上了车，摇下车窗说，回去吧。父亲弯着腰，伸出干瘦的手，摸了摸小弟的头道，路上小心。直到小弟乘坐的出租车消失在视野中，父亲才耷拉着肩回家。小弟来了又走，只剩我和父亲，家里显得更冷清了。我能想象到妈妈在家时，兄妹几个轮流来这儿过周末，周日晚上再回去后，家里该是多么凄凉。小弟走了，家里只剩下我和父亲两个人。父亲又关了关和小弟一起修好的大门，拉了拉仓库的门把手，自言自语道，回到家也没休息，不停地干活儿。别的兄弟姐妹回去和小弟回去，这之后父亲的表现很不一样，他很想知道小弟是否已经顺利到达位于花井的家。现在应该上火车了，该到了吧，你打个电话，看看他到家没有……父亲不停地催促，我便给小弟发了消息，让他给父亲打个电话，说自己已经顺利到家。可等小弟打来电话，原本担心无比的父亲却只是说，到了就行，然后就挂了电话。为什么父亲唯独对你这样？我问。小弟说，因为父亲常常送我。

——送你去哪儿？

——自从我离家上大学之后，每次从J市返回首尔，父亲都要把我送到火车站。哪怕是半夜或凌晨……他总是一句话也不说，就那么送我出来。帮我整理衣服，系好围巾，扣好扣子，仅此而已。不过怎么说呢，我觉得心里很踏实，很开心，姐姐。父亲会买站台票，进站后看着我乘火车离开。也许就是这个缘故吧，即使我到了别的地方，也总觉得父亲在我身旁，偶尔会叫父亲！要是遇到棘手的事，也会情不自禁地呼唤父亲……姐姐。帮帮我吧，父亲……我会忍不住脱口而出。直到最近，父亲还是会把我送到火车站，可是现在他做不到了……

听说退休的大哥要回来，父亲去市里买了大哥喜欢的、加了干白菜的焖鲫鱼，打包带回来递给我。三人份。大哥喜欢焖鲫鱼吗？热了焖鲫鱼，吃过晚饭，父亲先起身去了院子。大哥自然地跟着走出去。两个人在前院、侧院和后院相通的家里转着圈聊天，直到夜深。早早离家在外的大哥，每次回J市都要和父亲一起进行二人院落巡查，至今仍未停止。偶尔我会听见父亲的笑声。父亲竟然也会笑。我站在小卧室窗前，看着他们。仔细听，他们的谈话也会提到我。父亲对大哥说，小宪听你的话，你让小宪回去吧。大哥说，她既然选择留下就说明可以留下，您不用管。大哥的胳膊搂着父亲的腰，不停地说着什么。父亲睡着后，我说我读过大哥和父亲的信。大哥笑着说，还保存着呢？还说人生中再没有哪个阶段写过那么多信了。大哥不知道我听见了他和父亲绕着院子散步时说的话，问我是不是离开首尔的家太久了，他会陪在父亲身边，我可以回去看看。我说我会留在这里，直到妈妈回家。大哥怔怔地看着我。

直到妈妈回家。说完这句话,我的鼻尖一酸,哼了一声,转头去看挂着我们兄妹几个的毕业照的那面墙。原来空白的位置被填满,我的照片在看我。还能回到从前吗?妈妈的胃部状态恶化,又住进了医院。大家决定不把恶化的情况告诉妈妈,只说是上次治疗的延续。即使到了这个时候,妈妈还不忘叮嘱我,不要把她再次住院的事告诉父亲。暮春和夏天之交,"不要告诉某某"这句话在我们家人中间流转。

一天夜里,父亲醒来,摇醒了睡在床下的我。
——小宪,快逃!
父亲匆忙用身体挡住还没坐起来的我,大声喊道。
——这里有我,你快逃。
父亲还推了我的后背。明明自己吓得瑟瑟发抖,仍冲着试图伤害我的东西连连摆手。我从后面抱住父亲。父亲在挣扎,我更用力地抱住他。这是梦,不是现实……我更深地抱住父亲,他的身体渐渐无力。什么事都没有,父亲,到了早晨就没事了。我放开用力抱着父亲的手,轻拍他瘦削的后背。父亲躺回床上。我轻拂他的胸口,小声唱起了歌。父亲睡着了,声音微弱地说,不要告诉你妈妈。妈妈上岛摘橘子……《岛上的孩子》帮助父亲回到梦乡。孩子独自留在家……我为什么会把《岛上的孩子》当成摇篮曲呢。还有一天,父亲猛地起床,没等我阻止就推门跑到院子里。我跟着出去。父亲没走大门,而是翻过围墙,落进后院人家的地里。我跑过去时,见他摔倒在了围墙下面。我走上前，摇晃黑暗中的父亲。父亲问，我为什么在这里……我扶起如坠雾中的他，走出别人家空荡荡的院子，回到家一看，父亲的脚指甲破了，走过的地方都染了血迹。他的头上沾了干草，睡衣上都是泥土。我拿出药箱，给他摔破的脚指甲消毒。父亲仍在说，不要告诉妈妈。您是李舜臣将军吗，让我不要告诉妈妈？听我这么一说，脚趾疼痛的父亲还是笑了。不要告诉某某。兄弟姐妹们让我不要把妈妈的胃部状况告诉她本人，妈妈让我们不要把自己再次住院的事告诉父亲，父亲让我不要把他脚指甲磕破的事告诉妈妈。

大哥乘坐周日的夜班火车离开，路上给我发送了十几条很长的消息，直到他到了要下车的水西站。

大哥说，妈妈不在家的时候有我在，他很安心，同时也很担心我。父母生病，老得不能再老了，但村外的铁路仍有火车飞驰，稻田里的水稻仍在继续生长，白鹭依旧在河边的树丛飞来飞去。大哥说，每次想让父亲做运动、走走路的时候，都会寻找没有汽车经过的路，最后选了稻田中间的小道，然而总有狗从田间盖的牛棚里追出来，不停地叫唤。

大哥说他知道有一条大黑狗住在田间牛棚里。虽然叫个不停，不过看上去没有敌意。没想到父亲认识那条狗。大哥问父亲，那条狗为什么在稻田里。父亲说，拴在稻田里看牛。在稻田里建牛棚已经很奇怪了，还要拴狗来守着。第一次走过牛棚前，大哥问父亲，这是谁家的牛棚。父亲说以前是月城两班家的田，不知道现在是谁家的。大哥建议去散步的时候，父亲会打开冰箱，拿出炖青花鱼等剩饭剩菜，装进拉链袋带走，经过牛棚时倒进狗食盆里。也许正因如此，本来独自待在牛棚里的狗，听到父亲的脚步声，会远远地来到牛棚外，摇着尾巴等父亲靠近。它的脖子上拴着锁链，不能跑远，看起来很遗憾。走近一看，狗的眼睛里满是喜悦，泛着光芒，看见大哥也会叫个不停。

大哥继续写道：

以前有位前辈对我说，等你退休了，先回老家住上两周。听过之后我很快就忘了。昨天那位前辈的话一直在耳边回荡。退休又能改变什么呢？虽然我没像前辈说的那样连续住上两周，不过父母还在，我也算经常回去。昨天，我突然开始想象退休后去J市的心情：回去看看父母，有婚礼的话就参加，然后会比退休之前更急切地回到首尔。看来我还没接受自己已经退休的现实。这也许是因为离开J市去首尔之后，我自己养成的习惯。

二十多岁离开J市，做了近四十五年的公务员和大企业职员，我养成了许多根深蒂固的习惯。早晨六点起床，用生食代替早餐，七点半左右上班。我在农村长大，不太熟悉大城市的职场和日常生活，因此不管做什么事，都要留出准备的时间。最开始，每次和人约好见面，我都会因为不知道路而提前一天到那个地方看看，就为了不迟到。至少我想做个守时的人。我就是这样过来的。公司生活也如此。上班时间是九点，我七点半就到公司，赶在九点之前做完当天需要做的准备工作。我为自己规定的上班时间是七点半，下班时间不确定，这就是我的职场生活。

退休后，我也还是六点就起床。先退休的前辈们集资建了个办公室，我也像上班似的每天七点半就到。到那儿的第一件事便是给花浇水，我一直这样做。将来怎样我不知道，不过到目前为止，我几乎每天中午都有约。是的，未来不得而知，现在每周都要讲两次课，还在前公司担任顾问。

过去的四十五年非同寻常。自从离开J市，我从来没在父亲家里住过三天以上。总是工作缠身，一天天，一周周，一月月，一年年……岁月就这样流逝。不对。几年前，每到夏天让父亲难受的顽疾就会恶化，他被救护车送到首尔医院住了三周。总算度过危险期，出院的时候，我陪父亲回J市住了几天。那年夏天，弟弟去了柏林，其他人都没时间，正好我夏天休假，赶上了父亲出院。那天下着很大的雨。原本打算开车回J市，但因为下雨，我们换成了火车。衰老多病的父亲和即将退休的我并排坐在通往故乡的火车上，那种感觉很奇妙。扶着父亲上卫生间的时候，帮父亲把水杯插上吸管、倾斜水杯让他喝水的时候，我感觉到阵阵孤独。火车从首尔站出发后，父亲不知不觉靠在我肩上睡着了。看着睡着的他，我觉得自己那颗自以为坚不可摧的心正在撕裂，凄凉而虚无，但这并不是全部。从前做过的那些事飞快地掠过脑海。二十来岁初次离家的心情，收到公务员考试合格证的心情，白天做公务员晚上准备考试的心情，那是什么时候了？在利比亚度过第一个夜晚的心情。那些原以为早已遗忘的心情，穿透我为求生存而日益坚实的心，汹涌袭来。

我陪着刚出院的父亲回到我四十五年前离开的家，母亲唤着我的名字走出来。如果换作以前，母亲会跑着出来，现在她只是喊着名字，倚门而立。在母亲眼里，我们父子是怎样的模样呢？

一开始我打算把父亲送到家就返回首尔，没想到和父母聊着聊着就天黑了，准备第二天再走。看到父亲吃的药比饭还多，这样痛苦，又觉得还是再多陪一天吧。第三天，我随母亲去了她常去的韩医院，看到她红肿的脚，我感到自己不能就这么离开，于是又住了一天……就这样，一周过去了。

昨天我想起了睡在小卧室的你，怎么也无法入睡。父亲身边应该是我的位置，你却在那里。尽管这样，我还是回来了。有个朋友约了我四次，我都推迟了，原定明天下午见面，昨晚再次推迟。我睡不着，出了家门，独自在村里走来走去。听着水流向水利合作社修建的水渠的声音，望着漆黑夜空中的银河，听见水稻在风中摩擦的声响，我想起了往事。小时候害怕父亲离开家而跟在他身后的我，听着"长子"这两个字长大。我是大哥，必须做出个样子。如果弟弟妹妹走错了路，我应该把他们引导回正路上来。这话我从上小学就开始听。坦白来说，这种话让我感觉好累。万一我做得不好，那么犯错的就将不只是我一个。想到这里我就紧张，会立刻挺直腰板，坐得端端正正。年轻的父亲经常不在家，我感觉很不安。要是父亲不回来了，身为长子的我该怎么办呢……尽管我知道父亲经常不在家的原因，在贫困的山村很难赚钱，必须要去外面赚。只有一次，父亲是真的抛下我们离家出走了。这件事大家都记得，只是不说，装糊涂罢了。一想起那个时候，我就感觉心窝里有什么东西在蠕动。我和姑姑去了父亲的住处。那天冷飕飕的，姑姑来学校找我，拉着我的手说，我们去找你父亲。当时我不可能知道去的是哪里，现在想来，应该是益山的某个地方。火车站附近，一个小小的出租房。听到我们喧闹的动静，一个女人出来开门，头上围的不是汗水浸湿的头巾，而是漂亮的发带。那是我第一次见到这个女人。她过肩的黑发很飘逸，脸蛋格外白皙，看见姑姑和我，有些慌张，向后退去。隔着敞开的门，我看见地上铺着带花的被子，墙上挂着福笊篱。姑姑本来像要干什么大事似的，拉着裙角，让我走在前面，带我找到了出租房。此刻反而平静下来，盯着那个女人看了很久。我紧紧拉着姑姑的手，姑姑意味深长地看了看我，大声问道，你是金纯玉吗？听说你是有学问的人，这算什么勾当……姑姑似乎觉得嘴上说说还不够，拿起放在炭火上的锅扔到了地上。锅里盛着辣焖带鱼。厨房里没有其他厨具，只有一口大锅，红色的辣焖带鱼汤汁溅到了我的脸上。姑姑说，我的弟弟我带走了，你不要再等他,然后走出了出租房。父亲正从前方走进胡同。姑姑拦住父亲说,回家。父亲推开姑姑,准备走向那个女人所在的出租房。父亲,我喊了一声,紧紧抓住他的胳膊,死盯着他。父亲说打个招呼就走,姑姑不让去。我不能去抓姑姑的手,因为掀起炭火上的锅时,她的手被烫伤了,起了红色的水泡。父亲看着姑姑的手。我说,如果父亲现在回家,以后只要是父亲说的话,我一句都不会违抗。昨天夜里,我竟然想起了原本已经忘得一干二净的往事,想起了自己当时对父亲的承诺。如果没有了父亲,我这个长子该怎么办?这份恐惧让我脱口说出了那句话。我们离开这个村子时坐的火车昨夜又驶过了那条铁路。深夜,慢悠悠地走在村里,我感觉自己好像做完了该做的事,终于归来。那种心情就像任务都已完成,报告自己平安回来一样。可是,要听报告的母亲却因生病去了首尔,父亲则连自行车都骑不了,我也已经退休。这样的现实叫人很难接受。

四十五年前离开J市时,我只想着我的未来,需要我自己去开拓的属于我的未来。现在,这个未来我已经过完了,感觉很孤独。每次重回J市,我都能真真切切地感受到自己的根。看到站前市场卖豆子的奶奶,那种仍想做点什么事的欲望会渐渐平息。除了J市,哪里还能让我有这样的想法?J市促使我反思退休后仍然每天六点起床去办公室的行为。我一辈子都是工作狂。我究竟在怕什么,为什么退休后还不能休息?你还记得吗,以前后院有个孩子叫甲玄，他的父母不会说话。使我想起他的也是J市。在我的记忆里，这个朋友不到七岁就能代替父母传话。他的父母有话要说时，甲玄就陪着他们过来。你应该也记得。我和甲玄是多年的朋友。也许因为经常代替父母说话，他平时几乎不开口。而我一有什么不想让别人知道的事，就会告诉他。他长大后和父母去了新西兰。我问他为什么偏偏是新西兰，他说那边的自然环境适合他的父母。这就是他去新西兰的原因。昨晚我在田间散步，想起甲玄从来没有皱过眉头。我用这份记忆鼓励自己。如今我成了父母的监护人，不要害怕。不过，心情还是一样沉重。我该怎样克服这份沉重呢？我不知所措，所以写了这么多。也不是想听你的回答。到我这个年龄，早就知道别人经历过的事都有可能发生在自己身上。带着不会说话的父母去了遥远国度的朋友，对他的回忆给了我勇气。

　　昨天晚上见到你，我想起了你还不知道的往事。还记得你出版第二本书的时候吗？那时正值父亲六十大寿，你把那本书当作父亲的花甲礼物，对吧？不久后父亲来到首尔，当时钟路有家很大的书店，现在没了。你在那里开读者签售会。父亲在首尔站下车，给我打电话，让我带他去钟路书店。从乡下父亲口中听到"钟路书店"几个字，感觉很新鲜。我在首尔站钟塔下见到父亲，然后陪他去了钟路书店。好像是五楼吧，我和父亲偷偷看着你在书上签名。每当你抬头的时候，父亲就藏到图书柜台下面，那样子很滑稽。我忍不住笑出声，父亲怕被你发现，捂住我的嘴巴。他的眼里竟含着泪花。那天签售会结束，你离开之后，柜台上剩下的书父亲只留了一本在那儿，其他的都买了下来，带回了J市。我现在已经退休了，下周还会回去，你回首尔的家做你的工作吧。这是父亲的心愿。

第二场台风来袭那天，一到刮风天就担心房顶的父亲突然安静了下来。不一会儿，他开始翻抽屉，找出一张贺年卡，上面画着一棵冬天的树，树上挂的两个鸟巢摇摇欲坠。贺年卡？我不知道父亲要做什么，轮番打量着贺年卡和父亲。是什么时候买的呢？父亲展开贺年卡，放在地上，写下"武陵大哥"几个字，然后盯着空白处看了很久很久。大概是弯腰写字不太舒服，父亲就像一个没有书桌写作业的少年一样趴在地上。在盛夏写贺年卡？我想知道父亲要写什么，站在一旁低头看趴在地上的他。窗户已经关上，还是能听见风吹得窗户吱嘎作响。这样刮下去，也许真能掀翻房顶。父亲趴在地上，笔对准"武陵大哥"下面的空白处写道：

> 这是我在这个世界上寄出的最后一张贺年卡。我常常什么都想不起来。明年说不定连贺年卡是什么都忘了。

有些字父亲还是写不准，只能根据发音拼出来。

现在，无论发生什么事，我们都不会感到惊讶了。

我站在父亲背后，望着他刚刚写下的错别字。

无论什么事，心理上似乎都可以接受，身体却什么也做不了。重逢时你没有追问我在苇沟的山谷里做了什么，谢谢你。

父亲这样写道，然后使劲盯着贺年卡的空白处，仿佛要把它看穿。父亲弯着短秃的食指，用力写下最后一句话。

我在苇沟把你推下了山谷。这些年来我总在想，如果他们不是对我如此，而是把枪口对准你的耳边，你会怎样对我呢。天亮了，我像狼似的咆哮着在山谷里找你，可是没有找到。后来得知你还活着的时候，我对着我的稻田发誓，要一辈子照顾大哥。现在我写下这样的贺年卡，看来我的誓言不过是一粒尘土。感谢大哥，明明知道一切，却愿意做我一辈子的朋友。

父亲把写完的贺年卡递给我，让我赶在下雪和新年到来之前寄出去。

医生嘱咐我尽量给父亲减少压力，然而我连什么事会给父亲带来压力都不知道。我能做的就是在白天父亲要上床午睡时陪他去村里散步，不让他白天睡觉；督促父亲按时服用妹妹寄来的药，在网上搜索有助于睡眠的食物，去市场买甘苔，仅此而已。有时在 J 市的市场里转来转去都买不到甘苔，我只好空手而归。每当父亲睡着睡着，悄悄起床去卫生间，关上门独自坐在里面，或者蜷缩在厨房后的多功能室角落时，我就在手册上记录日期和具体时间。为了方便观察周期。最开始发现父亲藏在某个地方或哭泣时，我总是脊背冒冷汗，渐渐地也就习惯了。独自蜷缩的父亲像个处于不安和恐惧中的孩子。

——您在那儿干什么，父亲，快出来。

我伸出手，父亲就乖乖地跟我出来，回到被窝里。某个又热又潮、黏糊糊的夏夜，父亲挥舞着双手说梦话，焦急地呼唤某个人的名字。我仔细倾听，但声音模糊，听不清楚。我抓住父亲在半空中挥舞的手，放在地上。父亲的思绪仍在某个地方徘徊，嘀咕着我听不懂的话。我呆呆地望着他。也许不是名字，而是尖叫。突然，父亲站了起来，推开通往院子的门，想要冲出去。

我先是摇晃父亲，告诉他这不是现实，是梦，让他醒醒。经历了几次这样的事，我让他躺回去，轻抚他的胸口，小声说，没事的，黑夜过去，到了早晨就没事了，父亲。什么都不要想，睡吧，父亲……每当我这样低语，我都会格外思念那个坚强地承受生活之重的父亲，那个哪怕只是勉强站稳脚跟，也能藏起伤痛的父亲。小学时，我个子很高，四年级就像中学生了。因为个子高，秋季运动会的队列里，我总是站在最前面。站在最前排的学生需要记住路线，所以每次准备运动会时，常常要练习到晚上，我只能在天黑之后独自走夜路回家。个子虽然比六年级的孩子还高，可我毕竟只上四年级，一个人走在黑暗的山路上，难免感到恐惧。天上有月亮，可我害怕月亮。树丛里发出哗啦哗啦的声音，我总觉得树林在跟踪我，含着泪气喘吁吁往家跑。我的脚步声仿佛是来抓我的声音，吓得我瘫倒在地。我告诉父亲，我练习完后不敢自己回家，让他告诉老师，想退出队列练习。之后，父亲便赶在练习快结束时，骑着自行车到学校门口接我。他干完田里的活，急匆匆赶到学校，背上混合着水稻和汗水的气味。有一次，我没在校门口看见父亲，等来等去也等不到，就自己走山路回家。走着走着，我突然想起前面就是公墓，忍不住两腿发抖，泪水夺眶而出。因为队列练习而疲惫的双腿继续用力，我奋不顾身地往家里跑去。听孩子们讲过的公墓故事争先恐后地追逐着我，据说一到下雨天就会出现在墓地的小鬼仿佛就在我身旁同我赛跑。可任凭我怎么跑，回家的夜路还是没有变短，我好像在原地踏步。我流着泪奔跑，遇到了喘着粗气从山坡上跑下来的父亲。当我看清黑暗中匆匆跑来的人是父亲时，腿上立刻没了力气，喊了声"父亲"就坐倒在地，在铺着碎石的公路上放声大哭。父亲气喘吁吁地说，停在地里的自行车不知道让谁骑走了，找了半天没找到，只好跑过来，所以晚了，别哭了。只是因为父亲出现在身边而已，原本溢满心头的恐惧一下子就消失得无影无踪。夜空中，月亮躲进云层，夜路更黑了，但我不再害怕。树林里的黑影晃来晃去，我也不再在意。田野里出没的动物被我们的脚步声吓得四处逃窜，我悄悄躲到父亲身后。我常常怀念那个时候，父亲的存在本身就足以帮我驱走恐惧。可现在，我待在父亲身边，却无法阻止他的恐惧。父亲睡着睡着突然起来寻找藏身之处，或者说梦话，不要这样对我！有时又像被人追赶似的急忙跑出去，还会被门槛绊倒，直接睡着。被睡眠障碍影响的夜晚一过，到了早晨，父亲完全不记得夜里的行为。您不记得了吗？最初我还会这么问，后来渐渐不问了。我不想让父亲想起没有记忆的前夜，再次陷入痛苦。我甚至觉得父亲记不住失眠的前夜也是一种幸运。

父亲似乎忘了刚才说过要去祖坟，摘下帽子递给我，意思是让我挂在衣架上。这样下去，说不定父亲会躺到床上睡午觉。
——我们去村里转转，怎么样？
父亲默默地把递给我的帽子又接了回去，戴到头上。
——要不要戴墨镜？
——别人会笑话的。
——谁会笑话？金纯玉女士吗？
父亲笑了，我也跟着笑。我把墨镜擦得干干净净，装进眼镜盒，放在父亲床头边的抽屉里。自从父亲在我面前说出"金纯玉"这个名字后，我故意提了好几次。父亲不想吃饭，我就说，金纯玉女士看见会怎么说呢？起初父亲会用责怪的目光看我，现在则像没听见似的一笑而过。我这么开玩笑，是希望父亲能从这个名字中解脱出来，然而他闭口不谈这个人对他意味着什么，偶尔还会因我动不动就提她而面露不悦。我说，您告诉我金纯玉是谁，我就不再说了。结果父亲喃喃自语道，我连声招呼都没打就走了。

父亲一边自言自语,一边又筋疲力尽地躺回床上。直到傍晚,我们才得以出门散步。我们出了小门,往水渠那边走,父亲看了看牛棚。

——现在已经没用了,应该拆掉……

父亲打开牛棚的门,往里看了看。那是紫茉莉的种子吗?父亲问。妈妈种的宅旁地边,紫茉莉开了又谢,结了硬邦邦的黑果实。结得这么饱满,父亲低声说,现在正是果实成熟的时候。院子南边很快也会结出圆鼓鼓的红果实,父亲让我好好看看。院子里的枸杞树上,紫花已经落了,结出红色的果实。几天前,父亲采完果实,剪掉了触地的新芽。我在旁边说,这是新芽啊?父亲却说,要剪掉这些,养分才能到达上面,再结果实。茎一碰到地面,就会生出新根,剪掉不让它碰地,就能成为秋枸杞子,下了雪也还能结果。枸杞子是这样的吗?内村奶奶坐在水渠朴树下的凉床上掏老南瓜瓤。她看了看我们。父亲问道:

——做什么呢?

——掏南瓜瓤,没看见吗?走之前蒸点南瓜糕吃。

父亲笑了。

——有想吃的东西,赶在走之前尽管吃。

——我什么时候能死呢?

——我怎么知道?

——活够了,可是不让我走。

——这哪是自己能说了算的?

——真羡慕冷庙两班啊。牙都换了,还能带着结实的牙走。

父亲似乎有点尴尬,闭口不语。

——应该染染头发,随时都有可能走,难道要白发苍苍地走吗?

——应该染染。

——还要经常打扮得干干净净,随时都可以走。

——是啊。

——昨天晚上梦见那个两班来找我。可我突然想起还有酱缸没盖盖子,赶紧去盖,结果没跟上他。

内村奶奶说的"那个两班"是内村爷爷。

——等小宪妈妈回来,你们应该见个面。

——什么时候回来?

父亲低下了头。

——那个两班下次再来找我,我就不管什么酱缸盖子了,直接跟他走。我想小宪妈妈了,让她快回来。

——知道了。

——冬至要煮红豆粥,在那之前能回来吧?

父亲答不上来,看了看我。我急忙替他回答道,当然了,很快就能回来。看来直到现在,妈妈和内村奶奶还保持着冬至煮红豆粥的习惯。她们两人是村里对待节日最认真的人。初三做红豆年糕,正月十五做五谷饭和素菜,六月十五用白米煮鸡肉粥分给大家。冬至的红豆粥则是两个人一起做。把煮熟的红豆碾碎,做成红豆水,再从揉好的面团上取硬币似的小块,放在掌心里滚圆,做成小圆子,需要很长时间。去年在内村奶奶家厨房的大锅里煮,今年就在我们家的厨房煮,煮出黏稠的冬至红豆粥。

——到时候说不定我已经不在了。

——总得打个招呼再走才好啊，可别像月城两班似的一声不吭就走了。

我听着父亲和内村奶奶的对话，拉起父亲的胳膊。每次散步遇到村里人，他们都会这样聊天。仿佛明天就见不到面似的，说起来却若无其事。父亲治完牙后，曾在公路上遇到旺林爷爷。他对父亲说，这回可以在临走前吃肉了。父亲说，是啊，要的。说话的人和回答的人都很淡然。家住水渠边的草江爷爷慢吞吞地走过来，在围墙上放了什么东西，问站在院子里的我，你父亲不在家吗？我说去医院做理疗了。他说，是吗……转身朝水渠那边慢悠悠地走去。我往围墙上看了看，一个旧铜碗里装着六万元钱。晚上我拿出铜碗，告诉父亲是草江爷爷留下的。父亲怔怔地看了看里面的六万元说，这老爷子要走了。什么？我没听懂，看着父亲。父亲淡淡地说，这钱都借了多长时间了，现在终于还回来了，看来是要死了……偶尔我一个人在村里走，感觉家家户户都只剩下上了年纪的老人。院子里青草茂盛，老人独自坐在廊台上。有的房子空了，没有人，只有两条狗趴在廊台下。空房子门前的树上落了越来越多的鸟，从这片空间飞到那片空间，从这棵树飞到那棵树，发出尖锐的叫声，很刺耳。仿佛不是在鸣叫，而是在吵架。地上的狗抬头看天上的鸟互相争斗，不停地叫唤。我感觉村里的鸟和狗比人还要多了。除了鸟和狗，还有獐子沿着铁路来到村里。有时还会在堤坝路上遇到下山的野猪。野猪毫不怕人，直视着我的眼睛。这种事似乎很常见，通往后山的路上还贴着遇到野猪的应对方法。野猪消失后，我才看见应对方法。不要喊叫，不要急于移动，盯着野猪的眼睛慢慢避开。严禁扔石头等危险举动。感受到攻击的危险时，要迅速躲到周围的树木或石头后面。偶尔我会遇到村里的奶奶们，她们似乎并不害怕野猪出没，也听不见吵闹的鸟叫声，脸上没有任何表情。在村里散步时遇到的老人，大部分我都不认识。您好。我打招呼，却不知道是谁。走过去后，我能感觉到奶奶站在原地注视我的后脑勺。有时我去后山，进入陡峭的山路前，几位奶奶迎面走来，拄着拐杖，不多的头发全都白了，盘成发髻。也许是怕冷，夏天还穿着深色的毛衣。三四位奶奶中，就有我之前没认出来的那位。也许是阳光格外强烈，满头白发的奶奶们仿佛不是现实中人。她们瘦骨嶙峋，要是走过去抱住，说不定会破碎。但她们深深凹陷的眼睛里闪烁着光芒。你是不是冷庙两班家那个书呆子大闺女？她们认出了我，跟我说话。"书呆子"是我小时候的外号。不过回想起来，我们家其实没有那么多书，配不上这个外号。我最终也没想起那位奶奶是谁，只能尴尬地问好，是的，您好……后面就只剩含糊其词了。旁边的奶奶动了动干巴巴的嘴唇说，这是谁？前一天我没认出来的奶奶回答道，冷庙两班的大闺女，豆粒那么大点儿就钻到仓库里埋头看书，后来成了写书的人。另一位奶奶说，啊，原来是你啊。宛如阳光里的幽灵般的奶奶们聚到我周围，观察着我的气色，皱了皱眉头，你一言我一语地议论起来。

——不要难过得太久啊。

——我们也都在游荡。

——我们都是各自游荡然后离开,人生就是这样啊。

奶奶们走到我身边,拉我的手,抚摸我的肩膀和头,拍打我的后背。手指干巴巴的,碰到头和肩膀时却非常柔软。在散步途中被奶奶们包围,我获得了意想不到的安慰。心里被挖空的地方正被模模糊糊地填平。每天夜里用手心揉搓、变得越来越粗糙的脸颊,在奶奶们的轻抚中柔软了起来。突然间,我觉得自己可以向钥匙铺的男人道歉,告诉他我说得太过分了。围在我身边你一言我一语的奶奶们说,我们什么时候能再见到你呢,不管做什么,你都要快点做完回来。接着她们转过身,朝我来的方向慢慢走去。

你都要快点做完回来。如果不是这干燥沙哑的声音依然停留在耳边,我会以为自己看到了幻象,或者做了一场梦。仿佛被一双粗糙大手抓住后颈的沉重感,以及推开挡在眼前的黑色石冢继续前进的感觉,让我脚下有了力量,于是我加快步伐回了家。这是几天前的事。

——父亲,穗子在那边。

告别内村奶奶后,我们走向水利合作社,见到了正在大棚里干活的穗子。父亲抬头看了看穗子。穗子从大棚里出来,看着父亲和我问道,你们去哪儿?父亲没有回答,只是瞧了瞧停在大棚前的新收割机,后面并排停着插秧机、精选机、拖拉机。

——这是新买的,今年打算用这个秋收。

穗子对父亲说。

——以前的去哪儿了？

——新机器上市后，旧的贱卖都没人要，听说三山里的基植要用，就给他了。

——那个才买了几年，现在就……

——机器这东西，两三年就淘汰了，刚还上买机器的钱，又出了新型号……

——应该从农协贷款，怎么全部由个人负担呢？

——一直在提建议，可是不容易啊。

——跟李科长说说吧，这人能听进去。

——已经说了……

还说自己听不见电话的声音？我一脸茫然地注视着在田野里和穗子聊天的父亲。

——听说又要刮风下雨了，好好盯着，别让台风祸害了。

穗子说，昨天夜里野猫下山撕咬大棚里的鸡，结果被狗咬了。昨天夜里不是刮风下雨吗？穗子说经常看见野猪下山，野猫还是头一回见。现在，山上的野猫好像更多了。他还说，走在田埂上小心点，说不定藏着受伤的野猫。不知父亲是否听懂了穗子的话，没什么反应。穗子突然叫了声姐姐……听说姐姐在这里，我老婆让我问姐姐两个问题。穗子的老婆我从没见过。两个？我笑着看穗子。一个是我老婆写过东西，让我问问姐姐可不可以帮她看看。嗯？我大吃一惊，仿佛吞下了含在口中的冰块。这个山沟里竟然有人在写作？听说穗子的老婆来自越南，她在写作？我不知所措地问道，还有一个问题是什么？他答道，老婆让我问姐姐，哭丧着脸是正在哭的意思，还是要哭的意思。

穗子说，老婆的韩语说得比自己还好，但她写作的时候发现，很多话只有土生土长的人才能听得懂，是这样吗，姐姐？穗子的表情很严肃，我说我正和父亲散步呢，以后再说吧。准备和穗子告别时，父亲又朝收割机这边转过身，叫了声，穗子啊。穗子坐上新的收割机，闻声看向父亲。没有我，秋收也能顺利进行吧？父亲的声音清清楚楚。您要离开这里吗？穗子的视线转向站在父亲身旁的我。我摆了摆手，表示否认。如果不出远门，今年您还是要照看一下。见父亲不回答，穗子撕下新收割机上的塑料膜，又问，您要去哪里？父亲用穗子听不见的声音自言自语道，要去哪里，谁知道呢。说着，父亲走向水利合作社的堤坝路。昨天夜里下雨，这里也涨水了。

我和父亲一直走到铁路那边的田野，途中两列火车驶过。也许真像穗子说的那样，野生动物的栖息地在渐渐下移。夕阳下的田埂上，我看见了好几只獐子。獐子受到惊吓，呼啦啦跑进稻田。每当这时，父亲就会深深地叹息。夕阳照着倒在水渠和田埂间的老树，日光星星点点地跳跃。小时候的正月十五，拔完河后，我们会把绳子系在这棵树上。秋收过后，人们聚过来，收集脱完稻粒的稻秸，编成拔河用的绳子。绳子很粗，孩子们在上面跑跑跳跳。一想到那根绳子，我就手心发痒。到了拔河的日子，男女老少都会赶来出力。力气不够被对方拉走的时候，绳子嗖嗖地从手掌中退去，那感觉依然留在手心。据说胜利一方拿着绳子，就能迎来丰收年，不过，即使输了，村里人也会从胜利一方那儿要来绳子，系在那棵老树上，来回路过时都会看一眼。如今没有人拔河了，系绳子的树也倒下了。我仔细看了看那棵树，不由得瞪大了眼睛。是因为树根碰到了水渠吗？老树撕裂般倒向两旁，却仍然活着，向两侧生长的树枝依然很粗很粗。一根树枝上坐着两只山上跑下来的獐子。回J市后，我不止一次看到这棵树，今天才发现它还活着。父亲，那里有两只獐子。我指了指坐在树枝上的獐子。父亲默默地看着已经倒地却仍然活着的老树和獐子。本应在山上的动物总到村里来，它们也在为拓展自己的地盘而斗争吧。山上的动物越来越多，输了的家伙只好下山进村。将来山地只怕不能再种红薯和马铃薯了，还没等长好，就会让野猪吃掉。去年穗子在我们家山地里种了叫什么蓝莓的甜东西，全被獐子吃了……父亲喃喃自语，叹了口气。也是，它们也得活命啊。那山地都空着吗？什么都不能种？父亲好像累了，开始拖拉着鞋子走路。这是父亲脚步变慢时会发出的声音。矮的东西种了也白种，都让野猪和獐子吃了，种个头高的成本又太高……所以我们就在山地里种了梅子。梅子倒是结了很多，只是没有人摘，都落在了地上，成了肥料，第二年继续结更多的果。也许是梅子的味道太浓烈，鸟都不吃。父亲说休息会儿再走吧，说着便坐到了铁路旁的堤坝路上，望着稻田。一阵风吹来，卷起父亲的帽檐。他环顾四周，夕阳落在他的脸上，额头和脸颊都变红了。上次看到这样的夕阳是什么时候呢？夕阳染红夏末的田野，又是多久没见过了？晚霞仿佛置身于粉色、红色和黄色混合的水中，继而要纵身跃起。父亲看了看晚霞，收回目光，很快视线又轮流转向以前牵小牛来吃草的河边、为了多收豆子而在人们行走的地方撒下种子的田埂、干旱时节不分昼夜拿着铁锹焦急引水灌溉稻田的水利合作社路。不只是老树的树枝上有獐子。一只獐子屏住呼吸,从一块稻田跳到另一块稻田里。我伸手握住父亲的手。父亲四下张望,看着他一路上弯腰看了很久的东西。萦绕在他长满皱纹的脸上的光,也蔓延到我的脸上。从来没想过会有这样一天,明明有山地却不种红薯,有稻田也不能种……第三列火车驶过,打断了父亲低沉的声音。

回家的时候,我们沿着田埂走到村子尽头,再踏上公路。村子最深处是我们家,从公路回去要绕过乡间小路。小时候,寒冷的冬天,傍晚走上这条乡间小路,家家户户飘出饭香,土墙下的雪地里有孩子玩耍的声音。如果谁家吵架,大家都会跑去劝阻和安慰。原本热闹的路现在太过安静了,我无意间问父亲:

——这家的高昌叔叔还好吗?

父亲抬头看了看我手指的那户人家。

——死了。

绕过一个弯,我又问:

——古埠叔叔呢?

——死了。

每绕过一个弯,我都会问:

——都山叔叔呢?

——死了。

——苏城叔叔呢?

——死了。

——咸安叔叔呢?

——死了。

父亲平淡而简短地回答,死了,死了,死了……数着死去的人,转眼就到了我们家门口。父亲在大门口停下脚步。风夹着雨丝,掠过我和父亲的脸。从公路到乡间小路,途经的每户人家的长辈都去世了。想到这里,我额头冰凉。父亲一边走,一边自言自语,这么算起来,都死了,就剩下我牵绊着你。

那天比平时走的路更多,我以为父亲晚上会睡得很沉。可吃过晚饭早早打起呼噜的父亲,夜里十一点左右就醒了,呆呆地坐在床上叫我的名字,小宪啊。

——要不要开灯?

我拿来小卧室的台灯,放在餐桌上,看着笔记本电脑。坐在厨房的餐桌前,隔着玻璃门可以看见客厅里父亲睡觉的位置。父亲似乎习惯了开着电视睡觉。医生则建议,有助于睡眠的方法之一,就是不要开着电视睡觉。我感觉父亲可能睡着了,就关了电视。看到父亲醒来、活动着身体坐起身,听见他叫我,我合上笔记本电脑,走到他身旁,打开床头的小夜灯。

——那个也打开。

父亲指了指可以照亮整个客厅的开关。有什么事吗?我心里一边猜测,一边按父亲的要求打开客厅灯的开关,又关了小夜灯。客厅里豁然变亮,我闭了会儿眼又睁开。父亲的睡衣扣子有两个松开了。要喝水吗?我问。父亲只是静静地坐着,过了一会儿才低声问,你什么时候走?

——你该走了。

——……

——我应该让你走才对,可是有你在,我很开心。

——……

——现在该走了。

——……

我使劲按了按眼角,注视着父亲。被枕头压扁的白发、失去水分的干巴巴的脸、青筋凸起的手背,几天前还让我心惊肉跳的父亲,现在看起来和平常无异了。

——你能不能把我说的话记下来?

我看了看挂钟,已经半夜了。

——这么晚了?今天先睡吧,明天再说怎么样?

——趁着还能想起来,得赶快记下。

下午已经天阴,不过没有下雨。本以为是早晨的台风预报弄错了,我正暗自庆幸,夜里院中却传来阵阵粗暴的风声,紧接着哗啦啦的雨声响起。也许是这声音吵醒了父亲。

——下雨了,父亲。

我想转移父亲的注意力,不料父亲开始催促,你帮我记下来吧。我拿过餐桌上的笔记本电脑,创建新文件,准备记下父亲说的话。父亲低沉的嗓音总是融入声势渐大的雨声里。他好像在听雨,顿了顿,又继续说下去。

老大胜烨,我的外套和木箱里的信留给你吧。胜烨离家之后,刚拿到第一笔工资就给我买了这件外套,我穿了很长时间。我后悔让弟弟妹妹们把你当作父亲了。这些年你肩膀上的担子该有多沉重啊。我应该多做些事才对。本该由我来做的事，你为我分担了一半。你是我的孩子，这点总是让我感觉很踏实。

老二洪，我的鼓、鼓槌和电唱机留给你吧。鼓修好了，鼓槌也擦得很干净。你很爱惜我喜欢的东西，这常常让我觉得很温暖。你带我去首尔奖忠洞的国立剧场时，我真的很开心。为了让我听得更来劲，还给我买了电唱机，让我大饱耳福。

老三，手表和酒留给你吧。酒叫"皇家礼炮"。前些年，我的水稻连续被评为特级，心情很好，就买了下来，只可惜一直被我忘在脑后。看牙的钱都是你偷偷支付的，这是你的错。这个应该由我来付。我了解你的火暴脾气，所以每次你乖乖听哥哥的话时，我都很感谢你。

放在仓库里的自行车，你骑走吧。说到这里，父亲注视着把笔记本电脑放在膝盖上，记录他一言一语的我。不能说你，改成老四，小宪。

老四小宪，放在仓库里的自行车留给你吧。这辆新车已经买了三年，本来是想和你一起骑的。父亲说的应该是停在仓库的冰箱旁、罩着塑料薄膜的那辆自行车。父亲说，我买好自行车等着你，等你回来，想和你一起骑车去呼吸新鲜空气，现在看来是晚了。父亲似乎忘了我就坐在他面前，叫我，小宪啊。你走夜路的时候，我会坐在你的左肩上，所以你什么都不要怕。

老五小美，我的墨镜留给你吧。有一年我过生日的时候，你送了我墨镜，我一直好好戴着，所以没得白内障。这些年你给我和你妈妈配药，真的太辛苦了。我认识的人都说我能活到现在，多亏有了你这个做药剂师的女儿。我也这么认为。你的手总是那么温暖。

老六，宅旁地的牛棚要拆除，这件事就交给你吧。本来应该由我拆，可是我想都不敢想了。拆掉牛棚，那块地就留给你了。偏偏赶在你高三那年，我病了好几次。那年准备高考的你送我去了医院好几回，还联系了在首尔的几个哥哥，尽管这样，你还是考上了大学，谢谢你。

小宪妈妈，郑棉桃，我的存折留给你吧。

父亲停了下来，低着头说，余额不多，对不起。我不想记录这句话，为此做了短暂的心理斗争。可这是父亲的话，我按捺着试图介入的冲动，手在颤抖。郑棉桃，你总是只让我看到果实，一辈子都只想着给我果实，你付出了多少啊，对不起，谢谢你。郑棉桃的庇护那么宽广，每次我都说不出口，我好后悔。我总是因为不吭声惹你生气，是我不好。你说我这样是因为不把你放在眼里，其实不是啊。年轻时没能守在你身边，这点无法挽回，我是心里痛苦才这样，请你原谅我。我记录着父亲的话，忍不住打了个激灵。我因为心胸狭窄而不敢写下的话语，正从瘦削的父亲口中源源不断而又缓缓地流出。父亲说，让我惶恐不已的孩子们啊。我却不忍心记下这句话。放在膝盖上的笔记本电脑总是往下滑。我把电脑放到父亲床上，双膝跪地，手指落在键盘上。父亲似乎还想再说些什么，愣愣地凝视着地板。我竖起耳朵等待，生怕漏掉他一字一句。父亲低声嘀咕着什么。

这时院子里的风声更大了，雨声也越发猛烈，还夹杂着窗户摇晃的声音。后院的蜂斗叶被粗鲁地吹倒了。良久之后，父亲终于艰难地说了句什么，可是我没听清。什么？双手放在电脑键盘上，我贴近父亲。您说什么？谁能想到我会如此急切地想要记下父亲的话呢。突然间，我醒悟过来。我正在写的，恰恰就是我想讲给女儿听的父亲的故事。沉默在父亲和我之间弥漫。落在侧院的柿子叶好像被雨冲走了，雨声中掺杂着树叶被卷跑的声音，唰啦唰啦。被雨淋湿的树叶，也许已经冲到廊台附近了。父亲低着头，用力张开干涸的嘴唇。

我活过来了，父亲说。多亏你们，我总算活过来了。

作家的话

去年晚春开始连载的时候，我曾说，父亲的故事已经写完一半。这是事实。至于怎样收尾，我要写完才能知道。夏天过去，作品完结时，我这样写道，即使终生面临痛苦，那些匿名的父亲们也始终坚守着自己的位置，我希望唤醒属于他们的时刻。真正开始连载之后，我的心境发生了变化，感觉必须重写，重写的过程中又想重写，于是，原本以为夏天就能完稿的写作持续到了秋去冬来，又至新年。修改、补充、重写，在这个过程中我突然醒悟，我并不想结束这个故事。

《请照顾好我妈妈》出版后，很多人问我有没有写写父亲的想法。每次我都果断地回答没有。不料十几年过去，我写下了这部作品。或许有人会说，你是因为写了妈妈的故事，现在才要写父亲的故事吧？对此我无话可说。我只希望读者好好关照小说里的这位父亲。这是我们似曾相识的寒酸父亲，是我们素昧平生的父亲。我们总是吝啬于把父亲当成独立的个体，不愿听他讲述隐秘的故事。活过剧变的时代，明明做了那么多，却说我什么也没做。写下这样沉默寡言的匿名父亲，我无法控制那些喷薄而出的瞬间，又召唤回了那些已经写过的故事。用完农具放回原位，出门时留够家人用的钱，什么事都愿意从头学习……不贪求太多的收获。虽然自己从未踏进学校的大门，却毕生都在努力让子女接受教育，身为弱者却想收留更弱的人。我想专注于这位父亲。这位匿名的父亲也会像尘埃般消失，哪里都不会留下有关他的记录，然而我想最切近地抵达他，努力听懂他的喃喃自语。当然，这不可能。匿名的父亲以他特有的醇厚常常让我乱了方寸。他背负着残酷现代史的旋涡留下的伤痛，留给他的是即将消亡的肉体和挂在农村家里墙上、孩子们戴学士帽的照片。不过这也许只是我的想法。他的存在或许已被遗忘，而我写下这部作品，试图赋予他生命的气息。这也许只是我的欲望罢了。即使如此，我还是想打捞出藏在他心底、没有说出来的沉默，将其延续到死亡彼岸。面对这样的父亲，我们还是无法将他看作独立的个体，而是将他束缚在"父亲"的框架里。每次一这样想，我便情不自禁要去拔出可能射向他心脏的箭。

写作期间的某一天，我听到了每个季节都会见面、吃饭的长辈去世的消息。他让我见证了其平生对待事业的精诚和责任感，令我感到安心和信赖。偶尔，他也会对不满之人表现出独有的洞察力，叫我深感痛快，每个季节我们都会美美地吃上一顿饭。现在又到春天，我却再也吃不上那样的饭了。家属转达了他的遗言，葬礼结束后一周之内，不要把这个消息告诉任何人。反复叮嘱多次，没有给我前去吊唁的机会，还跟我说了对不起。这有什么好抱歉的呢，我双手合十，嘴唇紧闭。不过这位长辈让家人转告我们，跟我们夫妻的交往，让他感觉很幸福。即使没有疫情，他也会这样做。于是我突然明白了，无论如何我都不会有机会去吊唁他。我心乱如麻，那段时间暂停了关于父亲的写作。最后一次和长辈吃饭，是去年春天到来之前。那时冰雪尚未融化，长辈跟我联系，相约吃饭。我知道他在治病，可那是我第一次觉得他在和身边人告别。我们吃饭的速度很慢，很慢。分别时，他拍着我的肩膀，一个字一个字地用力呼唤我的名字，还说了许多话……我不打算写在这里。那双慈祥的手包含着深沉的力量。那双手就是我父亲的手。所有程序都走完了，我才听到消息。我怀着沉重的心情四处奔走，思考他留下的话。没能在他活着的时候将他的话变成现实，这是撕心裂肺的痛。留给我的事情之一，就是突然听到自己爱的人、尊敬的人、珍惜的人的讣告……我真切地意识到自己已经活到了听闻这种事都不再惊讶的年纪。怀着虚脱和悲伤的心情，我回到书桌前，继续书写父亲，同时反复念叨那句久郁心底的话，趁着现在还不算晚。

两年前的夏天，我得到了暂居柏林的机会，在身边朋友的带领下去了犹太博物馆。从住所出发，走了一个多小时，赶到博物馆时正值夏日夕阳西下。和预想的不一样，看过展示在现代建筑里，犹太人大屠杀的牺牲者和幸存者的遗物与记录之后，我们走下迷宫似的地下通道。那里的展示厅分别命名为空虚房、丧失房和永恒房。门口墙壁上介绍了名为《落叶》（*Shalekhet*）的装置艺术品。落叶？可我一进去，看见的却是用铁做成的两万多个各式各样的面部形象，层层叠叠铺满狭长的地板。犹如从高大的铁树上凋落、堆积在地上的树叶。倾斜的展览空间仅透进了最低限度的光，像洞穴似的向里延伸，很深很深。踏着堆在地上的铁面，走进在入口处看不到的内部，再往回走，行走本身就是在体验这个作品。我已经通过大量的记录、电影、书籍、证词和艺术品了解到犹太人大屠杀中的人们处于怎样的绝望中，然而当我亲身体验到具有象征意义的落叶时，还是有截然不同的感受。迈步走过两万多个扭曲成不同形状的铁面，当啷当啷的声音至今还萦绕耳边。走在前面的异乡人也踩出同样的声音，那个空间很快就充满了尖叫般的共鸣。不管脚下多轻，每走一步，沉重的铁面相互碰撞发出的声音都会堆积到耳畔。我的腿在颤抖。我想转身回去，可是踩过的铁面已经布满我的身后。甚至停止不动也是对它们的伤害，我只能赶紧走开。那年的那个黄昏，我就这样听着当啷当啷的声音走到尽头再返回……我想，等我回到祖国的书桌前，必须要写一篇关于父亲的文章，仿佛被痛苦追逐、发出阵阵哀鸣的铁面中间，就有一张是我父亲的脸。

回到家，我还会不时翻看当时拍的照片和视频。我也将《韩国农民女性史》《天主教全州教区史》《普天教和韩国新宗教》

《井邑思想史》等作品放在身边，随时翻阅。父亲给儿子礼物时，两个人一起笑；儿子给父亲礼物时，两个人一起哭。我思考着从某人那里听到的这句话的含义。动笔之后，我经常看《南道日报》上崔爀主笔的全罗道历史故事、外交通商部的世界各国便览、汗珠休憩处的博客。为了找人，我也经常点击大韩民国警察厅的博客。这些记录给了我很大的帮助，不仅抛出各种新线索，也让我有机会重新审视确认以前的肤浅认识。我深深地感谢各位，连载过程中经常给我发邮件的朋友，连载结束后认真重读的两位朋友，以及陪我度过几个季度的编辑智英君，谢谢各位。

写作过程中，尤其是写长篇的时候，笔下的人物常会给我意想不到的教诲。这次和父亲并肩走过战争岁月的"朴武陵先生"就是这样的人物。因为没能互相营救而自责，战后他们很长时间失了联系，直到再因子女的事重逢，成为莫逆终生的好友。朴武陵先生告诉作为小说家的我，即使生活无法重新开始，也要活下去，这是接受生命之人的义务，身边有可读、可听、可看的东西，这就是艺术。

现在，我在这里和父亲告别，但我不认为这就是结束。我们会不会是落在同一棵橡树下的落叶呢？看完校样，我最后修改了第五章的小标题，将连载时用的"在告别旁边"改成了"即使一切已结束"。我注意到了"即使"包含的连接意义，想把这位父亲最后留下的"即使"当作引子，自此迈入新的故事。

橡树之下必有橡树叶。差别只是落在近处，还是飞落在远方。这边的橡树叶怎么可能落到那边山上的红松树下呢？每当我遇到无可挽回的事，我就怀着一颗破碎的心想起小说里的J市，走进那片树林。对我来说，J市和读者就像大自然。回首来时路，我常常被这一怀抱拯救。我的时间都盛载在这个地方，或稀疏，或密集。看着年迈的叶子、年轻的叶子沙沙作响照拂着橡树，我的视线也以家人之名渗透进作品中。也许有人会说，哪有这样的家庭。但是，有的。如果你不敢开心扉，就看不见这样的橡树。我希望读者把这部作品看作献给这棵橡树的叙事诗。因为疫情，我们处在意想不到的漫长隔离期，希望我们都有足够的耐心，最终抵达各自那个飞跃的瞬间。谨以此心，转致问候。

申京淑
二〇二一年春

图书在版编目（CIP）数据

向着父亲走去 /（韩）申京淑著；薛舟译. -- 北京：新星出版社, 2025. 6. -- ISBN 978-7-5133-5718-0

Ⅰ. I312.645

中国国家版本馆CIP数据核字第20240QN064号

向着父亲走去

[韩] 申京淑 著　薛舟 译

责任编辑　汪　欣
特约编辑　张沁萌
营销编辑　宋　敏　游艳青
装帧设计　李照祥
内文制作　田小波
责任印制　李珊珊　史广宜

出 版 人　马汝军
出　　版　新星出版社
　　　　　（北京市西城区车公庄大街丙3号楼8001　100044）
发　　行　新经典发行有限公司
　　　　　电话（010）68423599　邮箱 editor@readinglife.com
网　　址　www.newstarpress.com
法律顾问　北京市岳成律师事务所
印　　刷　山东京沪印刷科技有限公司
开　　本　850mm x 1168mm 1/32
印　　张　10.5
字　　数　220千字
版　　次　2025年6月第1版　2025年6月第1次印刷
书　　号　ISBN 978-7-5133-5718-0
定　　价　59.00元

版权专有，侵权必究。如有印装质量问题，请发邮件至 zhiliang@readinglife.com

Copyright © 2021 by Kyung-sook Shin
All rights reserved.
This edition is published by arrangement Barbara J Zitwer Agency and
KL Management through Andrew Nurnberg Associates International Limited
Simplified Chinese translation © 2025 Thinkingdom Media Group Ltd.

著作版权合同登记号： 01-2025-0460